Das kleine Atelier am Fjord

Nadine Feger

Nadine Feger

Das kleine Atelier am Fjord

Liebesroman

Impressum

Bibliografische Information der Deutschen Nationalbibliothek:
Die Deutsche Nationalbibliothek verzeichnet diese Publikation in der
Deutschen Nationalbibliografie; detaillierte bibliografische Daten sind
im Internet über http://dnb.dnb.de abrufbar.

Umschlaggestaltung: Nadine Feger unter Verwendung von Grafiken
von CanvaPro
Lektorat: Hanna Vielberg/Korrektorat: Angelika Kruschewsky

Herstellung und Verlag: BoD – Books on Demand, Norderstedt

ISBN: 978-3-7543-2938-2

Für alle verlorenen Seelen

Das Glück wartet auch auf Euch.

Irgendwo. Irgendwann.

KAPITEL 1

LIVI

Leere. Seit Ewigkeiten fühle ich nichts als Leere. Seit einem Jahr, zwei Monaten und neun Tagen, genau genommen. Es war dieser Tag im Dezember, der alles zerstörte. Meine Vergangenheit, meine Gegenwart, meine Zukunft. Der plötzliche Schneefall hatte mir von Anfang an nicht behagt. Ich hätte sie davon abhalten müssen, ihnen klarmachen, wie leichtsinnig es ist. Doch ich tat es nicht. Sie waren gerade einmal sechs Stunden unterwegs, als die Polizei plötzlich vor meiner Tür stand. Was die Beamten sagten, klang real und surreal zugleich. Das Auto sei von der Straße abgekommen. Keiner von ihnen hätte überlebt. Eine schreckliche Tragödie. Sie sind fort. Mein Mann, meine Mutter, mein Vater. Und sie haben einen Teil von mir mitgenommen. Übrig geblieben ist bloß eine leere Hülle, die nichts mehr fühlen kann und nichts mehr fühlen will. Von einem Moment auf den anderen hörte meine Welt auf, sich zu drehen.

Doch seit ein paar Tagen spüre ich, wie etwas in mir gegen diesen Zustand ankämpft. Spüre, dass ich wieder mehr sein will als dieser Schatten meiner selbst. Ich will wieder leben. Sie hätten es so gewollt, ganz bestimmt. Ich habe die Chance, die sie nicht mehr haben, deshalb muss ich sie nutzen. Aber das kann ich nicht hier, nicht an dem Ort, wo mich alles an sie erinnert.

Daher trete ich die Reise an, die sie nie beenden konnten. Ich lasse Oslo – und damit meine Vergangenheit – endgültig hinter mir, das Auto voll beladen mit meinen Habseligkeiten, und mache mich auf den Weg nach Bergen. Vierhundertfünfundsechzig Kilometer in gut sieben Stunden.

Anspannung und Angst machen sich in mir breit, sie wachsen in mir mit jedem Kilometer, den ich zurücklege. Je näher ich der Unfallstelle komme, desto mehr ergreifen sie Besitz von mir, lassen mich nahezu in Panik verfallen. Ich spüre eine unsichtbare Hand, die meine Kehle zudrückt. *Ich kann da nicht vorbei!* Lieber nehme ich einen großzügigen Umweg in Kauf. Es ist mir egal, wie viel Zeit ich dabei verliere.

Erst hundert Kilometer weiter traue ich mich, eine Pause einzulegen. Jetzt, wo ein wenig Druck von mir abfällt, wird mir bewusst, wie sehr jede Faser meines Körpers schmerzt. Ich steige aus und strecke mich. Kalter Wind schlägt mir entgegen und peitscht mir mein blondes Haar ins Gesicht. Mit einem tiefen Atemzug sauge ich die kalte Märzluft in meine Lungen. *Das Schlimmste hast du geschafft,* rede ich mir ein. Nachdem ich mir ein wenig die Beine vertreten habe, trinke ich einen Schluck Kaffee aus meinem Thermobecher und würge einen Schokoriegel hinunter.

Wie ich den Rest der Fahrt überstehen soll, weiß ich nicht. Ich sehe die Straße nur im Tunnelblick, starre stur geradeaus und lasse die Landschaft unbeachtet an mir vorbeiziehen. Erst als die ersten Häuser von Bergen in mein Sichtfeld rücken, spüre ich, wie sich etwas in mir regt. Mein Puls beschleunigt sich, und ich frage mich, ob ich tatsächlich so etwas wie Vorfreude verspüre. Oder ist es Angst? Wahrscheinlich eine Mischung aus beidem.

Jetzt ist es nicht mehr weit. Es geht ein Stück stadteinwärts, bis eine kurvenreiche Bergstraße hinauf in das Wandergebiet Fløivarden Bivouac führt. Mein Ziel ist der kleine See Revurtjernet, in dessen Mitte auf einem Inselchen das Haus meines verstorbenen Opas thront. All die Jahre habe ich es nie geschafft, ihn zu besuchen, weshalb das hier eine Fahrt ins Ungewisse ist.

Die letzten Kilometer kommen mir endlos vor. Auf den verschlungenen Straßen komme ich nicht besonders schnell voran. Als die Straße eine scharfe S-Kurve macht, verkündet mein Navigationsgerät: »Sie haben Ihr Ziel erreicht. Das Ziel befindet sich auf der linken Seite.«

Verdutzt schaue ich mich um, sehe weit und breit nur Bäume. Einen See jedoch nicht. Zweifelnd parke ich den Wagen am Waldrand und beschließe, mich ein wenig umzusehen. Als ich unter die noch kahlen Baumkronen trete, fallen mir am Boden fast zugewachsene Fahrspuren auf. Eine Gruppe von Wanderern kommt mir entgegen und grüßt freundlich. Vielleicht können die mir helfen.

»Entschuldigung, ist hier in der Nähe ein See?«

Einer der Männer deutet in die Richtung, in die ich unterwegs bin. »Ist nicht mehr weit. Noch ein Stückchen geradeaus, dann werden Sie ihn sehen.«

»Vielen Dank.«

Nach etwa einhundert Metern lichten sich die Bäume, und der Blick auf den See eröffnet sich mir. Ich beschleunige meine Schritte und erreiche das Ufer. Die Umgebung nehme ich zunächst nicht wahr. Alles, was ich sehe, ist das hübsche norwegische Häuschen mit dem roten Anstrich, welches mir von der kleinen Insel aus entgegenlacht.

»Willkommen zu Hause«, sage ich zu mir selbst. Ich laufe nach rechts am Ufer entlang, bis ich an einen langen Holzsteg gelange, der direkt zum Haus führt. Ein halbhohes Tor versperrt den Durchgang für ungebetene Gäste. Doch augenblicklich kommt mir in den Sinn, dass es ein Leichtes wäre, dieses Hindernis zu überwinden. Unbehagen macht sich bei dem Gedanken, hier oben ganz allein zu leben, in mir breit.

Dennoch kann ich es kaum erwarten, mich im Haus umzusehen. Mit zittrigen Fingern hole ich den Schlüsselbund aus meiner Manteltasche hervor, um auszuprobieren, welcher der Schlüssel zum Tor gehört. Beim dritten Versuch öffnet sich das Schloss, und ich stoße das quietschende Tor auf. Der Steg ist bedeckt mit Schmutz und Laub. Ich atme tief ein und richte meinen Blick wieder auf das Haus. Beim Näherkommen fällt mir auf, dass die Farbe an den Hauswänden abblättert. Die ehemals weißen Fensterläden sind verschlossen. Gleich neben der Haustür steht eine verwitterte Holzbank. Hier wartet einiges an Arbeit auf mich.

Mit klopfendem Herzen wende ich mich der Haustür zu. Dieses Mal erwische ich gleich beim ersten Versuch den richtigen Schlüssel. Neugierig betrete ich den schmalen dunklen Flur, und ein unangenehmer Geruch schlägt mir entgegen. Übelkeit steigt in mir auf, und ich ziehe rasch meinen Schal vor die Nase. Ich knipse das Licht an und bin erfreut, dass es funktioniert. Auf der linken Seite steht eine Tür offen. Ich spähe in den Raum und entdecke ein kleines Bad mit Dusche. Eine Tür weiter finde ich die Küche. Als ich auch hier das Licht einschalten will, gibt es einen Knall, und die Glühbirne brennt durch. Erschrocken kreische ich auf. *Ruhig bleiben, Livi! Es ist nichts passiert.* Vorsichtig durchschreite ich den Raum, um das Fenster und die Fensterläden zu öffnen. Als Licht von draußen hereinströmt, stelle ich zu meiner großen Überraschung fest, dass mich hier eine hübsche weiße Landhausküche erwartet. Ein wunderschöner Büfettschrank sowie ein kleiner Tisch mit vier Stühlen befinden sich ebenfalls in dem Raum.

Neugierig trete ich wieder in den Flur und entdecke schließlich das Wohnzimmer. Sofort öffne ich alle Fenster und lasse Licht und Luft herein. Erst dann schaue ich mich in Ruhe in dem großzügigen Raum um. Hier stehen zwei kleine Sofas mit grauenvollem Blümchenmuster, ein Esstisch mit sechs Plätzen und ein in die Jahre gekommener dunkler Eichenschrank.

Der Schrank weckt meine Aufmerksamkeit. Nicht, weil er mir gefallen würde – nein. Die Fotos, die darauf stehen, ziehen mich magisch an. Als ich näher trete, bildet sich ein Kloß in meinem Hals. Ich sehe Oma und Opa, wie sie strahlend in die Kamera lächeln. Gleich daneben sehe ich Mama und Papa, wie sie mich als kleines Mädchen auf dem Arm halten. Und ich sehe Kristian und mich. Bei unserer Hochzeit. So glücklich und so lebendig.

Plötzlich spielt sich dieser Tag vor meinem geistigen Auge wie ein Film ab. Kristian hatte sich gewünscht, auf einem Schiff zu heiraten. Er liebte alles, was mit Wasser zu tun hatte. Und er liebte Pizza, weshalb diese auf unserem Büfett nicht fehlen durfte. Wir beide sind beinahe vor Glück geplatzt.

Und jetzt gibt es nur noch mich. All diese Menschen auf den Bildern sind einfach weg. Ausradiert aus dem Leben. Tränen brennen in meinen Augen, und die Trauer überwältigt mich wie eine große brechende Welle, reißt mich erbarmungslos mit sich, zieht mich herunter auf den dunklen kalten Meeresgrund. Ich dachte, ich könnte hier neu anfangen. Doch jetzt wird mir klar, wie naiv ich war. Die Erinnerungen haben mich hierher verfolgt. Sie lassen sich nicht einfach abschütteln. Plötzlich spüre ich einen Fluchtreflex in mir. Ich kann mich gerade noch dazu durchringen, die Fenster zu schließen, dann stürze ich aus dem Haus und renne zum Auto. Ohne nachzudenken, starte ich den Motor, mache eine Kehrtwende und fahre hinab in die Stadt. Hauptsache weg von hier.

Ein Gefühl der Leere verdrängt meine Trauer, und ich heiße es willkommen. Lieber fühle ich nichts, als diesen Schmerz, der mich zerfrisst. Völlig mechanisch folge ich den Anweisungen des Navigationsgeräts und kurve mit meinem grauen VW Golf die Serpentinenstraßen hinunter. Erst als ich am Fuße des Fløyen ankomme, halte ich an und ziehe das Handy aus meiner Tasche, um mir in der Nähe ein Hotel zu suchen. Irgendwo muss ich schließlich schlafen, und ganz gewiss nicht da oben auf dem Berg.

Fündig werde ich im Radisson Blu Royal und buche zunächst für drei Nächte ein Zimmer. Bis dahin bin ich mir hoffentlich darüber im Klaren, wie es weitergehen soll. Ich gebe meinen neuen Zielort ins Navi ein und lasse mich die wenigen Fahrminuten zum Hotel leiten. Unschlüssig hadere ich mit mir, entscheide mich schließlich, zuerst einzuchecken und dann ein wenig durch die Stadt zu laufen, denn ich muss mich unbedingt ablenken. Das Hotel liegt im berühmten Hanseviertel Bryggen mit seinen hübschen bunten Holzhäusern, und so werde ich hier hoffentlich auf andere Gedanken kommen.

Doch letztendlich lasse ich mich von den Touristenmassen mitschieben, lasse mich treiben, ohne auf meine Umgebung zu achten. Ich habe keine Augen für die Schönheit dieses Ortes, denn es ist niemand da, mit dem ich sie teilen kann. Zwischen all den Menschen fühle ich mich so allein wie nie zuvor.

Plötzlich sehe ich etwas, das mich in seinen Bann zieht. Magisch davon angezogen, laufe ich auf eines der Schaufenster zu, remple dabei Menschen an, ohne es zu bemerken. Mein Blick ist gefangen von einem Bild, einem Gemälde, das mein Innerstes eins zu eins widerspiegelt. Ich sehe das wilde, tosende Meer, aufgepeitschte Wellen, die sich mit dem Grau des Himmels vereinen. So düster, so kraftvoll, so voller Wut. Wie ich. Als hätte der Maler in meine Seele geschaut und die ganze Wildheit und den Aufruhr in dieses Bild gesteckt. Und obwohl es nur ein Gemälde ist, wirkt es so real, als könnte ich hineinlaufen, mich in die Wellen stürzen und mich von ihnen mitreißen lassen. Fort von dieser Welt. Fort von diesem Leben, das keines mehr ist.

Erst als sich die Tür des Ateliers öffnet und ein Mann heraustritt, gelingt es mir, den Blick von dem Bild loszureißen. Der Mann sieht aus wie eine etwas ältere Version von Jakob Oftebro. Seine grau melierten Haare fallen ihm wild in die Stirn, und er fährt sich durch seinen ungepflegten Bart, während er mich aus grauen Augen direkt anstarrt. Sein einst beiger Rollkragenpullover ist über und über mit bunten Farbklecksen besprenkelt.

Unbehagen steigt in mir auf. »Ich möchte dieses Gemälde kaufen«, sage ich, um von meiner Verwirrung abzulenken. »Was wollen Sie dafür haben?«

KAPITEL 2

MATTIS

Gedankenverloren drehe ich mich im Ausstellungsraum einmal um meine eigene Achse, um einen Platz für mein neues Gemälde auszuwählen. Plötzlich fällt mein Blick auf eine Frau, schätzungsweise Anfang dreißig, die wie gebannt durchs Schaufenster starrt. Es kann nur das *Meeresgetöse* sein, das sie so fesselt. Doch mich fasziniert etwas ganz anderes. Es ist der Ausdruck in ihren Augen. So unfassbar traurig und entrückt, so leer und zugleich so überladen mit einer Fülle von Emotionen. Ohne nachzudenken, steuere ich auf die Ladentür zu. Ich muss mit ihr reden, kann sie unmöglich einfach weiterziehen lassen.

Doch als ich direkt vor ihr stehe, fühle ich mich nicht in der Lage, auch nur ein Wort über meine Lippen zu bringen. Zu sehr wirft mich ihr Anblick aus der Bahn. Ihr langes blondes Haar umrahmt in sanften Wellen ihr ungeschminktes schmales Gesicht und lässt das Tiefblau ihrer Augen und den Sturm, der in ihnen tobt, nur umso kraftvoller erscheinen.

Sichtlich verwirrt schaut sie mich an. »Ich möchte dieses Gemälde kaufen. Was wollen Sie dafür haben?«

»Das Bild ist nicht verkäuflich«, entgegne ich bestimmt.

»Wie bitte? Aber das ist doch ein Laden, oder? Und Sie wollen Ihre Bilder nicht verkaufen?«

»Doch … äh, nein.«

»Na, was denn nun?«

»Das Atelier befindet sich noch im Aufbau. Deswegen verkaufe ich nichts.«

»Ist das Ihr Ernst?«

Ich nicke lediglich.

»Ich muss Sie doch irgendwie überzeugen können, mir dieses Bild zu verkaufen.«

Mein Herz macht einen Satz, als ich von einer Idee erfasst werde. *Soll ich sie wirklich danach fragen?* Einen Versuch ist es wert. »Okay, Sie bekommen es. Unter einer Bedingung.«

»Die da wäre?«

»Ich darf Sie malen.«

»Mich?« Sie weicht einen Schritt zurück und sieht mich an, als wäre ich ein Psychopath.

Beschwichtigend hebe ich die Hände. »Keine Angst. Alles, was ich will, ist Ihr Gesicht. Ihren Blick. Ich muss ihn einfach festhalten.«

Sie schaut mich nach wie vor befremdet an. »Ich weiß nicht.«

»Bitte. Erfüllen Sie einem inspirierten Künstler einen Wunsch.« Ich setze ein Lächeln auf und strecke ihr meine Hand entgegen. »Ich bin Mattis. Mattis Baardsson«

Nun heben sich auch ihre Mundwinkel ein wenig, und ihre Hand legt sich in meine. »Livi Steensen.«

»Und, Livi? Haben wir einen Deal?«

»Meinetwegen.«

»Dann kommen Sie rein.«

»Wie? Jetzt sofort etwa?«

»Natürlich sofort. Wer verspricht mir sonst, dass Sie wiederkommen? Und selbst wenn: Wer garantiert mir, dass Ihr Blick morgen oder übermorgen noch die gleiche Ausstrahlung hat wie jetzt?«

»Okay, Sie haben gewonnen.«

Innerlich mache ich einen kleinen Freudensprung und bitte Livi herein. Neugierig blickt sie sich um und bleibt bei jedem einzelnen Bild einen Augenblick stehen. Eines der Gemälde zeigt den malerischen Pier von Bergen mit seinen bunten Holzhäusern, andere die Natur in all ihren Facetten. Sonnenuntergänge, Wälder, Seen, Blumenwiesen. Ein wenig irritiert schaut sie auf den Schanktisch, der so gar nicht ins Atelier passt. Doch dann wendet sie sich wieder meinen Bildern zu.

Am Gemälde des Sognefjords hält sie inne und mustert es intensiv. »Es ist wunderschön.«

»Waren Sie schon einmal dort?«

Livi schüttelt den Kopf. »Leider nicht. Aber wie es aussieht, sollte ich das unbedingt nachholen.«

»Auf jeden Fall.«

Jetzt sieht sie mich an, nach wie vor völlig verunsichert. »Und wie geht es jetzt weiter?«

»Wir gehen nach oben. Dort habe ich alles, was ich brauche.« In diesem Moment komme ich mir plötzlich dumm vor. Was denkt diese Frau wohl von mir? Sie fühlt sich unwohl, das ist offensichtlich. Aber sie hätte sich ja nicht darauf einlassen müssen. Dennoch hat sie zugestimmt, und ich komme nicht umhin, mir einzugestehen, dass ich mich darüber freue. Ich hoffe nur, dass ich dieser makellos traurigen Schönheit auf der Leinwand überhaupt gerecht werden kann.

KAPITEL 3

LIVI

Unsicher folge ich Mattis die schmale, steile Treppe hinauf. Das Holz knarrt und ächzt unter unserem Gewicht. In dem schwachen Licht einer einzelnen Glühbirne muss ich gut aufpassen, wohin ich trete.

»Machen Sie hier Urlaub, Livi?«

»Nein, ich wohne jetzt hier. Aber ich bin erst heute angekommen.«

»Oh. Dann willkommen im Herzen der Fjorde.«

»Danke.« Meine Freude hält sich in Grenzen, doch das muss ich ihm ja nicht verraten.

»Da wären wir«, verkündet Mattis oben am Treppenabsatz und macht eine einladende Geste. Vor mir öffnet sich ein großzügiger Raum, dessen dunkle Holzverkleidung ihn kleiner wirken lässt, als er tatsächlich ist. Schwere Deckenbalken und Stützpfeiler lassen die Mansarde urig und gemütlich aussehen. Mehrere Staffeleien verteilen sich im Raum, auf zweien befinden sich bereits fertige Gemälde. Unter einer Dachschräge steht eine Pritsche, daneben befindet sich ein kleiner Tisch mit zwei Stühlen, einem Campingkocher und einigen Dosen Ravioli. Aus einem alten Regal quillt ein Stapel Kleidung unordentlich hervor.

Mattis scheint meine Missbilligung darüber zu bemerken. »Äh, entschuldigen Sie die Unordnung.«

»Schläfst du etwa hier?«

»Seit wann sind wir beim Du?«

»Lenk nicht ab!«

Sichtlich verlegen zieht er die Schultern hoch und nickt. Dann schiebt er einen der Stühle zu mir herüber. »Hier, setz dich.«

Unschlüssig lasse ich mich nieder und öffne den Reißverschluss meines Mantels.

»Lass ihn ruhig an. Es ist etwas kalt hier.«

»Stört das denn nicht? Also … für das Bild, meine ich.«

16

»Ach was.«

»Warum stellst du nicht einfach die Heizung an?«

Mattis starrt auf den Boden. »Ich spare, wo ich kann.« Dann wendet er sich ab, zieht eine Staffelei heran und rüstet sich mit Pinseln und Farben aus. Unbehagen macht sich in mir breit. *Warum habe ich mich eigentlich darauf eingelassen?*

»Wie ... soll ich mich denn hinsetzen? So vielleicht?« Ich drehe mich ein bisschen nach links und versuche, so aufrecht wie möglich zu sitzen.

»Gut so«, meint Mattis. »Nur ...« Er kommt auf mich zu, beugt sich zu mir herunter und macht sich an meinen Haaren zu schaffen. Erschrocken zucke ich zurück, und unsere Blicke treffen sich.

Meine Reaktion verunsichert ihn. »Entschuldige. Ich wollte nur ...«

»Ist schon gut«, entgegne ich hastig und nicke ihm auffordernd zu.

Vorsichtig zupft er einige Haarsträhnen zurecht und tritt prüfend einen Schritt zurück. »Jetzt ist es perfekt.«

»Soll ich lächeln?«

»Nein. Bitte nicht. Es ist deine Traurigkeit, die ich einfangen will.« Ohne zu zögern macht Mattis sich ans Werk.

Ich schlucke, fühle mich plötzlich nackt und verletzlich. Wie lange muss er mich beobachtet haben, als ich vor dem Schaufenster stand und mir wünschte, mich einfach von den Wellen davontreiben zu lassen? Hat er meine Gedanken gelesen? Habe ich ihm unbewusst Einblick in meine tiefsten Abgründe gewährt? Das Meer ... Wäre ich in diesem Moment dort gewesen, wäre ich hineingelaufen. Einfach so. Meine Gedanken verschwimmen, verändern ihre Form, und ich blende Mattis völlig aus.

Innerlich befinde ich mich plötzlich wieder in Opas Haus und schaue auf die Fotos aus Zeiten, in denen meine Welt noch heil war. Bevor ich von einem Tag auf den anderen allein dastand und nicht nur die Menschen, die ich liebte, sondern auch mich selbst verlor. Still rinnen Tränen über meine Wangen und fallen in schweren Tropfen auf meine Hände, die regungslos auf meinem Schoß verharren.

»Livi, ist alles in Ordnung?« Bestürzung schwingt in Mattis' Worten mit.

»Es geht schon.« Meine Stimme ist kaum mehr als ein Flüstern.

»Sollen wir lieber abbrechen? Möchtest du allein sein?«

»Nein. Mach einfach weiter.« Zum ersten Mal seit Langem habe ich das Gefühl, nicht allein sein zu wollen. Die anonyme Gesellschaft dieses Fremden ist mir tausendmal lieber, als in meinem Hotelzimmer zu sitzen und von der tonnenschweren Last meiner Emotionen erdrückt zu werden.

»Bist du sicher?« Mattis zieht seine Stirn in Falten, und ich nicke stumm. Seine Miene entspannt sich kaum, dennoch wendet er sich wieder seinem Kunstwerk zu.

»Möchtest du reden?« Er stellt die Frage, ohne mich anzusehen. Offenbar überfordert ihn mein Gefühlausbruch.

»Ja. Über dich«, antworte ich aus einem Impuls heraus.

»Über mich? Da gibt es nicht viel zu erzählen. Meinen ganzen Lebensinhalt siehst du hier. Ende der Geschichte.« Die Schroffheit in seiner Stimme straft ihn Lügen.

»Das kann doch nicht alles sein.« *Das muss ausgerechnet die Frau sagen, die monatelang nur stumm gegen Wände gestarrt hat,* erklingt eine Stimme in meinem Kopf.

»Aber es ist so. Das Atelier ist alles, was mir noch geblieben ist.«

»Geblieben wovon?« Meine Neugier ist geweckt und lässt meine eigenen schweren Gedanken in den Hintergrund rücken.

»Wenn ich dir sage, dass ich nicht darüber reden will, nimmst du das dann so hin?«

»Nein.« Wider Willen muss ich kichern. Seit Ewigkeiten habe ich mich für nichts und niemanden mehr interessiert. Jetzt aber will ich wissen, welche Last dieser Fremde mit sich herumschleppt. Vielleicht, weil es mich von mir selbst ablenkt.

»Dachte ich's mir.«

»Und?« Ich erkenne sein Zögern. Möglicherweise bin ich zu weit gegangen. Wer könnte es besser verstehen als ich, dass jemand sein Innerstes lieber nur mit sich selbst teilt? Also bohre ich nicht weiter nach. Es geht mich auch gar nichts an. Mattis widmet sich wieder seinem Gemälde. Doch ich sehe, wie es hinter seiner Stirn arbeitet. Seine Mimik spricht Bände. »Ich habe meine Arbeit geliebt …«, sagt er nun, verstummt jedoch mitten im Satz.

»Das Malen?«

»Nein. Das war immer nur ein Hobby für mich.«

»Was hast du stattdessen gemacht?«

»Ich war Vertriebsmanager in einem Elektronikkonzern.«

»Und du hast den Job verloren?«

»Nicht nur den.«

Ich fühle mich schlecht dabei, ihm alles aus der Nase zu ziehen. Vielleicht sollte ich es einfach dabei belassen. Trotzdem kann ich nicht aufhören. »Was ist passiert?«

Er schluckt schwer, schweigt jedoch.

»Du musst es mir nicht erzählen. Ich will nicht irgendwas in dir lostreten. Aber es hilft sicher, wenn du darüber sprichst.« Wie oft habe ich mir diesen Satz anhören müssen. Doch ich habe ihn mit größter Entschlossenheit ignoriert.

»Bist du etwa Psychologin oder so was?«

»Du meine Güte! Nein. Ich bin selbst einer dieser Menschen, die lieber schweigen als reden.« Betreten starre ich auf meine Hände.

»Okay … Ich erzähle dir alles. Aber nur, wenn du mir verrätst, weshalb du so tieftraurig und melancholisch vor meinem Geschäft aufgetaucht bist.«

Erschrocken schaue ich ihn an. »Ich …« Plötzlich rinnen wieder Tränen über meine Wangen.

»Es hilft sicher, wenn du darüber sprichst.« Wärme schwingt in seiner Stimme mit. Er hat mich mit meinen eigenen Worten geschlagen.

Mühsam zwinge ich mich zu einem Lächeln. »Eins zu null für dich.«

Er nickt zufrieden und greift wieder zu seinem Pinsel. »Also schön. Wie ich schon sagte, ich bin in meinem Job voll aufgegangen. Zu sehr, wie ich später einsehen musste. Jeden Tag habe ich mehr Zeit in der Firma verbracht, als es hätte sein müssen. Ich wollte, nein, ich *musste* alle Dinge selbst erledigen, anstatt sie auf andere zu verteilen. Damit habe ich mich in der Firma unabdingbar gemacht. Ich hatte immer alles unter Kontrolle. Zumindest dachte ich das. Was ich dabei völlig aus den Augen verloren habe, war meine Familie. Meine Frau, meine beiden Kinder.«

»Du bist verheiratet?«

»Ich *war* verheiratet.«

»Und wegen des Jobs habt ihr euch getrennt?«

»Ja. Tatsächlich war das der Grund. Ich war so gut wie nie zu Hause. Und wenn doch, haben wir uns genau deshalb gestritten. Marit, meine Frau, bestand darauf, dass ich kürzertrete, um wieder mehr Zeit mir ihr und den Kindern zu verbringen. Und ich Idiot wollte das nicht begreifen. Ich habe weitergemacht wie bisher, habe mir eingeredet, dass ich doch nur so viel arbeite, um ihnen ein schönes Leben zu ermöglichen. Dann hat sie mich vor die Tür gesetzt. Einfach so. Das ist jetzt zwei Jahre her.«

»Und das hast du so hingenommen? Hast du nicht versucht, es wieder geradezubiegen?«

»Anfangs schon. Aber dann wurde alles noch schlimmer. Marit hatte plötzlich einen anderen, irgendeinen feinen Pinkel. Das gab mir den Rest. Ich bin unaufhaltsam in ein Burn-out gerutscht und war schlagartig nicht mehr ich selbst. Ich habe mich so leer gefühlt, so erschöpft – und nicht mehr in der Lage, für irgendetwas zu kämpfen.«

»Und deine Kinder?«

»Isak und Linnea haben unheimlich unter der Trennung gelitten. Und ich hätte verdammt noch mal für sie da sein sollen. Aber sie haben mich überfordert, und ich habe sie immer wieder vor den Kopf gestoßen. Mir war alles egal. Hauptsache, ich hatte meine Ruhe. Da hat Marit die Reißleine gezogen. Sie hat die Scheidung eingereicht und dafür gesorgt, dass ich die Kinder kaum noch zu Gesicht bekomme. Und heute hasse ich mich für das, was ich getan habe. Oder eher *nicht* getan habe.«

»Wie alt sind deine Kinder?«

»Isak ist jetzt acht, und Linnea ist zehn Jahre alt.« Wehmut liegt in seinem Blick.

»Und du hast sie seit fast zwei Jahren nicht gesehen?«

Mattis nickt betreten.

Sprachlos schaue ich ihm in die Augen und erkenne darin seinen Schmerz. Und seine Wut. Doch plötzlich entdecke ich auch ein Funkeln.

Er springt von seinem Schemel auf, kommt auf mich zu und reicht mir die Hand. »Hallo, ich bin Mattis Baardsson, sechsunddreißig Jahre alt, und habe mein Leben komplett vor die Wand gefahren. Und wer bist du?« Er grinst schelmisch, obwohl nichts an seiner Situation komisch ist.

Mir klar, dass ich jetzt an der Reihe bin. Zeit für ein Ablenkungsmanöver. »Sechsunddreißig? Ich dachte ja …«

»Ja, ja. Ich sehe locker zehn Jahre älter aus mit meinen grauen Haaren. Danke, dass du mich daran erinnerst«, flachst er. »Aber du lenkst ab. Du musst nicht glauben, dass du aus der Nummer wieder rauskommst.«

So ein Mist! Ich kann meiner Stimme nicht trauen, räuspere mich ein paarmal, bevor ich anfange zu sprechen. »Ich bin Livi Steensen, einunddreißig Jahre alt, und ich habe alle Menschen verloren, die ich geliebt habe. Sie sind alle tot.«

Mattis schlägt sich die Hände vor den Mund und schaut mich bestürzt an. »Sie sind … alle tot?«

»Ja.«

»Wie …« Fassungslosigkeit liegt in seinem Blick.

»Ich muss bei meinem Opa anfangen. Er hat hier in Bergen gelebt, in einem Häuschen oben auf dem Fløyen. Seit dem Tod meiner Oma hat er sich dort zurückgezogen. Wir haben ihn kaum noch zu Gesicht bekommen. Irgendwann ging auch er, ganz still und für sich allein.«

»Das tut mir leid.«

»Wenn das denn alles wäre …«

»Erzähl weiter. Wenn dir danach ist.«

»Könnte ich vielleicht ein Glas Wasser haben?« Ein dummer Versuch, Zeit zu schinden. Dennoch trinke ich dankbar, nachdem Mattis mir ein Glas gereicht hat.

»Nach seinem Tod wollten meine Eltern hierherkommen, um nach seinem Haus zu sehen. Mein Mann hat sie begleitet. Es war ein verschneiter Wintertag. Sie sind niemals angekommen. Ein Unfall …« Ein unkontrollierter Schrei entweicht mir, ohne dass ich mich dagegen wehren kann. Wie von Sinnen springe ich auf, sodass der Stuhl hinter mir krachend auf den Boden fällt. Ich stürze zum Fenster, versuche, ruhig zu atmen, doch ich habe das Gefühl zu ersticken.

Plötzlich steht Mattis dicht hinter mir, seine Hand ruht sanft auf meiner Schulter. »Livi, das tut mir unendlich leid. Kann … kann ich irgendwas für dich tun?«

»Ich denke, ich gehe jetzt besser.« Achtlos schiebe ich mich an ihm vorbei und stürze die Treppe hinunter.

»Livi, warte doch!« Ich höre die Sorge in Mattis' Stimme, doch ich laufe einfach hinaus auf die Straße. Ich hätte ihm niemals davon erzählen sollen.

Noch lange bin ich gestern Abend durch die schmalen Gassen der Altstadt geirrt, ohne sie eines Blickes zu würdigen. Ich lief einfach so lange weiter, bis mich völlige Erschöpfung übermannte. Erst dann hatte ich das Bedürfnis, mich in meinem Hotelzimmer zu verkriechen. Noch in meinem Mantel, ließ ich mich aufs Bett fallen und war erleichtert, als der Schlaf mich zu sich zog und sich die bittere Realität in Rauch auflöste. In meinen Träumen kann ich immer noch glücklich sein.

Doch jetzt, an diesem regnerischen grauen Morgen, ist alles wieder so präsent wie am Abend zuvor. Ich hätte in Oslo bleiben sollen. Es war ein Fehler, hierherzukommen. Ich dachte, es könnte meine Wunden heilen, aber ich wurde eines Besseren belehrt.

Was wird denn jetzt aus dir, Livi?, frage ich mich selbst, vorwurfsvoll und ratlos. Und dann muss ich komischerweise an Mattis denken. Ob er sich auch jeden Tag diese Frage stellt? Ob er sich genauso verloren fühlt wie ich? Aber was interessiert mich das eigentlich?

KAPITEL 4

MATTIS

Abgrundtief traurige Augen starren mich aus dem halb fertigen Gemälde an. Ich kann nicht aufhören, sie anzuschauen und mir vorzustellen, was Livi durchgemacht hat. Obwohl sie mir fremd ist, zerreißt es mir das Herz. Zum ersten Mal seit Langem ertrinke ich nicht mehr in Selbstmitleid. Verdammt, es gibt Menschen, die viel Schlimmeres durchmachen als ich.

Ein dumpfes Klopfen dringt wie durch einen Nebel zu mir hindurch. Ich brauche eine Weile, um zu registrieren, dass jemand unten gegen die Tür hämmert. Hastig sprinte ich die Treppe hinunter. Als ich in den Verkaufsraum komme und sehe, wer vor der Tür steht, macht mein Herz einen kleinen Satz. Hektisch schließe ich auf.

»Livi! Ich hatte nicht damit gerechnet, dass du noch einmal wiederkommen würdest.« *Aber ich hatte es gehofft.* Diesen Gedanken möchte ich jedoch nicht laut aussprechen.

»Ich dachte, du möchtest das Bild vielleicht noch zu Ende malen.« Sie sieht schlecht aus. Noch schlechter als gestern. Erst heute fällt mir auf, wie bleich und ausgemergelt sie wirkt.

»Ja. Das würde ich gern.«

»Tut mir leid, dass ich einfach so abgehauen bin.«

»Mir tut es leid. Ich hätte dich nicht dazu drängen sollen, mir davon zu erzählen.«

»Du hast mich nicht gedrängt. Außerdem ändert es ja auch nichts. Sie sind nicht mehr da, ganz gleich, ob ich dir davon erzähle oder es für mich behalte. Ich will es nur einfach nicht wahrhaben«, entgegnet sie tonlos.

»Das verstehe ich. So etwas …« Ich weiß nicht, was ich sagen soll. »Jetzt komm doch erst mal rein. Bei dem Sauwetter müssen wir uns ja nicht hier draußen vor der Tür unterhalten.«

Livi nickt und schiebt sich an mir vorbei. Wie ferngesteuert bewegt sie sich durch den Raum und dann die Treppe hinauf. Schnell folge ich ihr, doch einholen kann ich sie nicht mehr. Keine Chance für mich, auch nur ein bisschen von diesem heillosen Chaos zu beseitigen. Trotz meiner wenigen Habseligkeiten bin ich absolut unfähig, Ordnung zu halten. *Mist! Ich trage noch denselben farbverschmierten Pullover wie gestern. Peinlicher geht's gar nicht.*

Doch Livi würdigt mich keines Blickes, genauso wenig schenkt sie ihrer Umgebung Beachtung. Sie hebt den Stuhl auf, der gestern umgestürzt ist, und setzt sich hin, als wäre sie nie weg gewesen.

Mir fehlt der Mut, mit ihr zu reden – zu groß ist die Sorge, etwas Falsches zu sagen und sie wieder zu vertreiben. Also mache ich einfach dort weiter, wo ich gestern aufgehört habe. Etwa eine Stunde vergeht, bis ich den finalen Pinselstrich ziehe. Ich stehe auf, trete einen Schritt zurück und begutachte mein Werk. Immer wieder richte ich meinen Blick auf Livi, die regungslos wie eine Statue dasitzt und keine Miene verzieht. Mein Gemälde spiegelt Livis Emotionen genauso wider, wie ich es mir vorgestellt habe. Eine Mischung aus Seligkeit und Melancholie durchschwemmt mich. Niemals ist mir ein so makelloses Abbild von einem Menschen gelungen. Und nie hat jemand mein Innerstes allein durch seinen Blick so sehr berührt. »Es ist perfekt!«

Ohne etwas zu entgegnen, erhebt Livi sich und kommt auf mich zu. Als ihr Blick auf das Bild fällt, schimmern Tränen in ihren Augen.

»Gefällt es dir?« Als sie zögert, werde ich unsicher.

»Es ist wunderschön …«

»Aber?«

»Aber die Frau, die ich darauf sehe, ist nicht die, die ich sein möchte. Sie ist nichts weiter als eine leere Hülle. Die Livi von damals existiert nicht mehr.«

»Das glaube ich nicht. Ich glaube nur, dass du deine Seele hinter dicken steinernen Mauern einbetoniert hast. Aber Mauern kann man einreißen.«

»Dort wird nichts zu finden sein. Außer Kälte.«

»Das werden wir ja sehen«, murmle ich.

»Wie bitte?«

»Schon gut. Hast du eigentlich schon etwas gegessen heute?«

Sie schüttelt stumm den Kopf.

»Dachte ich mir schon. Warte hier. Ich ziehe mich kurz um, dann gehen wir frühstücken.«

»Wer sagt, dass ich das will?«

»Das Knurren deines Magens hat es mir gerade verraten. Also, keine Widerrede!«

»Meinetwegen.«

Zehn Minuten später gehen wir die Treppe zum Ausstellungsraum hinunter. Ich führe Livi am Tresen vorbei durch eine Tür in die alte Küche, die lediglich durch eine weitere Tür vom Restaurant nebenan getrennt ist.

Sichtlich erstaunt hält sie inne. »Wow, was ist das denn hier?«

»Die Küche gehörte früher zum *Kruttønne,* dem angrenzenden Restaurant. Bevor es das Atelier gab. Seit dem Umbau gibt es nebenan eine neue, modernere Küche, und diese hier hat ausgedient. Komm, hier entlang.«

»Das musst du mir aber genauer erzählen.«

»Mache ich gleich. Jetzt suchen wir uns aber erst mal ein gemütliches Plätzchen.« Ich führe Livi ins Restaurant an einen der kleinen schweren Holztische direkt am Fenster. Warme graue Lammfelle liegen auf den Stühlen und machen sich gut zum rustikalen Stil des Restaurants. Als wir uns setzen, sehe ich Hedda schon auf uns zukommen. Ihr brauner Zopf wippt bei jedem Schritt hin und her.

Sie beugt sich zu mir herunter und gibt mir einen Kuss auf die Wange. »Guten Morgen, Mattis. Du hast dich aber schon lange nicht mehr hier drüben blicken lassen.«

»Ja, ja. Ich weiß.« Beschämt winke ich ab und werfe Livi einen Blick zu. »Das ist Livi. Sie ist neu hier in der Stadt, und ich wollte ihr zeigen, wo man das beste Frühstück bekommt.«

Hedda lächelt verschmitzt. »Das ist ja schön. Freut mich, Livi! Willkommen in Bergen. Dann werde ich euch mal etwas Gutes bringen. Kaffee für euch beide?«

»Gern«, antwortet Livi.

»Für mich sowieso«, erwidere ich.

Hedda entfernt sich vom Tisch, und Livi schaut mich fragend an. »Bist du hier Stammgast?«

»So in etwa. Hedda ist die Frau meines besten Freundes Erik. Wir kennen uns seit der Schulzeit. Den beiden gehört das Restaurant.«

»Und dann hast du ihnen ein Stück davon abgeluchst, um dein Atelier eröffnen zu können.«

»Nicht ganz. Nach der Trennung von Marit wusste ich nicht, wohin. Hedda und Erik hatten ein Herz, und ich konnte bei ihnen das Gästezimmer in Beschlag nehmen. Aber ich war ein furchtbarer Gast.«

»Das ist noch milde ausgedrückt.« Als Hedda mir ins Wort fällt, zucke ich zusammen. Ich habe nicht bemerkt, dass sie mit einer Kanne Kaffee an den Tisch gekommen ist.

Zerknirscht schaue ich sie an. »Ich weiß.«

Neckisch tätschelt Hedda meine Schulter und verschwindet wieder. Livis Blick ist plötzlich voller Leben. Wie gebannt starrt sie mich an, als würde sie darauf brennen, mehr zu erfahren.

»Na ja, auf jeden Fall wurde es Hedda irgendwann zu viel, und sie meinte, ich könne nicht ewig bei ihnen bleiben. Erik sah das anders. Deshalb flogen ganz schön oft die Fetzen zwischen den beiden. Ich wollte nicht schuld daran sein und hatte vor, mir etwas anderes zu suchen. Aber ich habe von Krankengeld gelebt. Damit kann man nicht viel reißen.«

»Wem sagst du das«, murmelt Livi.

»Du etwa auch?«

»Eine Weile. Bis ich alles andere geregelt hatte. Längere Geschichte. Jetzt will ich aber erst einmal wissen, wie es bei dir weiterging. Wie kam es zu der Sache mit dem Atelier?«

»Hedda und Erik hatten großes Pech. Das Restaurant gehörte nicht immer ihnen allein. Sie hatten es gemeinsam mit einem Kollegen von Erik aufgezogen, den er noch aus seiner Lehrzeit kannte. Doch der hatte irgendwann keine Lust mehr und stieg aus dem Restaurant aus. Sie haben dann einen anderen Koch eingestellt, doch der taugte nichts. Irgendwann haben die beiden entschieden, den Laden zu verkleinern und allein weiterzumachen.«

»Und so wurde die Küche frei, und du bist zu deinem Atelier gekommen.«

»Genau. Es war in dem Moment für alle die beste Lösung. Auch wenn ich ihnen so gut wie nichts an Miete zahlen kann.«

»Na ja, das Atelier ist ja auch gerade erst im Aufbau. Aber deine Gemälde sind herausragend. Bestimmt werden die Leute dir schon bald den Laden einrennen.«

»Ehrlich gesagt, möchte ich das gar nicht.«

»Wie bitte?« Verständnislos schaut sie mich an.

»Ich bin nicht der Typ dafür, meine Gemälde öffentlich zu zeigen.«

»Das meinst du nicht ernst.«

Meine Kehle wird plötzlich ganz trocken. Da hilft auch der große Schluck Kaffee nicht, den ich in mich hineinkippe. Ein Schulterzucken muss als Antwort reichen.

»Mattis, warum willst du diese Bilder irgendwo verstecken? Sie müssen gesehen werden. *Du* musst gesehen werden. Wovor hast du Angst?«

Ich wage es nicht, ihr in die Augen zu schauen. »Ich weiß es nicht«, flüstere ich.

KAPITEL 5

LIVI

Fassungslos starre ich Mattis an, doch er weicht meinem Blick aus. Mir ist vollkommen unbegreiflich, weshalb er seine wundervollen Gemälde nicht für die Öffentlichkeit zugänglich macht.

»Mattis, ich weiß nicht genau, wo dein Problem liegt. Fakt ist aber doch, dass du am Existenzminimum lebst und dass du jede Menge Bilder hast, die die Leute dir aus den Händen reißen würden.«

»Wenigstens eine, die an mich glaubt.«

»Das solltest du ebenfalls tun.«

»Meine Rede«, wirft Hedda ein. »Das habe ich ihm schon so oft vorgebetet. Aber vielleicht hört er ja auf dich, Livi.« Sie ist in Begleitung eines groß gewachsenen honigblonden Mannes, der in einer grauen Kochjacke steckt, wieder am Tisch aufgetaucht und serviert uns ein üppiges Frühstück. *Das muss Erik sein,* schießt es mir durch den Kopf.

Mattis' Miene verdunkelt sich. »Jetzt hört aber mal auf. Ihr übertreibt maßlos. Niemand interessiert sich für meine Bilder.«

»Weil du sie niemandem zeigst«, beschwert sich Hedda.

»Warum denn nicht, Mattis? Ich verstehe das nicht.« Eindringlich fixiere ich Mattis mit meinem Blick. Doch er antwortet nicht.

»Gleichzeitig mit deinem Job und deiner Familie hast du auch jegliches Selbstvertrauen verloren. Ist es nicht so?« Hedda schaut ihn herausfordernd an.

Wut lodert kurz in seinen Augen auf, verblasst jedoch genauso schnell, wie sie gekommen ist. »Lass gut sein. Bitte.«

»Genau, lass gut sein, Hedda«, meint der große Blonde nun, der bisher nicht zu Wort gekommen ist, und klopft Mattis freundschaftlich auf die Schulter. »Schön, dich zu sehen, Mann!«

»War ja klar, dass du wieder zu ihm hältst, Erik«, sagt Hedda, was Erik wiederum mit einem Augenrollen quittiert. »Komm! Wir lassen die beiden allein. Lasst es euch schmecken.« Sobald Hedda und Erik außer Hörweite sind, spreche ich mit gedämpfter Stimme weiter. »Kann es sein, dass Hedda recht hat mit dem, was sie sagt?«

Wieder zuckt er nur mit den Schultern.

»Mal ehrlich, Mattis – das, was du jetzt hast, ist doch kein Leben. Du könntest viel aus deiner Begabung machen. Und du hast etwas Besseres verdient, als da oben so zu hausen.«

»Glaub mir, ich habe genau das verdient. Ich bin ein Versager, nichts weiter.«

»Niemand hat das verdient! Und deine Gemälde sind das eindeutige Zeichen dafür, dass du alles andere als ein Versager bist. Sie strahlen unfassbar viel Schönheit und Leben aus. Sie sind voller Magie. *Deiner* Magie!« Unsere Blicke treffen sich, und ich sehe Tränen in seinen Augen schimmern. »Ich glaube, alles was du brauchst, ist ein kräftiger Tritt in den Hintern.« Plötzlich spüre ich ein Feuer in mir lodern – ein Gefühl, das mir schon seit langer Zeit fremd ist. Der Wille, Mattis aus seinem Loch holen zu wollen, keimt übermächtig in mir auf. Jetzt muss ich mir nur noch überlegen, wie ich das anstellen soll. Lächelnd reiche ich ihm den Brotkorb. Mir wird schon irgendetwas einfallen.

Nachdem wir das Restaurant verlassen haben und auf dem Gehweg vor der bunten Häuserreihe des Hanseviertels stehen, schaue ich unschlüssig zu Mattis. Mir ist nicht danach, allein zu sein. Und eine zündende Idee, wie ich Mattis helfen könnte, ist mir auch noch nicht gekommen.

»Zeigst du mir ein wenig von der Stadt? Gestern Abend bin ich eine Ewigkeit durch die Gassen geirrt, aber ich war nicht so recht bei der Sache.«

»Kein Wunder«, murmelt Mattis vor sich hin. »Hast du einen Regenmantel dabei? Ich fürchte, das Wetter wird heute nicht mehr besser.«

»Irgendwo habe ich einen. Aber frag mich nicht, in welchem Koffer. Mein Auto ist bis zum Rand mit meinem Kram gefüllt.«

»Warst du etwa zu faul, um dein Auto auszuladen?«, fragt er mich scherzhaft.

Doch ich finde das gar nicht witzig. »Ich … habe im Hotel übernachtet.«

»Was? Warum das denn? Ich denke, du hast da oben ein Häuschen.«

»Habe ich auch. Aber ich konnte nicht dort bleiben. Es tat zu weh.«

»Verstehe.«

»Ehrlich gesagt, finde ich es dort oben auch ein wenig unheimlich, so ganz allein. Es gibt nicht ein einziges anderes Haus in der Nähe.«

»Und was hast du jetzt vor?«

Unschlüssig zucke ich mit den Schultern. »Vielleicht gehe ich wieder zurück nach Oslo. Oder …«

»Oder was?«

Plötzlich ist da ein verrückter, vollkommen abwegiger Gedanke in meinem Kopf. Ich schaue in Mattis' Augen, die mir neugierig entgegenblicken. *Soll ich ihn ernsthaft fragen? Nein, das wäre absurd.*

»Livi?«

»Oder du ziehst mit mir in das Haus. Willst du?« Die Frage überrumpelt nicht nur ihn, sondern auch mich selbst.

»Wie bitte?« Mit offenem Mund starrt er mich an.

»Oh Gott, du musst denken, ich sei völlig durchgeknallt!« *Wie konnte mir das nur passieren? Wo ist die Livi hin, die sonst immer alles haarklein plant und niemals unüberlegte Dinge tut?*

»Nein, nein! Aber seltsam ist es schon. Irgendwie.«
Verschämt halte ich mir die Hände vors Gesicht. »Es tut mir leid. Vergiss es einfach.« Doch dann spüre ich, wie seine Finger meine Handgelenke umfassen und mich zwingen, mein hochrotes Gesicht wieder freizugeben.

»Meintest du das wirklich ernst?«

»Nein.« Von mir selbst genervt, schüttle ich den Kopf. »Ich meine, ja. Also … nicht, dass du das falsch verstehst. Ich will dich nicht abschleppen oder so. Ich meine als WG-Partner. Als Freunde. Na ja, du bist der Einzige, den ich hier kenne … ich … ich rede mich gerade um Kopf und Kragen, oder?«

»Ja, das tust du.« Ein Schmunzeln umspielt seine Lippen.

»Entschuldige. Aber es wäre doch gut, oder nicht? Du hättest ein richtiges Dach überm Kopf. Ein bequemes Bett. Nicht diese Pritsche. Und frieren müsstest du auch nicht … Oh, Mann, ich mache es nicht gerade besser. Ich bin jetzt lieber still, bevor du mich für eine Psychopathin hältst.«

»Und was, wenn ich ein Psychopath bin?«

Entsetzt starre ich ihn an. »Äh …«

»Sorry, der musste jetzt sein.« Mattis lacht laut auf, doch wird sofort wieder ernst. »Spaß beiseite. Dein Angebot rührt mich, und ich weiß das zu schätzen. Wirklich. Aber ich kann es nicht annehmen. Ich könnte dir nicht einmal Miete bezahlen.«

»Musst du auch nicht. Ich tue das schließlich nicht ganz uneigennützig. Allein will ich in diesem Haus nicht leben. Aber nach Oslo zurückzukehren, ist für mich auch keine Option. Zu viele schmerzhafte Erinnerungen.«

»Du willst also wirklich mit einem Kerl, der ganz offensichtlich jede Menge Macken und Fehler hat, unter einem Dach wohnen?«

»Du müsstest mit meinen Eigenheiten ebenso klarkommen. Ich schätze, da nehmen wir uns nicht viel.«

»Bist du sicher?«

»Ganz sicher. Außerdem könnte ich eine helfende Hand gebrauchen. Ich fürchte, es muss einiges am Haus getan werden. Ich hoffe, du bist handwerklich begabt?«

»Zwei linke Hände habe ich jedenfalls nicht.«

»Also ist es abgemacht?« Zuversichtlich strecke ich ihm die Hand entgegen.

Er zögert noch einen Moment, schlägt dann jedoch ein. »Abgemacht.«

Gemeinsam sitzen wir in meinem Auto und fahren die kurvenreiche Straße auf den Fløyen hinauf. Der Regen wird immer stärker, weshalb die Scheibenwischer auf Hochtouren arbeiten. Auch in meinem Kopf arbeitet es unaufhörlich. Ob ich es noch bereue, Mattis dieses Angebot gemacht zu haben? Eine Wohngemeinschaft mit einem Fremden. Was, wenn es überhaupt nicht funktioniert? Nicht einmal sein bester Freund und dessen Frau haben es auf Dauer mit ihm ausgehalten. Andererseits weiß man nie genau, worauf man sich einlässt, wenn man eine WG gründet. Eigentlich kann es uns beiden nur zugutekommen. Er bekommt eine vernünftige Bleibe, und ich muss mich in der Einöde nicht fürchten. Nur weil man unter einem Dach wohnt, heißt das ja auch nicht, dass man sich ständig auf die Pelle rücken muss.

Mein Blick huscht unauffällig zu ihm hinüber. Mattis hockt eingequetscht zwischen mehreren Taschen und Beuteln auf dem Beifahrersitz. Dieses Bild entlockt mir ein Kichern.

»Was ist denn so witzig?«

»Ach, nichts.«

»Worauf habe ich mich da bloß eingelassen?« Sein Grinsen sagt mir, dass diese Frage nicht ernst gemeint ist.

»Das wirst du vermutlich schneller merken, als dir lieb ist.«

»Das klingt wie eine Drohung.«

»Ist es auch.«

»Kann ich noch zurückrudern?«

»Das hättest du wohl gern. Aus meinem Knebelvertrag kommst du nicht so leicht wieder raus.«

»Ich habe es befürchtet.«

Dieser Schlagabtausch mit Mattis bereitet mir unverhofft Vergnügen. Ich könnte ewig so weitermachen. Doch in diesem Augenblick gelangen wir an die scharfe S-Kurve. »Wir sind da«, verkünde ich.

»Ich sehe nichts.«

»Warte nur ab.« Vorsichtig steuere ich direkt auf das kleine Waldstück zu und lenke den Wagen behutsam entlang der zugewachsenen Fahrspuren durch die Bäume hindurch.

»Das ist jetzt nicht dein Ernst, oder? Du wohnst mitten im Wald?«

»Mitten im See trifft es wohl eher.«

Als sich die Bäume lichten und den Blick auf die Insel im See freigeben, klappt Mattis' Mund auf. »Wow! *Das* ist *dein* Haus?«

»Genau das ist es«, entgegne ich beinahe stolz.

»Es ist traumhaft. Und ein perfektes Motiv für ein Gemälde.«

»Jetzt, wo du es sagst.« Trotz des regnerischen Wetters, das den Himmel in ein trübes Grau kleidet, erstrahlt dieser Ort in seiner ganz eigenen Schönheit. Die Nebelschwaden über dem Wasser verleihen dem Anblick etwas Geheimnisvolles. So nah wie möglich fahre ich an den Steg heran und hoffe, mich auf dem matschigen Untergrund nicht festzufahren. »Hoffentlich sinken wir hier nicht ein.«

»Ach was. Wir laden kurz deine Sachen aus und bringen den Wagen dann schnell wieder zurück auf die Straße.«

»Direkt danach holen wir noch deinen Kram. Und einkaufen sollten wir auch ein wenig.«

»Brauchen wir erst mal nicht. Ich habe noch einige Dosen Ravioli auf Vorrat.«

»Wir kaufen ein«, erwidere ich bestimmt.

»Was hast du gegen Ravioli?« Er grinst frech, und ich schenke ihm ein Augenrollen als Antwort.

»Dann wollen wir mal.« Beherzt steige ich aus, weil ich es plötzlich kaum erwarten kann, loszulegen. »So ein Mist!« Meine eben noch schneeweißen Sneakers versinken im Matsch.

»Was ist denn los?«, erkundigt sich Mattis, der ebenfalls im Begriff ist, auszusteigen. »Oje!«

Ein befreites Lachen entweicht meiner Kehle. »Ich schätze, wir sollten uns Gummistiefel zulegen.«

»Sehr sexy!«

»Wen interessiert das schon. Wir sind hier oben eh unter uns.«

»Ja, vollkommen abgeschieden. Und trotzdem nicht allein. Ich glaube, ich könnte mich daran gewöhnen. Das hier ist genau das, was ich brauche.« Ein Strahlen liegt in Mattis' Blick und greift auf mich über.

Hatte ich kurz zuvor noch Zweifel, ob dieser unüberlegte Schritt das Richtige sein könnte, überkommt mich nun ein Gefühl von Sicherheit. Vielleicht werde ich es doch nicht bereuen, für einen Augenblick völlig impulsiv gehandelt zu haben. Und wenn ich mich täusche? Dann spielt es im Prinzip auch keine Rolle. Schließlich habe ich nichts mehr zu verlieren.

»Dann wollen wir mal.« Mit dem Fuß trete ich das Tor auf, das ich gestern bei meinem fluchtartigen Abgang nicht verschlossen habe. Der Regen prasselt unbarmherzig auf uns nieder, und wir sind bereits beide völlig durchnässt, bevor wir die ersten Sachen bis zum Haus getragen haben.

»Igitt, was stinkt denn hier so?« Mattis rümpft die Nase, während er eine Kiste mit Kleinkram im Hausflur abstellt.

»Das habe ich noch nicht herausgefunden. Aber lass uns lieber erst einmal den Wagen ausladen. Stinken tut's hier nachher immer noch.«

Mattis nickt nur und läuft wieder hinaus, während ich rasch die Fenster im Bad und in der Küche öffne. Dann mache auch ich mich wieder auf den Weg zum Auto. Nach einer guten Viertelstunde ist der kleine Flur zum Bersten voll.

»Erstaunlich, wie du das alles in dem kleinen Wagen unterbringen konntest.«

»Tja, ich bin eben ein Organisationstalent.«

»Offensichtlich. Soll ich den Wagen eben wegsetzen?«

»Gern.« Geschickt werfe ich Mattis den Autoschlüssel zu, und er verschwindet wieder im Regen. Unschlüssig gleitet mein Blick über mein Gepäck. Die großen Koffer müssen nach oben, aber ich beschließe, auf Mattis zu warten, damit er mir dabei hilft, sie die Treppe hochzuhieven.

In dem Moment wird mir bewusst, dass ich mir die oberen Räume noch gar nicht angesehen habe. Schnell streife ich die matschigen Sneakers von meinen Füßen und laufe die Treppe hinauf. Geradewegs steuere ich auf den erstbesten Raum zu, der genau gegenüber der Treppe liegt. Die Tür steht offen, und schon auf den ersten Blick entdecke ich eine dicke Staubschicht, die sich auf den hellen Parkettboden gelegt hat. Unter der Schräge steht ein schlichtes Einzelbett aus geöltem Eichenholz, daneben ein passender Nachttisch. An der gegenüberliegenden Wand befindet sich ein Kleiderschrank und links von der Tür ein kleiner Schreibtisch.

»Livi?«, ruft Mattis.

»Ich bin hier oben.«

»Darf ich raufkommen?«

»Natürlich darfst du.«

Schon höre ich seine Schritte auf der Treppe. Ich drehe mich um, damit ich einen kurzen Blick in das andere Schlafzimmer werfen kann. Hinter der Tür laufe ich mehr oder weniger direkt vor ein ausladendes Doppelbett. Das Holz wirkt massiv und ist weiß lasiert, das Kopfteil ist mit Längsstreben versehen. Auf der Bettwäsche leuchten mir strahlend gelbe Sonnenblumen entgegen. Unwillkürlich muss ich lächeln. Das waren Omas Lieblingsblumen.

Zu meiner Rechten befindet sich ein kleiner Kleiderschrank. Unter der Schräge entdecke ich zwei geräumige Kommoden. Neugierig laufe ich über den dicken hellen Teppichboden darauf zu. Ob darin noch Kleider von meinen Großeltern zu finden sind? »Natürlich. Wer soll sie auch weggeräumt haben?«, murmle ich mir selbst zu.

»Was hast du gesagt?« Mattis steht neben dem Bett und sieht mich fragend an.

»Mattis! Deine Schuhe!«

Entsetzt schaut er nach unten. »Mist! Entschuldige.« Mit einem Satz hechtet er wieder hinaus in den Flur.

»Der Teppich ist dann wohl hinüber«, knurre ich.

Mit zerknirschtem Gesichtsausdruck kommt Mattis wieder herein. Seiner Schuhe hat er sich inzwischen entledigt. »Das fängt ja schon gut an mit mir. Tut mir leid, Livi. Ich mache das sofort sauber. Hast du irgendwo Putzzeug?«

»Keine Ahnung. Ich kenne mich in diesem Haus ebenso wenig aus wie du.«

»Dann mache ich mich mal auf die Suche.«

»Warte kurz.« Ich trete hinter Mattis in den Flur und deute auf die Tür zu meiner Linken. »Wäre das Zimmer dort in Ordnung für dich?«

Er tritt in den Raum und sieht sich um. Schweigen.

»Oder möchtest du lieber das größere Zimmer haben?«

»Spinnst du? Erstens ist das dein Haus, und zweitens ist dieses Zimmer perfekt. Das ist mehr, als ich brauche.« Lächelnd wendet er sich mir zu. »Ich danke dir, Livi. Und jetzt kümmere ich mich erst einmal um den Fleck.«

Einen Augenblick schaue ich ihm hinterher, dann schnappe ich mir seine Schuhe und öffne die einzige noch verbleibende Tür in der oberen Etage. Wie vermutet, befindet sich hier das Bad. Zwei Waschbecken, eine Toilette und unter dem Fenster eine Badewanne. *Gott sei Dank, eine Badewanne!* Hoffentlich ist Mattis eher Team Dusche, denn die Wanne möchte ich ungern mit diesem noch ziemlich fremden Mann teilen. Ich greife nach der Handbrause, um den gröbsten Dreck von Mattis' Schuhen zu entfernen. Gedankenverloren schaue ich dabei zu, wie ein braunes Rinnsal den Abfluss hinabfließt.

»Oh, Livi, das musst du doch nicht machen.« Mattis schaut zur Tür herein.

»Kein Problem. Du den Teppich, ich die Schuhe.«

»Dann kann ich wenigstens nicht noch mehr versauen, was?«

»So ist es«, erwidere ich grinsend. »Sag mal, legst du Wert auf die Badewanne? Unten gibt es noch ein Bad mit Dusche.«

»Kennst du irgendeinen Mann, der sich gern in die Badewanne legt?«

»Nicht wirklich.«

»Na, siehst du. Du hast die Badewanne ganz für dich allein. Ich quartiere mich dann unten im Bad ein.« Mattis nimmt mir die Handbrause ab, um Wasser in einen Eimer zu füllen. »Hinter der Küche gibt es einen kleinen Hauswirtschaftsraum, oder wie man das nennt. Da habe ich das Putzzeug gefunden. Waschmaschine und Trockner sind auch da.«

»Perfekt.«

»Ich frage mich ja, wie es sein kann, dass es auf einer kleinen Insel wie dieser Strom und warmes Wasser gibt.«

»Ich erinnere mich noch, dass es ein ziemlicher Akt war, das hinzukriegen. Mein Opa hat das Haus vor gut fünfzehn Jahren als Ferienhaus bauen lassen.«

»Und du warst noch nie hier?«

»Hat sich irgendwie nie ergeben. Als meine Oma krank wurde, waren meine Großeltern selbst jahrelang nicht mehr hier. Oma bekam Brustkrebs und hat gekämpft wie eine Löwin. Doch es war aussichtslos. Der Krebs kam wieder zurück. Irgendwann haben sich Metastasen im Gehirn gebildet und schließlich ein Tumor in der Lunge. Ihre letzten sieben Jahre hat sie zu großen Teilen im Krankenhaus verbracht, anstatt mit Opa hier die Zeit genießen zu können.«

»Das ist schlimm.«

»Ja, ist es. Und so kam es, dass Opa allein hier gehaust hat. Nach ihrem Tod hat er sich hier verschanzt und ließ niemanden mehr an sich heran.«

»Wie habt ihr dann überhaupt von seinem Tod erfahren?«

»Er muss wohl eine Haushaltshilfe gehabt haben. Sie hat ihn hier tot aufgefunden. Herzinfarkt. Meine Eltern haben seinen Leichnam dann nach Oslo überführen lassen, und nun ist er wenigstens im Grab wieder mit meiner Oma vereint.«

»Krass.«

Ich nicke nur, denn mehr fällt mir dazu auch nicht ein.

»Ich geh dann mal.« Mattis deutet aufs Schlafzimmer. »Der Fleck.«

Bestimmt ist ihm meine leidvolle Familiengeschichte unbehaglich. Ich kann es ihm kaum verübeln, denn ich wüsste auch nicht, wie ich mit so einer geballten Ladung Kummer umgehen sollte. Ich widme mich noch mal Mattis' Schuhen. Nachdem sie wieder blitzblank sind, stelle ich sie unter den kleinen Heizkörper und drehe ihn auf, damit sie rasch wieder trocken sind.

»Dein Teppich sieht aus wie neu«, ruft Mattis mir zu. »Soll ich dein Gepäck raufbringen?«

»Gern. Ich zeige dir, was nach oben muss.«

Wieder unten im Flur angekommen, erkläre ich Mattis, was in welchen Raum soll. Er besteht darauf, alles allein zu erledigen. Er scheint zu denken, irgendwie in meiner Schuld zu stehen.

Kurze Zeit später taucht er wieder im Flur auf. »So, Livi. Ich habe alles dahin gepackt, wo du es haben wolltest. Was machen wir als Nächstes?«

»Jetzt kurven wir wieder den Berg hinunter und holen deine Sachen. Und das Bild.«

»Welches Bild?«

»Na, das vom Meer. Wir haben schließlich einen Deal.«

KAPITEL 6

MATTIS

Meine wenigen Habseligkeiten sind rasch verstaut. Alles, was ich habe, passt in eine große Tasche und zwei Koffer, die Livi mir auf die Schnelle geborgt hat.

Lieber hätte ich meine Sachen allein eingepackt. Dieses Chaos hier ist mir verdammt unangenehm. Doch Livi hat es offenbar eilig und treibt mich förmlich an. Warum das so ist, erschließt sich mir nicht ganz. Aber mich überkommt das Gefühl, dass es genau das ist, was ich brauche. Eine treibende Kraft. Jedenfalls hat sich in den letzten beiden Tagen mehr in mir und um mich herum bewegt als in den vergangenen zwei Jahren. »Ich glaube, das war's. Wir haben alles.«

»Viel ist das ja nicht«, meint Livi.

»Ich brauche auch nicht viel. Nicht mehr. Irgendwie hat so ein minimalistisches Leben auch etwas.«

Sie zuckt nur mit den Schultern. »Lass uns noch etwas einkaufen gehen, okay?«

Ich werfe noch einen Blick auf die verlassene Pritsche, die ich nun gegen ein gemütliches Bett eintauschen werde. Traurig bin ich nicht drum. Eher neugierig auf das, was da noch kommt.

Kurz darauf sitzen wir wieder im Auto, und ich lotse Livi durch die Stadt zum nächstbesten Supermarkt. Der Regen hat inzwischen aufgehört, und tatsächlich bricht sogar die Sonne durch die Wolkendecke. Gleichzeitig zieht ein eisiger Wind auf. Der Reißverschluss meiner Jacke ist schon seit einer Ewigkeit kaputt, deshalb ziehe ich sie fest um meinen Körper und folge Livi im Laufschritt über den Parkplatz.

Sie nimmt sich einen Einkaufswagen und wirft mir einen Blick von der Seite zu. »Dann machen wir mal einen Großeinkauf! Nimm dir einfach, worauf du Lust hast, okay? Ich zahle.«

Unbehagen macht sich in mir breit. »Nur weil wir jetzt zusammenwohnen, heißt das nicht, dass du alles zahlen musst.« Mir drängt sich die Frage auf, wovon sie eigentlich lebt. Sie deutete an, zu wissen, wie es ist, mit Krankengeld auskommen zu müssen. Länger als ein Jahr bekommt man das allerdings nicht. Wenn man Glück hat – oder was man so Glück nennt –, erhält man danach eine Arbeitsunfähigkeitszulage. So wie ich. Doch damit kann man sich nicht nach Lust und Laune den Einkaufswagen bis zum Rand vollpacken.

»Das passt schon«, wirft sie lässig ein.

»Sag mal, was machst du eigentlich beruflich? Wenn ich fragen darf.«

Livi macht eine wegwerfende Geste. »Lass uns später darüber reden.« Sie prescht voraus, doch als wir den Laden betreten, bleibt sie abrupt stehen und erstarrt zur Salzsäule.

Völlig überrumpelt, stolpere ich mit voller Wucht in sie hinein. »Sorry«, murmle ich. Livis Blick ist auf die vielen gebundenen Blumensträuße gerichtet, die uns im Eingangsbereich mit ihrer bunten Farbenpracht entgegenleuchten.

»Möchtest du welche mitnehmen?« Ich deute auf einen Strauß, der mir besonders gut gefällt.

»Ich hasse Blumen«, schleudert sie mir entgegen und lässt mich allein stehen. *Wow, was war das denn?* Eine Frau, die Blumen hasst, ist schon fast so etwas wie eine Anomalie. Aber Livi ist nahezu wütend auf dieses Grünzeug. Es interessiert mich brennend, warum das so ist. Ich werde es jedoch vorerst dabei belassen.

Ich entdecke Livi in der Obstabteilung. Im Wagen liegen bereits Äpfel, Bananen und Heidelbeeren. Sie schaut immer noch ziemlich finster drein, doch als ich zu ihr stoße, werden ihre Züge wieder weicher. »Würdest du Brot besorgen?«, fragt sie, als ob nichts gewesen wäre.

»Klar. Welche Sorte magst du gern?«

»Ist mir gleich. Nimm einfach zwei verschiedene. Ach, und wir brauchen Glühbirnen. In der Küche ist eine durchgeknallt.«

»Wird gemacht.« Okay, offensichtlich ist das Thema für sie gegessen. Oder sie will nicht darüber reden. Aber irgendwann werde ich es aus ihr herauskitzeln.

Knapp neunhundertfünfzig Kronen ärmer, machen wir uns schließlich wieder auf den Weg in unser neues Zuhause. Livi ist schweigsam, und ich habe keine Ahnung, wie ich das einschätzen soll.

»Was machen …«

»Wir sollten …« Livi beginnt zu lachen. »Du zuerst.«

»Ich wollte fragen, womit wir anfangen sollen. Auf diese Art und Weise bin ich noch nie umgezogen. Irgendwie fühle ich mich planlos.«

»Zuallererst müssen wir uns um die Schlafzimmer kümmern. Wenn wir da heute Abend schlafen wollen, sollten wir vorher einen Großputz machen. Dazu gehört auch, die Schränke leer zu räumen und sie auszuwischen. Ich habe große Säcke gekauft, darin können wir Opas Sachen vorerst verstauen. Und wenn das erledigt ist, kümmere ich mich um die Küche und ums Essen. Du könntest in der Zeit mal draußen rund ums Haus gucken, was es da so zu tun gibt.«

»Wird gemacht, Chefin.«

»Nenn mich nicht so. Wir ziehen das hier als Freunde durch. Auch wenn wir das erst einmal werden müssen.«

»Das kriegen wir hin. Einfach immer offen und ehrlich zueinander sein.«

»Und die Macken des anderen akzeptieren.«

»Wenn das mal kein K.o.-Kriterium ist.«

Später schleppt Livi drei volle Säcke mit Kleidung aus ihrem Schlafzimmer und stellt sie in dem kleinen Flur ab.

»Brauchst du Hilfe?«, frage ich.

»Nee, geht schon.« Kurz darauf erscheint sie im Türrahmen meines Zimmers und hält mir einen grauen Parka entgegen.

»Schau mal, was ich gefunden habe, Mattis. Der könnte dir passen. Ist vielleicht kein modisches Highlight, aber immerhin funktioniert der Reißverschluss.«

»Ist der etwa von deinem Großvater?«

»Von wem denn sonst? Sieht aber nicht zu sehr nach Opa-Style aus, finde ich. Oder was meinst du? Probiere ihn mal an.«

»Den kann ich doch nicht tragen.«

»Natürlich kannst du. Warum sollte ich ihn wegtun, wenn du ihn gebrauchen könntest? Und irgendwie gefällt mir der Gedanke, wenn etwas von ihm weitergetragen wird.«

Widerwillig stehe ich auf und schlüpfe in die Jacke hinein.

»Ich würde mal sagen, die passt.«

»Und sie steht dir auch noch. Du siehst darin nicht mal annähernd wie ein Greis aus.«

»Also, wenn dir das wirklich nichts ausmacht, dann nehme ich sie gern.«

»Nur zu. Du wirst sie gleich brauchen, wenn du dich draußen nach dem Rechten umsiehst.«

»Das ist das Stichwort. Ich bin hier oben auch eigentlich so weit. Ich bräuchte nur noch Bettwäsche. Du hast nicht zufällig welche für mich?«

»Kümmere ich mich gleich drum.«

Aufmerksam begutachte ich das Haus von allen Seiten. Schon auf den ersten Blick wird klar, dass es einen neuen Anstrich benötigt, denn der alte wirkt verwittert und blättert bereits ab. Bei den Fensterläden sieht es ähnlich aus. Im Vergleich dazu sieht die Haustür beinahe aus wie neu.

Die schweren rustikalen Gartenmöbel sind ebenfalls in die Jahre gekommen. Wer weiß, wie lange sie schon der Witterung ausgesetzt sind. Obendrein ist eine der Stegplanken marode und muss unbedingt ausgetauscht werden. Ansonsten gibt es nichts zu beanstanden.

Ich umrunde das Haus erneut. Dieses Mal jedoch, um mein Augenmerk auf die Schönheit dieses Ortes zu lenken. Rund um

den See erheben sich hohe Nadelbäume, die sich auf der Wasseroberfläche spiegeln. Schilf und Gräser säumen das Ufer und wiegen sich rauschend im eisigen Wind hin und her. Ein kleines
blaues Ruderboot, angebunden an einen dicken Holzpfahl,
schaukelt in Ufernähe sanft auf dem See. Im Inneren hat sich
Wasser angesammelt, womöglich hat es ein Leck. Ich kann mein
Glück kaum fassen, dass dieses Fleckchen Erde nun mein neues
Zuhause sein soll.

Die Dämmerung setzt bereits ein, als ich beschließe, nach Livi
zu schauen. Ich finde sie im nahezu dunklen Wohnzimmer vor.
Stocksteif steht sie vor dem Schrank und starrt auf die gerahmten
Bilder, die dort ihren Platz haben. Ich schalte das Licht an, um
sie besser sehen zu können. Sie scheint es nicht mal zu bemerken.
Ihr Gesichtsausdruck ist schwer zu deuten. Zwischen Trauer,
Wut, Zerrissenheit, Sehnsucht und Liebe ist darin alles zu erken-
nen.

Ob ich sie in Ruhe lassen oder lieber zu ihr gehen soll? Ich
entscheide mich für Letzteres und bleibe dicht hinter ihr stehen,
damit ich sehen kann, was sie sieht. Ich entdecke eine junge Frau
und einen Mann mit einem kleinen blonden Mädchen auf dem
Arm. Ob das wohl Livi mit ihren Eltern ist? Die Ähnlichkeit ist
unverkennbar. Auf einem weiteren Bild sehe ich ein älteres Paar.
Sie lächeln zufrieden in die Kamera. Womöglich Livis Großeltern. Ein drittes Foto zeigt ein junges Brautpaar, strahlend voller
Glück. Livi war eine wunderschöne Braut mit weiblichen Run-
dungen. Heute ist sie nahezu dürr und abgemagert. Haben diese
schrecklichen Geschehnisse das aus ihr gemacht?

Mein Herz beginnt zu rasen, als mir bewusst wird, dass Livi
gerade all das sieht, was sie verloren hat. Ihre Großeltern, ihre
Eltern, ihren Mann. Ohne darüber nachzudenken, schlinge ich
meine Arme um ihre Hüften und ziehe sie noch ein Stück näher
zu mir.»Es tut mir so leid, Livi«, flüstere ich an ihrem Ohr. Sie
lehnt ihren Kopf an meinen und erwidert nichts. Doch ihr Körper
beginnt zu beben. Sanft drehe ich sie zu mir herum und halte sie

fest. Eine Weile stehen wir einfach so da, und sie lässt ihren Tränen freien Lauf.

Ich möchte irgendetwas sagen, ihr zeigen, dass ich ihren Schmerz verstehe. »Livi, ich weiß ganz genau, wie du dich fühlst. Du hast Menschen verloren, die du liebst, genau wie ich …« Kraftvoll befreit sie sich aus meiner Umarmung und starrt mich fassungslos an. »Ist das dein Ernst, Mattis? Du weißt überhaupt nicht, was ich fühle! Deine Familie *lebt!* Du brauchst nur zu ihnen zu gehen und ihnen klarzumachen, was sie dir bedeuten. Aber ich kann das nicht, verstehst du? Sie sind weg. Für immer! Also erzähl mir nicht, dass du mich verstehst.« Mit diesen Worten macht sie auf dem Absatz kehrt und läuft aus dem Haus. »Livi, warte doch!« Ich sehe sie zum Steg laufen, nur mit einer Jeans und einem dünnen Shirt bekleidet. Hastig schaue ich mich nach ihrem Mantel um. *Verflucht, wo ist der bloß?* Endlich entdecke ich ihn auf der Rückenlehne eines Küchenstuhls und laufe ihr hinterher. Gerade kann ich noch erkennen, wie sie am Ufer im Schutz der Bäume verschwindet. »Livi! Bleib stehen!«

Obwohl ich erst wenige Meter gerannt bin, ringe ich bereits nach Luft. Doch ich darf nicht anhalten. Das Tageslicht weicht immer mehr der Dunkelheit, und Livi wird sich hier draußen hoffnungslos verlaufen. Und ich mich vermutlich ebenfalls, denn ich kann fast nichts mehr sehen. Mit dem spärlichen Licht meiner Handytaschenlampe bahne ich mir einen Weg durch den Wald und rufe unaufhörlich ihren Namen. Plötzlich erhasche ich eine Bewegung. »Livi?« Doch als Antwort bekomme ich nur ein Blöken zu hören. Jetzt sehe ich einen weißen Ziegenbock auf mich zukommen, laufe aber unbeeindruckt weiter.

Inzwischen habe ich die Straße erreicht und werde mich instinktiv nach rechts, denn das ist der einzige Weg, den Livi kennen kann. Dennoch ist keine Spur von ihr zu entdecken. Verzweiflung macht sich in mir breit. »Livi, verdammt! Wo steckst du?«, rufe ich in die Nacht. Einen Augenblick bleibe ich stehen und versuche durchzuatmen. »Was bin ich nur für ein verdammter Idiot.«

»Ja, das bist du.« Eine gebrochene Stimme in der Dunkelheit.
»Gott sei Dank, da bist du ja. Mensch, du hättest dich hier draußen verlaufen können. Was denkst du dir dabei?«
»Ich habe mir gar nichts gedacht. Ich musste einfach nur weg.«
»Und das ist meine Schuld«, erwidere ich zerknirscht. »Es tut mir von Herzen leid. Ich wollte einfach nur etwas Tröstendes sagen und habe damit genau das Gegenteil erreicht. Ich bin nicht gut in so was.«
»Nein, das bist du ganz offensichtlich nicht.« Höre ich da ein Lächeln in ihrer Stimme?
»Und, kannst du einem Trottel wie mir verzeihen?«
»Natürlich kann ich das. Mir ist völlig klar, dass das Leben nicht nur mir einen heftigen Arschtritt verpasst hat.«
»Trotzdem war mein Vergleich …«
»Lass gut sein.« Livi hebt beschwichtigend die Hände. Zumindest glaube ich das in der Dunkelheit zu erkennen.
»Hier, dein Mantel. Du musst doch sicher frieren.«
»Danke«, erwidert sie leise.
»Sollen wir dann zurückgehen?«
»Eigentlich würde ich gern noch ein wenig draußen bleiben.«
»Dein Ernst?«
»Ich will nicht ins Haus zurück. Noch nicht.«
»Aber wenn du glaubst, dass ich dich jetzt hier allein lasse, hast du dich geschnitten.«
»Das passt schon. Ehrlich gesagt, würde ich mich allein auch ein wenig gruseln.«
»Das solltest du auch. Hier laufen schaurige Wesen herum. Gerade hat mich eine düstere Gestalt mit zwei Hörnern angeblökt. Sie wollte mich mit ihrem großen Maul verschlingen. Konnte mich gerade noch vor ihr retten.«
Ein leises Lachen entweicht ihr. »Spinner!«
»Tja, so bin ich halt.«
Livi verfällt wieder in Schweigen und setzt sich in Bewegung. Mit etwa einer Armlänge Abstand laufe ich neben ihr her. Die

Stimmung fühlt sich bedrückend an, und ich frage mich, wie ich ein unverfängliches Gespräch beginnen kann.

»Sag mal, wirst du dir hier in Bergen einen neuen Job suchen? Welche Pläne hast du?«

»Ich habe keine Pläne. Und rein theoretisch muss ich auch nicht arbeiten. Zumindest im Moment nicht.«

»Wie meinst du das?«

»Ich meine damit, dass ich genug Geld habe, um mich ein paar Jahre über Wasser zu halten.«

»Äh … Okay.«

»Mein Opa hatte einen gut laufenden Schiffsausrüstungsbetrieb. Nachdem er in den Ruhestand gegangen war, hat mein Vater ihn weitergeführt.«

»Hast du auch dort gearbeitet?«

»Nein. Ich konnte damit nichts anfangen. Aber Kristian, mein Mann, hat im Betrieb gearbeitet. Ich habe ihn dort auf einer Firmenfeier kennengelernt. Er war noch in der Ausbildung, und habe mich sofort bis über beide Ohren in ihn verliebt. Als wir geheiratet haben, beschloss mein Vater, dass Kristian die Firma eines Tages übernehmen sollte, damit sie in Familienbesitz bleibt. Aber dazu ist es ja niemals gekommen …« Livis Stimme bricht.

»Und was ist mit der Firma passiert?«, frage ich hastig, um das Gespräch nicht abreißen zu lassen.

»Ich habe sie verkauft. Auch wenn ich eine Weile brauchte, um mich dazu durchzuringen. Was blieb mir auch anderes übrig?«

»Verstehe. Also hast du erst einmal ausgesorgt. Aber vermisst du deinen Job nicht? Was hast du denn überhaupt gemacht?«

»Ich war Floristin.« Ihre Stimme ist kaum hörbar.

»Floristin? Hast du nicht vorhin gesagt, du würdest Blumen hassen?«

»Du trittst von einem Fettnäpfchen ins nächste«, knurrt sie.

»Was habe ich denn jetzt schon wieder falsch gemacht?«

»Mein Job ist schuld daran, dass ich jetzt allein bin!«, schleudert sie mir entgegen.

»Ich verstehe nicht …«

»An dem Wochenende, als mein Mann und meine Eltern sich auf den Weg nach Bergen machen wollten, sollte ich eigentlich mitkommen. Und dann kam diese grässliche Winterhochzeit dazwischen.«

»Winterhochzeit?«

Sie stöhnt laut auf und bleibt stehen. »Meine beste Freundin Jonna ist Hochzeitsplanerin. Wir haben immer zusammengearbeitet. Ich habe mich eben um die Blumenarrangements für ihre Events gekümmert. Und diese verdammte Hochzeit sollte eigentlich erst im Mai stattfinden. Doch weil die Braut ungeplant schwanger wurde, musste plötzlich alles über den Haufen geworfen werden, und die Trauung mitsamt Feierlichkeiten wurde vorverlegt. Weil sie sonst nicht in ihr dämliches Brautkleid gepasst hätte.« Ihre Stimme wird immer lauter, sie redet sich in Rage. »Und nur deswegen musste ich zu Hause bleiben, verdammt! Ich hätte auch in diesem Auto sitzen sollen, stattdessen habe ich Blumen zusammengesteckt. Verstehst du? Ich hätte mit ihnen sterben sollen, anstatt allein zurückzubleiben.« Ein lautes Schluchzen entweicht ihr, und aus einem Impuls heraus schlinge ich meine Arme fest um sie.

»Sch, sch … So etwas darfst du nicht mal denken, Livi.«

»Ich kann an nichts anderes denken«, murmelt sie an meiner Brust. Ihr Körper bebt, ich kann ihren Seelenschmerz förmlich spüren. Wenn ich könnte, würde ich ihn ihr abnehmen. Aber ich bin selbst nur ein Wrack. Was kann ich also für sie tun? Doch sie klammert sich an mich, als wäre ich ihr Rettungsanker. Ausgerechnet ich.

Wie lange wir so dastehen, weiß ich nicht. Ich spüre die Kälte an meinen Beinen hochkriechen und jede Faser meines Körpers durchdringen. Dennoch tue ich nichts weiter, als sie zu halten, bis die Wellen der Trauer schwächer werden. »Es ist kalt, Livi. Wir sollten zum Haus zurückkehren.«

»Bitte, nur noch ein bisschen«, fleht sie.

»Meinetwegen. Aber dann müssen wir uns bewegen.«

Ich spüre ihr Nicken an meiner Schulter, dann löst sie sich von mir. Galant biete ich ihr meinen Arm an, und sie hakt sich bei mir unter. Geleitet vom schwachen Licht meines Handys, gehen wir weiter die Straße hinunter. »Wenn wir noch etwa zehn Minuten der Straße folgen, kommen wir zum Aussichtspunkt an der Fløibahn. Von dort aus hat man einen herrlichen Ausblick über die Stadt. Vielleicht bringt dich das ein bisschen auf andere Gedanken.«

KAPITEL 7

LIVI

Stillschweigend laufe ich Seite an Seite mit Mattis durch die Dunkelheit. Die Luft ist klirrend kalt, und mich fröstelt es. Innerlich wie äußerlich. Trotzdem möchte ich nicht zurück ins Haus, sondern vielmehr unter dem glitzernden Sternenzelt den Kopf frei bekommen, durchatmen. Spontan lehne ich meinen Kopf an Mattis' Schulter und richte den Blick gen Himmel. Auch wenn er sich einen Fauxpas nach dem anderen leistet, ist es eigentümlich beruhigend, ihn bei mir zu haben. Schließlich kenne ich hier in Bergen nur ihn. Außerdem glaube ich, dass seine Äußerungen völlig arglos aus ihm herauspurzeln. Und wenn ich ehrlich bin, tut es mir sogar gut, Dinge auszusprechen, die ich seit langer Zeit totschweige. Auch wenn es schmerzt.

»Unfassbar, wie viele Sterne man hier sieht. Als wären sie zum Greifen nahe«, sage ich.

Mattis hält inne und schaut ebenfalls nach oben. »Ja, es ist beeindruckend. Genauso wie der Blick auf die Stadt. Wir sind gleich da.« Er deutet geradeaus.

Zwischen den Bäumen erkenne ich ein paar schwache Lichter. »Ist dort die Bergstation?«

»Genau. Und ein Restaurant. Hast du Hunger?«

»Nicht wirklich. Was ist mit dir?«

»Könnte schon demnächst etwas vertragen.«

»Eigentlich wollte ich ja heute noch etwas für uns kochen.«

»Ich bin auch mit einer Dose Ravioli zufrieden.«

»Oje. Wie viel von diesem Dosenfutter hast du in den letzten Jahren vertilgt?«

»Unmengen.«

»Ich hatte es befürchtet. Kommt es dir noch nicht zu den Ohren raus?«

»Nee. Eher an anderer Stelle.« Mattis prustet laut los.

»Du bist unmöglich!«

»Ja. Aber ich stehe dazu.«

Inzwischen haben wir freie Sicht auf das hell erleuchtete Restaurant. Ein feiner Essensduft steigt mir in die Nase, und auf einmal verspüre sogar ich ein wenig Appetit. Doch davon lasse ich mich nicht ablenken. Wie gebannt laufe ich auf ein Geländer zu. Ich kann es kaum erwarten, auf die Stadt hinabzublicken. Hastig befreie ich mich von Mattis und verdopple mein Tempo.

»Du hast es aber plötzlich eilig«, ruft er mir hinterher.

Und dann bin ich dort und komme aus dem Staunen nicht mehr heraus. Der kalte Wind schlägt mir ins Gesicht, aber ich spüre ihn kaum. Wie ein leuchtender Teppich breitet sich die Stadt mit all ihren Lichtern unter uns aus, schützend eingerahmt von den Bergen, die sich düster und bedrohlich unter dem blauschwarzen Himmelszelt erheben.

»Und, habe ich dir zu viel versprochen?«, raunt Mattis mir ins Ohr. Er steht dicht hinter mir, und ich spüre seinen warmen Atem in meinem Nacken.

»Es ist unglaublich.« Eine Weile bleibe ich einfach so stehen und starre stumm hinab.

Dann umfasst Mattis meine Schultern. »Da, Livi! Sieh nur! Die Nordlichter heißen dich willkommen.« Aufregung schwingt in seiner Stimme mit und schwappt sogleich auf mich über. Mein Blick folgt der Bewegung seiner Hand, und mir stockt der Atem. Magisch grün erleuchten die Nordlichter die Nacht, tanzen lebhaft wie flammende Zungen durch die Dunkelheit. Verblassen, nur um im nächsten Augenblick wieder erneut aufzuglühen. Ich gerate ins Taumeln, ehrfürchtig, völlig erschlagen von der Wucht dieser Schönheit, und kralle mich Halt suchend an Mattis' Jacke fest.

Eine einsame Träne rinnt heiß an meiner Wange hinab. Wann habe ich das letzte Mal echte Freude empfunden? Ich weiß es nicht. Jetzt spüre ich sie mit einer solchen Heftigkeit, wie ich sie selten zuvor empfunden habe. Ich weiß jetzt, was ich will. Ich will das Leben wieder fühlen, mit all seinen Facetten. Ich will trauern und leiden, ich will lachen und glücklich sein. Und ich will vor allen Dingen eines: weitermachen!

»Ist alles okay, Livi?« Mattis' Hand liegt mit sanftem Druck auf meinem Rücken. Mir fehlen die Worte, doch ich nicke und lächle ihn an. Denn irgendetwas tief in meinem Inneren verschafft mir die Gewissheit, dass irgendwann alles wieder gut sein wird. Ich muss nur dafür kämpfen.

Das magische Spektakel am Himmel hält etwa zwanzig Minuten an, dann ist der Zauber vorbei. Noch immer finde ich nicht die passenden Worte dafür. »Das war …«

»Ich weiß, was du meinst. Ich bin auch jedes Mal sprachlos.«

»Mir war gar nicht bewusst, dass man die Nordlichter hier sehen kann. Davon habe ich schon immer geträumt.«

»Wir hatten tatsächlich großes Glück. Hier in Bergen bekommt man sie nur sehr selten zu Gesicht. Das muss ein Zeichen sein, Livi.«

»Meinst du?«

»Ganz bestimmt.« Seine Stimme klingt rau. Offenbar ist auch er nachhaltig beeindruckt. Zu gern würde ich wissen, ob ihm ähnliche Gedanken durch den Kopf gegangen sind wie mir. Gedanken voller Hoffnung.

Schweigend kehren wir zum Haus um, und als wir endlich ankommen, fühle ich mich völlig ausgelaugt. Ich hänge meine Jacke im Flur an die Garderobe und bleibe am Treppenabsatz stehen.

»Mattis, ich fürchte, du musst den Abend heute doch mit einer Dose Ravioli verbringen. Ich bin fix und fertig. Muss dringend schlafen.«

»Mach dir keinen Kopf. Ich denke, ich gehe auch bald ins Bett. War ein anstrengender Tag. Ruh dich aus.«

»Du auch. Gute Nacht.«

»Gute Nacht.«

Erschöpft schleppe ich mich die Treppe hinauf und lasse mich wenig später in mein Bett sinken.

Noch bevor ich am nächsten Morgen die Augen aufschlage, dringt aufgeregtes Vogelgezwitscher an meine Ohren. Lautstark läutet es den Frühling ein und weckt damit auch meine Lebensgeister. In Großvaters Bett zu erwachen, fühlt sich eigenartig an, so wie alles andere momentan auch. Doch die Zeichen stehen auf Neuanfang – *meinem* Neuanfang. Erfüllt von einer ungewohnten Energie, springe ich auf und gehe zum Fenster hinüber, um Licht hereinzulassen. Kälte strömt in den Raum und lässt mich sogleich frösteln. Dennoch stütze ich meine Arme auf dem Fensterbrett ab und lehne mich hinaus, um eine Weile die Idylle zu genießen. Ich stoße weiße Atemwölkchen aus, summe eine Melodie vor mich hin und überrasche mich damit selbst. Etwas liegt in der Luft – und das kann nicht nur der Frühling sein.

»Ab heute reißt du dich zusammen und fängst wieder an zu leben, Livi«, sage ich entschlossen zu mir selbst. Kristian hätte es sicher so gewollt. Er liebte meine Art, andere zu begeistern, meine immerzu fröhliche Laune. Sie ist mit ihm fortgegangen, aber nun hole ich sie mir zurück. Auch wenn es gewiss nicht einfach werden wird.

Zielstrebig eile ich nach unten ins Wohnzimmer und nehme die Fotos vom Schrank. Jedes einzelne. Es wird mir leichter fallen, wenn ich nicht immer diese schmerzhaften Erinnerungen vor Augen habe. Wieder zurück in meinem Zimmer, verstaue ich die Bilder in der untersten Schublade meiner Kommode. Dort werden sie von nun an bleiben. Dann krame ich mir etwas zum Anziehen hervor und verschwinde im Bad, um mich frisch zu machen.

Mattis scheint noch zu schlafen, seine Tür ist geschlossen. Daher versuche ich, so leise wie möglich zu sein. Das Bad hat heute auf jeden Fall einen Großputz nötig, ebenso wie die anderen

Räume. Gestern haben wir uns ja lediglich um die Schlafzimmer gekümmert.

Ich werde in der Küche beginnen und uns danach ein ordentliches Frühstück machen. Bewaffnet mit Reinigungsmitteln, Putzlappen und Wischer, verhelfe ich der Küche wieder zu altem Glanz. Sogar von innen putze ich die Schränke aus, weil das mehr als nötig ist. Einiges vom Inventar fällt dabei der Mülltonne zum Opfer. Verfärbte Plastikdosen, verbogenes Besteck, eine Pfanne mit losem Griff. Mit ein wenig Stolz über so viel Produktivität blicke ich mich nach einer Stunde um. Das wäre geschafft! Weitere zehn Minuten später ist der kleine Tisch reichlich gedeckt mit Brot, Marmeladen, gesalzener Butter und Lachs. Ich stehe am Herd und bereite Rührei zu, in der Hoffnung, dass Mattis bald den Weg nach unten findet.

Als ich hinter mir ein brummiges »Guten Morgen« vernehme, zucke ich dennoch erschrocken zusammen.

»Mattis! Hast du mich erschreckt. Guten Morgen!«

»Entschuldige. Ich konnte ja nicht ahnen, dass du deinen Mitbewohner vergessen hast.«

»Ich habe dich nicht vergessen. Ich war nur beschäftigt.«

»Das sehe ich. Hier ist ja alles blitzeblank. Und es duftet so gut.«

»Kaffee?«

»Gern. Schwarz.«

»Igitt.« Kopfschüttelnd stelle ich die Schüssel mit dem Rührei auf den Tisch und fülle seine Tasse mit Kaffee. Mein eigener ist schon fast kalt, dennoch kippe ich kalte Milch dazu und gebe zwei Esslöffel Kakaopulver hinzu.

»Und was ist das Ekliges?«, fragt Mattis.

»Tausendmal besser als die bittere Brühe, die du da trinkst.«

Ein Lächeln huscht über sein Gesicht. »Bekomme ich jetzt jeden Morgen so ein üppiges Frühstück?«

»Kommt ganz drauf an, wie du dich benimmst. Wenn du frech bist, bekomme *ich* solch ein Frühstück von *dir*.« Meine Mundwinkel ziehen sich unwillkürlich nach oben.

»Es geht dir gut heute, oder irre ich mich?«

»Du irrst dich nicht. Als ich heute Morgen aufgewacht bin, war irgendetwas … anders. Auch wenn ich es nicht genau benennen kann. Aber es fühlt sich nicht schlecht an.«

»Das freut mich. Sehr sogar.« Sichtlich zufrieden, greift er nach einer Scheibe Roggenbrot und bestreicht sie dick mit Butter und einem Hauch Blaubeermarmelade. Er beißt herzhaft hinein und schiebt gleich danach eine Gabel Rührei hinterher. Innerlich muss ich mich ob dieser Mischung schütteln und begnüge mich selbst mit Knäckebrot und Erdbeermarmelade.

»Heute steht Großputz auf dem Programm. Die Küche ist bereits fertig. Als Nächstes sollten wir uns um die Bäder kümmern. Jeder sein eigenes, versteht sich. Und danach nehmen wir uns gemeinsam das Wohnzimmer vor.«

»Und dann müssen wir uns nur noch einigen, wer welches der beiden hübschen Sofas sein Eigen nennen darf.«

»Ha, nichts da! Diese scheußlichen Dinger werden nicht hierbleiben.«

»Was? Du willst die Möbel deines Großvaters entsorgen?«

»Nur die aus dem Wohnzimmer. Sicher finden sich noch ein paar andere Omas und Opas, die sich daran erfreuen werden.«

»Gott sei Dank«, murmelt Mattis vor sich hin.

»Dann sind wir uns ja einig. Also, morgen steht IKEA auf dem Plan. Und wir müssen jemanden finden, der sich um den Anstrich der Fassade kümmert. Das kriegen wir unmöglich allein hin.«

Mattis wirkt erleichtert. »Und ich sah mich schon auf einer Leiter herumkraxeln. Da habe ich wohl noch einmal Glück gehabt. Aber alles andere repariere ich. Also die Fensterläden und den Steg.«

»Prima! Und wenn hier oben alles fertig ist, kümmern wir uns um dein Atelier.«

KAPITEL 8

MATTIS

Wie meinst du das?« Ich schlucke und fühle, wie mir der Schweiß ausbricht.

»Das weiß ich noch nicht so genau. Aber du darfst deine Kunstwerke nicht nur für dich behalten. Das geht einfach nicht!« Livi strahlt mich zuversichtlich an. »Ich lasse mir irgendetwas einfallen. Aber ein Schritt nach dem anderen.«

Ich lasse es gut sein und gehe nicht weiter darauf ein. Es macht mich froh, sie so voller Tatendrang zu sehen, war sie doch in den Tagen zuvor nichts weiter als ein Häufchen Elend. Ob die Nordlichter sie wieder aufgeweckt haben? Der Gedanke erfüllt mich mit Zufriedenheit. Und trotzdem. Sie versteht nicht, warum ich die Bilder nicht verkaufen will. Was verständlich ist, denn ich weiß es schließlich selbst nicht so genau. Vielleicht ist es die Angst vor Ablehnung, vor Kritik. Oder die Angst vorm Scheitern – denn das kann ich ziemlich gut. Sonst wäre mein Leben nicht solch eine riesige Baustelle.

Gut gestärkt, gehen wir beide unserer Arbeit nach. Obwohl wir ordentlich durchgelüftet haben, hängt immer noch dieser Gestank in der Luft. Am stärksten ist er im Flur. *Irgendetwas muss hier doch sein!* Ich lege mich flach auf den Boden, um unter der Treppe nachsehen zu können.

»Was machst du denn da?«, höre ich Livi belustigt fragen. »Ruhst du dich aus?«

»Ich bin auf der Suche nach der Quelle des Gestanks.«

»Immer der Nase nach.« Sie kichert, während ich weiter über den Boden robbe.

Unter der Garderobe werde ich schließlich fündig. »Ist das ekelhaft!«

»Was ist denn?«

»Eine tote Ratte. Die liegt wohl schon eine Weile hier.«

Livi hält sich die Hand vor den Mund, sichtlich damit beschäftigt, ein Würgen zu unterdrücken. »Wie kommt die denn hierher? Kannst du dich darum kümmern?« Sie macht auf dem Absatz kehrt und verschwindet nach draußen.

Na, herzlichen Dank auch. Missmutig entferne ich den Kadaver und verbuddle ihn auf der Ostseite des Hauses. Hoffentlich finden sich nicht noch mehr Überraschungen dieser Art.

Es ist kurz nach Mittag, als wir uns gemeinsam im Wohnzimmer ans Werk machen. Livi bewegt sich erstaunlich entspannt durch den Raum, das macht mich stutzig. Instinktiv gleitet mein Blick zum Schrank hinüber. Die Fotos sind verschwunden. Deshalb wirkt sie so unbekümmert. »Wo sind denn die Bilder hin?«

Sofort verhärtet sich ihre Miene. »Welche Rolle spielt das?«

»Livi, hör zu. Es bringt nichts, alle Erinnerungen aus dem Gedächtnis zu verbannen.«

Der Ausdruck in ihren Augen bestätigt mir, dass ich richtigliege. Dennoch behauptet sie etwas anderes. »Die habe ich nur weggepackt, damit ich den Schrank gleich fotografieren kann«, erwidert sie betont gelassen.

»Ist das wirklich der einzige Grund?«

»Selbst wenn, was geht es dich an?«

Wieder einmal bewege ich mich auf dünnem Eis. Dennoch gehe ich auf sie zu und lege sacht meine Hände auf ihre Schultern. »Livi, ich will dir nicht zu nahe treten, und ich kann mir auch eigentlich kein Urteil erlauben. Aber ist es möglich, dass du nicht richtig getrauert hast?«

»Was soll das denn heißen? Natürlich habe ich getrauert!« Ihre Stimme klingt schrill. Offensichtich fühlt sie sich von mir angegriffen.

»Tut mir leid, womöglich irre ich mich. Wir kennen uns schließlich kaum. Aber die Art und Weise, wie deine Gefühle dich überwältigt haben, seit du hier bist, weckt in mir den Eindruck, dass du bisher nur verdrängt hast. Als ob du dich all die Monate geweigert hättest, etwas zu denken oder zu fühlen.«

Sie nickt widerwillig. »Und ich wünschte, das wäre so geblieben.«

»Nein, Livi. Es ist gut, dass gerade irgendetwas in dir passiert.«

»Das sehe ich anders.«

»Vielleicht solltest du dir Hilfe suchen. Trauerbegleitung oder so was.«

»So ein Quatsch!«

»Bitte, denk wenigstens darüber nach, ja?«

»Mal sehen. Und jetzt lass uns weitermachen, sonst werden wir ja nie fertig!« Sie setzt ein gezwungenes Lächeln auf und windet sich aus meinem Griff. Anschließend fotografiert sie die geblümten Sofas und den Schrank, um die altmodischen Möbelstücke bei den Kleinanzeigen einstellen zu können.

Bevor ich mich daranmache, die Fenster zu putzen, nehme ich die staubigen Gardinen ab. »Soll ich die waschen?«

»Bloß nicht! Die hässlichen Dinger will ich nicht mehr haben. Wir schauen uns nach etwas Neuem um.«

Auch wenn es letztlich ihre Entscheidung ist, da das Haus nun mal ihr gehört, bin ich froh, dass sie der gleichen Meinung ist wie ich. Denn obwohl ich lange Zeit im Atelier ohne den kleinsten Hauch von Behaglichkeit gehaust habe, ist es mir plötzlich wichtig, es gemütlich zu haben. Oder vielleicht gerade deshalb. Das hier ist jetzt mein Zuhause. Ich kann es immer noch nicht ganz fassen.

Auch was das Zusammenleben mit Livi angeht, bin ich sehr zuversichtlich. Schon in dem Moment, als ich sie draußen vor dem Atelier sah, habe ich sie in mein Herz geschlossen. Sie und ihre zerbrechliche Seele. Vielleicht wird es nicht immer einfach mit ihr, wenn man bedenkt, in welchem Prozess sie sich gerade befindet. Aber mit mir wird sie es mit Sicherheit auch nicht immer leicht haben. Ich werde einfach mein Bestes geben, ihr ein guter Freund zu sein.

Gedankenverloren gehe ich durch die Terrassentür hinaus in den Garten, und sofort versinken meine Schuhe wieder im Matsch. Ein leises Fluchen entweicht mir. »Was hältst du davon, wenn ich uns eine kleine Terrasse baue?«, rufe ich Livi zu.

»Hast du so was schon mal gemacht?«

»Nee. Aber ich kann's ja mal versuchen.«

»Ja, wieso nicht?«

»Und noch was: Hatte dein Großvater eine Katze?«

»Kann ich mir nicht vorstellen. Wieso?«

»Hier ist eine Katzenklappe in der Hauswand.«

Sie kommt herüber und schaut fragend auf die Klappe. »Komisch. Soweit ich weiß, hatte er nicht viel übrig für Haustiere.« Schulterzuckend wendet sie sich wieder ihrer Arbeit zu.

Zwei Stunden später erstrahlt das Haus in neuer Frische. Wider Erwarten hat sich sogar schon ein Mann gemeldet, der die alten Möbel gerne übernimmt. Er muss sich nur noch einen Wagen besorgen, in dem er die Sachen unterbringen kann. Unglaublich, dass sich jemand um diese sofaförmige Blumenexplosion reißt. Aber über Geschmack lässt sich ja bekanntlich streiten.

»Das wäre geschafft«, verkündet Livi. »Du setzt dich jetzt hin und machst eine Pause. Und ich koche uns etwas.«

»Ich kann dir doch helfen.«

»Das schaffe ich schon.« Auffordernd deutet sie aufs Sofa und verschwindet dann in der Küche. Nur wenig später höre ich sie mit Geschirr klimpern, Schränke öffnen und schließen und »Don't Stop Me Now« singen. Ich genieße es einfach, ihr zuzuhören, und schließe ein wenig die Augen. Wie viel Zeit vergeht, kann ich nicht genau sagen, doch ich komme erst wieder zu mir, als ich eine warme Hand auf meinem Arm spüre und Livis Stimme an mein Ohr dringt.

»Hey, Schlafmütze, das Essen ist fertig.«

Sofort bin ich hellwach und folge ihr in Richtung Küche. »Mh, wie das duftet. Was gibt es denn?«

»Kjøttkaker. Und Trollkrem als Nachspeise.«

»Oh, habe ich schon ewig nicht mehr gegessen. Und ich liebe Trollkrem!« Hungrig lasse ich mich am gedeckten Tisch nieder und schiebe mir sogleich ein ganzes Fleischbällchen in den Mund. »Esch schmett hümmlüsch!«

Livi lacht ein glockenhelles Lachen. »Du bist unmöglich.«

»Nee, nur hungrig. Wie konnte ich mich nur so lange mit Dosenravioli zufriedengeben?«

»Das ist mir auch ein Rätsel.«

»Mal ehrlich, wo hast du so gut kochen gelernt? Nicht mal bei meiner Mutter schmeckt es so lecker. Und bisher war ich steif und fest überzeugt, sie sei die beste Köchin der Welt.«

Livi macht eine wegwerfende Geste. »Habe ich mir alles selbst angeeignet. Zu Hause habe ich oft die ganze Familie bekocht. Früher wollte ich sogar unbedingt Köchin werden. Aber diese unmöglichen Arbeitszeiten haben mich davon abgehalten. Darauf hatte ich überhaupt keine Lust.«

»Kann ich verstehen. Aber es ist eine Verschwendung.«

Sie strahlt mich an. »Na ja, immerhin profitierst du in Zukunft davon. Und ich auch. Ich habe das in der letzten Zeit sehr vernachlässigt. Aber ich habe auch keinen Sinn darin gesehen, nur mich allein zu bekochen.«

»Das sieht man dir an.« *Mist. Schon wieder ein Fettnäpfchen. Meine Zunge ist grundsätzlich schneller als mein Hirn.*

»Was soll das denn heißen?«

»Ist nicht böse gemeint, entschuldige. Aber du bist so dünn. Zu dünn, wenn du mich fragst.«

Sie öffnet den Mund, als wolle sie etwas sagen, verkneift es sich dann aber anscheinend. Stattdessen beginnt sie ebenfalls zu essen.

Als mein Teller leer ist, lehne ich mich satt und zufrieden zurück. »Daran könnte ich mich auf jeden Fall gewöhnen.«

»Noch ein Nachschlag?«

»Eine extra große Portion Trollkrem wäre jetzt genau das Richtige.«

Livi reicht mir das heiß geliebte Preiselbeer-Dessert, und ich befülle eine kleine Glasschale so lange, bis nichts, aber auch wirklich gar nichts mehr hineinpasst. »Ich könnte darin baden«, sage ich zwischen zwei Löffeln.

»Ich dachte, du badest nicht gern«, neckt sie mich.

»In dem Fall ist das was anderes.«

»Dich kann man offensichtlich sehr leicht glücklich machen.«

»Hiermit auf jeden Fall.«

»Merke ich mir.«

Hinter uns liegen zwei Wochen, in denen wir unser Wohnzimmer mit einem großen dunkelgrauen Ecksofa, einem modernen Schrank und ein paar Kommoden neu eingerichtet haben. Obendrein habe ich es tatsächlich geschafft, eine kleine Holzterrasse zu zimmern, auch wenn sie nicht perfekt ist. Die Fassade wurde gestrichen, die Fensterläden sehen ebenfalls aus wie neu. Andauernd war ich mit irgendetwas im oder am Haus beschäftigt, und ich spüre, wie gut es mir tut, meine Zeit mit sinnvollen Tätigkeiten zu füllen. Der Frühling ist auf dem Vormarsch und scheint mir inneren Auftrieb zu verleihen.

Auch Livi wirkt tagsüber mit sich selbst im Einklang. Sie dekoriert das Haus, macht es wohnlich und behaglich. Wenn sie in der Küche steht und kocht, blüht sie auf. Es macht mir Freude, sie dabei zu beobachten. Noch mehr freut es mich allerdings, ihre Köstlichkeiten zu verschlingen.

Dennoch gibt es Dinge, die mir zunehmend Sorgen bereiten. Nacht für Nacht liege ich stundenlang schlaflos auf meinem Bett und höre Livi nebenan in ihrem Zimmer weinen. Ihr Wehklagen und ihr Schmerz dringen bis in mein Herz und zerfressen mich innerlich. Es macht mich hilflos, weil ich nicht weiß, ob und wie ich ihr helfen kann. Dann stelle ich mir vor, wie sie zusammengekauert auf dem Boden sitzt oder sich in ihrem Bett einrollt wie ein Baby – allein und völlig schutzlos.

Ratlos stehe ich heute Nacht auf und laufe in meinem Zimmer umher. Der Mond scheint durchs Fenster herein und starrt mich stumm an. »Was soll ich tun?«, frage ich ihn. »Soll ich zu ihr gehen?« Sein Stillschweigen deute ich als Zustimmung.

Zweifelnd halte ich vor Livis Zimmer inne, doch als ich ein erneutes, herzzerreißendes Schluchzen hinter ihrer verschlossenen Tür höre, gehe ich hinein. Meine Augen finden sich in der absoluten Dunkelheit nicht zurecht. Ich kann nur erahnen, wo Livi sich gerade befindet. Daher schalte ich das Licht im Flur ein und lasse die Tür einen Spaltbreit geöffnet, nachdem ich hindurchgeschlüpft bin.

Livi hockt auf dem Boden, den Rücken ans Fußteil ihres Bettes gelehnt. Ihren Kopf vergräbt sie an ihren Knien, die Arme umschlingen ihre angewinkelten Beine. Ihr Körper bebt, und ich vernehme ein Wimmern. Stumm gleite ich neben sie und ziehe sie fest in meine Arme. Zuerst spüre ich ihre Gegenwehr, doch nach ein paar Sekunden hört sie auf zu kämpfen und weint hemmungslos. Erleichterung macht sich in mir breit, als sie langsam zur Ruhe kommt. Dennoch löst sie sich nicht von mir.

Wie lange wir in dieser Position verharren, weiß ich nicht. Irgendwann höre ich, wie ihre Atmung sich verändert, wie sie ruhig und gleichmäßig wird. Als ich sicher bin, dass Livi tief und fest schläft, hebe ich sie vorsichtig hoch und trage sie zu ihrem Bett hinüber. Sie wacht noch einmal kurz auf, murmelt etwas Unverständliches und gleitet dann wieder in den Schlaf. Eine Weile bleibe ich noch bei ihr sitzen, bis ich wieder in mein Zimmer schleiche.

Der Schlaf stellt sich lange nicht bei mir ein. Zu groß ist meine Sorge um Livi. Sie braucht Hilfe, so viel ist klar. Aber bin ich derjenige, der ihr helfen kann? Diese Aufgabe ist zu groß für jemanden wie mich. Ich weiß ja selbst nicht mehr, wie man richtig lebt.

KAPITEL 9

LIVI

Im Morgengrauen erwache ich in meinem Bett, ohne eine Ahnung zu haben, wie ich dorthin gekommen bin. Dunkel schwebt die Erinnerung an die letzte Nacht wie eine Wolke über mir. Als würde ich mich selbst durch die Augen eines Außenstehenden betrachten, sehe ich mich vor meinem Bett hocken – allein, verzweifelt, geschüttelt von meiner Trauer. Doch dann erscheint eine dunkle Gestalt, lässt sich neben mir nieder und hüllt mich in eine tröstende Umarmung. Ich erkenne, wie ich mich anfangs dagegen sträube, doch schließlich meinen Widerstand aufgebe und mich fallen lasse.

Noch während ich darüber nachgrüble, ob das nur ein Traum war, der sich erneut vor meinem inneren Auge abspielt, muss ich an Mattis denken. Und in diesem Moment wird mir klar, dass er es war. Er war hier und hat mich festgehalten. Er hat die volle Wucht meiner Trauer hautnah miterlebt. Und das, obwohl ich Tag für Tag krampfhaft versuche, nach außen hin stark zu wirken. Doch jetzt hat meine Fassade Risse bekommen. Nein, vielmehr hat Mattis sie zum Einstürzen gebracht. Das war das Letzte, was ich wollte.

Leise schleiche ich nach unten, um das Frühstück vorzubereiten. Auf jeden Fall will ich mit dem Essen fertig sein, bevor er aufwacht, damit ich ihm nicht am Tisch gegenübersitzen und in die Augen schauen muss. Letzte Nacht habe ich schon viel mehr von mir preisgegeben, als mir lieb ist.

Gerade als ich den letzten Schluck meines Kaffees trinke, höre ich Mattis die Treppe herunterkommen.

»Guten Morgen! Frühstück steht auf dem Tisch.« Schnell husche ich an ihm vorbei ins Wohnzimmer und gebe mich beschäftigt.

»Isst du nicht mit mir?« Irritiert schaut er mir hinterher.

»Bin schon fertig.« Hastig wende ich mich von ihm ab und beginne, unsichtbaren Staub vom Schrank zu wischen.

Ich vernehme nur ein leises »Okay«, und er verzieht sich in die Küche. Erleichtert atme ich auf und verfalle in einen regelrechten Putzwahn.

Gegen Mittag gehe ich raus auf die Terrasse und lasse mich auf einem der verwitterten Stühle nieder. Erschöpft lehne ich mich zurück und strecke mein Gesicht der warmen Frühlingssonne entgegen. Die Natur steht in den Startlöchern für ihren Neubeginn, regeneriert sich auf magische Weise nach dem kalten Winter. Jahr für Jahr kämpft sich frisches, zartes Grün hervor, schmücken sich Bäume mit einem prachtvollem Blätterkleid, erwacht die Welt zu neuem Leben.

Wenn es doch nur auch für mich so einfach wäre. Warum kann ich nicht einfach wieder aufblühen und die Kälte vergessen, als wäre sie nie da gewesen? Immer deutlicher wird mir bewusst, dass ich das nicht allein schaffen kann. Vielleicht hat Mattis recht. Auch wenn ich das nicht wahrhaben will.

In diesem Moment dringt seine Stimme an mein Ohr. »Ach, hier steckst du.«

Erschrocken zucke ich zusammen.

»Sorry, ich konnte ja nicht damit rechnen, dass meine Anwesenheit immer noch eine Überraschung für dich ist.« Amüsiert reicht er mir einen Becher Kaffee und setzt sich ebenfalls hin.

»Danke. Ich war nur gerade in Gedanken.«

»Und woran denkst du gerade?«

»Dass du ganz schön vorwitzig bist.« Unsicher blinzle ich ihn an. Mir ist bewusst, dass das nicht die Antwort ist, die er hören will.

»Hör zu, Livi … das heute Nacht …«

Abwehrend hebe ich die Hand. »Stopp! Lass mich zuerst reden.« Vorsichtig schlürfe ich etwas von dem heißen Kaffee, den Mattis genauso zubereitet hat, wie ich ihn mag, und versuche mich zu sammeln. »Ich weiß nicht, wie oft du mich hast … weinen hören.«

»Jede Nacht«, murmelt er.

Ich habe es befürchtet und nicke resigniert. »Eigentlich hatte ich gehofft, du hättest es nicht mitbekommen. Aber das spielt jetzt auch keine Rolle mehr. Mir ist inzwischen bewusst, dass ich da nicht allein rauskomme.«

»Also wirst du dir Hilfe suchen?«

»Ja, ich denke, das werde ich. Aber nur unter einer Bedingung.«

Mattis richtet sich sichtlich gespannt in seinem Stuhl auf. »Die da wäre?«

»Wenn ich meine Vergangenheit angehe, solltest du das auch tun. Melde dich bei deiner Familie.«

Augenblicklich verhärten sich seine Gesichtszüge. »Die wollen nichts von mir wissen.«

»Das glaube ich dir nicht.«

»Du hast ja keine Ahnung.«

»Doch, Mattis, habe ich. Deine Kinder brauchen dich. Du bist ihr Vater!«

»Sie sind ohne mich besser dran. Ich bin ein Versager.«

»Das ist noch so eine Sache.«

»Was meinst du damit?«

»Dass du dich immer hinter deinem zerstörten Selbstbild versteckst.«

Mattis klappt der Mund auf, doch er bringt kein Wort hervor.

»Ich bin mir sicher, deine Kinder wären überglücklich, dich zu sehen. Ganz gleich, in welchem seelischen Zustand du dich befindest.«

»Aber Marit ist ohnehin dagegen. Ich habe keine Chance.«

»Doch, die hast du. Biete ihr die Stirn. Ich meine, irgendwo kann ich sie auch verstehen. Du bist schließlich nicht ganz unschuldig an all dem.«

»Autsch! Das hat gesessen. Aber ja – da ist etwas Wahres dran. Auch wenn ich es nur ungern zugebe.«

»Und trotzdem: Du hast das Recht, deine Kinder zu besuchen. Ganz egal, wie Marit das findet. Und wenn du Angst hast, sie könnten einen Verlierer in dir sehen, dann ändere dich. Zeig ihnen, was in dir steckt.«

»Was soll das schon sein?«

»Deine Kunst! Du hast eine Gabe. Mach etwas daraus!«

»Du glaubst doch nicht wirklich, dass ich mit meinen Bildern etwas erreichen kann.«

»Aber so was von!«

Er sinkt zurück in den Stuhl und starrt eine ganze Weile aufs Wasser, das sich unter einer sanften Brise kräuselt. »Hm. Vielleicht sollte ich es wenigstens versuchen. Wofür habe ich schließlich das Atelier?«

»Meine Rede. Also, haben wir einen Deal?« Herausfordernd halte ich ihm meine Hand entgegen.

Einen Augenblick starrt er skeptisch darauf, schlägt dann jedoch ein. »Deal! Auch wenn mir der Arsch auf Grundeis geht.«

Zufrieden lächle ich ihn an. »Angst gehört zum Mutigsein dazu. Glaubst du etwa, ich habe keine Angst?« Er hält meine Hand schon viel zu lange, und ich befreie mich aus seinem Griff.

»Wir zwei sind schon ein kaputter Haufen, was?« Mattis grinst mich schief an.

»Nicht mehr lange, hoffe ich.«

Nur eine Woche später habe ich einen Termin bei einer Psychologin. Ich hatte gehofft, mehr Zeit zu haben, um mich auf den Termin einstellen zu können. Normalerweise hat die Psychologin wohl eine Warteliste, aber als sie meine Geschichte gehört hat, hat sie mich so schnell wie möglich untergebracht.

»Bist du nervös?«, fragt Mattis zwischen zwei Bissen. Wir sitzen gerade beim Frühstück, und ich muss mich dazu zwingen, etwas zu essen.

»Ziemlich.«

»Verstehe ich. Es ist nicht leicht, seine Seele vor einem wild-fremden Menschen offenzulegen. Möchtest du, dass ich dich in die Stadt begleite? Ich sollte eh mal wieder ins Atelier.«

»Das solltest du allerdings. Schließlich beginne ich heute, meinen Teil des Deals einzulösen. Du hast also etwas aufzuholen.«

Er ignoriert meine Bemerkung. »Wir könnten doch mit der Fløibahn runter in die Stadt. Wie wäre das? Vielleicht verfliegt deine Nervosität bei dem Ausblick ein wenig.«

»Einen Versuch ist es wert. Es ist ohnehin eine Schande, dass ich bisher noch nicht damit gefahren bin.«

»Das sehe ich genauso.«

Eine gute Stunde später parke ich den Wagen an der Bahnstation der Fløibahn. Auf der Aussichtsplattform tummeln sich bereits einige Touristen und knipsen Selfies mit diesem spektakulären Ausblick im Hintergrund. Glücklicherweise warten nicht allzu viele Leute auf die Ankunft der nächsten Standseilbahn, die hier tagtäglich von acht bis dreiundzwanzig Uhr unermüdlich zwischen der Stadt und dem Gipfel des Fløyen hin- und herpendelt.

Nachdem wir unsere Tickets gelöst haben, können wir sofort einsteigen. Mattis überlässt mir den Fensterplatz, und während der sechsminütigen Fahrt sehe ich die Stadt Stück für Stück näher kommen. Der Ausblick ist wundervoll. Bei strahlendem Sonnenschein schmiegen sich die Häuser an das Ufer des Puddefjords, in dessen tiefblauem Wasser sich die weißen Quellwolken spiegeln.

An der Talstation steigen wir aus und verlassen das kleine weiße Gebäude, vor dem bereits eine riesige Menschentraube wartet. »Oje, ist das hier immer so voll? Hoffentlich kommen wir heute irgendwann noch mal nach Hause«, sage ich.

»Natürlich. Die Bahn kommt doch alle paar Minuten. Sieht schlimmer aus, als es ist.«

»Wenn du das sagst.«

»Und mit dem Auto dauert die Fahrt in die Stadt vergleichsweise ewig. Da kann man ruhig mal ein paar Minuten warten.«

»Du hast ja recht.«

»Ich weiß.« Er grinst mich frech an, doch sogleich wird sein Gesichtsausdruck wieder weich. »Ich bringe dich noch bis zur Praxis und mache mich danach auf den Weg zum Atelier.«

»Das musst du nicht.«

»Tue ich aber trotzdem.«

Per Handy-Navigation lassen wir uns zu der kleinen Praxis der Psychologin, Frau Hagebak, leiten. Sie befindet sich mitten in der Altstadt in einer schmalen Gasse. Unter anderen Umständen würde mich diese Idylle entzücken, aber ich bin schließlich nicht zum Vergnügen hier. Mit Unbehagen schaue ich an dem hellblauen Holzhaus mit den dunkelroten Fensterrahmen empor. Plötzlich fröstelt es mich, und ich ziehe meine Jacke eng um meinen Körper.

»Livi? Willst du nicht klingeln?«

»Ich glaube, ich bin noch nicht so weit. Wie viel Zeit habe ich noch?«

Mattis wirft einen Blick auf seine Uhr. »Sechs Minuten.« Dann zieht er mich unvermittelt in seine Arme. »Du schaffst das«, raunt er mir ermutigend zu.

Eine Gänsehaut jagt mir über den Körper. »Mir bleibt ja wohl nichts anderes übrig.« Nur widerwillig befreie ich mich aus seiner schützenden Umarmung und drücke die Klingel. Wenige Augenblicke später öffnet sich die Tür, und eine Frau lächelt mir warmherzig entgegen. Sie ist vermutlich Mitte vierzig und trägt einen aschblonden Short Bob. »Guten Morgen! Sie müssen Frau Steensen sein, richtig? Ich freue mich, Sie kennenzulernen. Ich bin Brinja Hagebak. Sie dürfen mich gern Brinja nennen.« Sie reicht mir ihre Hand.

Nur zögernd erwidere ich ihren Gruß. »Hallo.«

»Dann kommen Sie mal herein.«

Hilfe suchend schaue ich mich zu Mattis um. Lächelnd nickt er mir zu. »Wir sehen uns dann später im Atelier, in Ordnung?« Im Vorbeigehen drückt er kurz meine Hand und zieht von dannen.

Unsicher wandert mein Blick wieder zu Frau Hagebak, und ich folge ihr ins Innere des Hauses. Mechanisch hänge ich meine Jacke an der Garderobe im Flur auf und betrete nach Frau Hagebaks Aufforderung einen hellen, behaglichen Raum. Linker Hand befindet sich ein Schreibtisch, zu meiner Rechten sehe ich ein kleines, cremefarbenes Sofa und zwei passende Sessel, die rings um einen kleinen Couchtisch stehen. Darauf steht eine Vase mit einem Strauß bunter Blumen. Hastig wende ich meinen Blick ab und deute gespielt amüsiert auf das Sofa. »Die klassische Couch, was? Soll ich mich dort hinsetzen?«

»Sie dürfen sich setzen, wohin Sie wollen.«

Bewusst wähle ich einen der Sessel und mache es mir so bequem wie möglich. Dann starre ich mein Gegenüber wortlos an.

»Livi, wollen Sie mir erzählen, warum Sie hier sind?«

Mein Blick gleitet unwillkürlich auf den Blumenstrauß, und sofort breche ich in Tränen aus.

Gut eineinhalb Stunden vergehen, in denen ich Brinja nach meinem anfänglichen Gefühlsausbruch mein Herz ausschütte. Der Knoten platzt schneller als erwartet. Bisher besteht ihre Aufgabe hauptsächlich darin, mir zuzuhören. Die »Arbeit« liegt noch vor uns. Aber allein über meinen Verlust zu sprechen, wirkt erleichternd. Dennoch bin ich froh, als ich endlich wieder an die frische Luft komme.

Auf dem Weg zum Atelier nehme ich mir bewusst Zeit zum Durchatmen. Aufmerksam betrachte ich die bunten Häuser mit ihren schrägen Fassaden und stelle mir dabei vor, wie diese Stadt zu ihrer Entstehungszeit wohl ausgesehen haben mag. Laut der Königssaga wurde sie im Jahr 1070 von König Olav Kyrre gegründet. Schon als kleines Mädchen haben mich die Wikinger fasziniert, weshalb ich die Geschichte der Stadt vor ein paar Tagen recherchiert habe. Das kam mir obendrein als Ablenkung sehr gelegen.

Meine Eltern haben nie verstanden, was mich an den Wikingern so interessiert hat. Das sei schließlich so ein Jungen-Ding. Wenn sie das sagten, habe ich mich immer geärgert. Heute wünschte ich, es noch einmal von ihnen hören zu können.

Während ich also durch die engen Gassen schlendere, denke ich mir das Kopfsteinpflaster weg und bilde mir ein, durch knöchelhohen Schlamm zu waten, vorbei an kleinen Holzkaten und hart arbeitenden Menschen. Diese Gedanken lassen mich das Gespräch mit der Psychologin zumindest für eine Weile vergessen. Doch schon bald stehe ich vor Mattis' Atelier und weiß, dass ich mich jeden Moment seinen Fragen stellen muss. Sofort spüre ich wieder ein Ziehen in der Magengegend. Es verstärkt sich, als ich an seine Tür klopfe.

»Livi, da bist du ja!« Lächelnd hält er mir die Tür auf, und ich eile ohne ein Wort an ihm vorbei nach oben ins Atelier, dicht gefolgt von ihm. »Und? Wie war es?« Ich höre die Unsicherheit in seiner Stimme, wo er doch sonst frei heraus drauflosredet.

»Es war okay«, antworte ich knapp.

Tatsächlich gibt er sich damit zufrieden. Er brummt nur und beginnt, ein paar Farbtuben hin und her zu räumen.

»Und was hast du in der Zeit so gemacht?«, frage ich und schaue mich im Raum um.

Mattis deutet auf eine leere Leinwand, die auf einer Staffelei steht. »Eigentlich wollte ich etwas malen. Aber mir fiel rein gar nichts ein.« Betreten schaut er auf seine Füße. »Was einmal mehr bestätigt, dass ich es nicht draufhabe.«

Alles in mir schreit danach, ihm eine Standpauke zu halten. Doch ein Gedankenblitz hält mich davon ab. »Bring mir etwas bei!«

»Wie bitte?«

»Ich möchte etwas malen.«

»Meinst du das ernst?«

»Na klar. Aber etwas Einfaches, bitte. Ich kann nämlich nicht gerade behaupten, dass Malen zu meinen Talenten gehört.«

»Und warum dann das Ganze?«

»Jetzt sieh mich nicht so an, als wäre ich verrückt. Ich möchte es einfach ausprobieren. Und da dich die Muse heute noch nicht geküsst hat, hast du doch gerade ohnehin nichts Besseres zu tun.«

»Also schön. Du gibst sonst wahrscheinlich keine Ruhe.«

»Exakt.«

»Dann malen wir … eine Winterlandschaft.«

»Im Frühling«, stelle ich ernüchtert fest.

»Du hast um etwas Einfaches gebeten. Das war das Erste, was mir auf Anhieb in den Sinn gekommen ist.«

»Okay. Dann eben Winter.«

Mattis betrachtet mich kopfschüttelnd und zieht dann eine zweite Staffelei und einen Stuhl herüber. Aus dem Nebenzimmer besorgt er eine Leinwand und stellt sie auf der Staffelei ab. »Bitte sehr, dein Platz.« Zwischen uns schiebt er einen kleinen Rollwagen, auf dem jede Menge bunte Farbtuben und Pinsel sowie ein paar Mischpaletten und Wasserbecher ihren Platz haben.

Ich fühle mich erschlagen von dieser Vielfalt und habe nicht die leiseste Ahnung, womit ich beginnen soll. »Wow. Woher soll man da wissen, welchen Pinsel man wofür braucht?«

»Im Prinzip reicht ein einziger Flachpinsel. Mit dem kann man nahezu alles machen.« Suchend kreist seine Hand über den verschiedenen Pinseln, bis er den passenden gefunden hat. »Hier, ein Zwölfer. Der ist perfekt.« Dann greift er nach einer der Mischpaletten und gibt blaue, weiße und schwarze Acrylfarbe darauf.

»Mehr brauchen wir nicht?«

»Nein, das ist alles. Bist du bereit?«

»Aber so was von!«

»Gut. Dann beginnen wir mit dem Himmel. Ganz oben nutzen wir ein kräftiges Blau und lassen es im Verlauf heller werden. Schau gut zu.«

Ich beobachte genau, wie Mattis vorgeht, und versuche, es ihm gleichzutun. Binnen weniger Minuten habe ich einen ganz passablen Himmel auf die Leinwand gebracht.

»Nicht schlecht, Livi. Jetzt lassen wir es schneien.« Mit lockeren Pinselstrichen malt er eine hügelige Schneelandschaft. Zunächst sieht es so einfach aus. Innerlich muss ich kichern, weil es mir leichtfällt, ihn nachzuahmen. Dann aber mischt er etwas Schwarz unter, sodass ein blasses Grau entsteht, mit dem er Schattierungen und Schneeverwehungen einbringt. Das verleiht dem schlichten Weiß augenblicklich mehr Leben.

Ich allerdings komme plötzlich nicht mehr hinterher. »Oje, das ging mir jetzt irgendwie zu schnell. Wie hast du das hingekriegt? Bei dir sieht es so leicht aus.«

Mattis stellt sich hinter mich, beugt sich vor und greift nach meiner Hand, die den Pinsel hält. Dann führt er sie über die Leinwand, und wie von Zauberhand verwandelt sich meine Malerei in Kunst. »Hast du gesehen, wie du den Pinsel führen musst? Versuch es selbst.«

Unter eifrigem Nicken probiere ich es. Und scheitere. »Na ja. Bin eben nicht Picasso.«

»Das musst du auch nicht sein. Benutz nur die Pinselspitze und bewege sie in kurzen Strichen hin und her. Ja, genau so! Es geht doch.«

Stolz lächle ich ihn an und setze noch ein paar weitere Akzente. Mit jedem Strich finde ich mehr Freude daran. »Ist es so gut?«

»Sieht super aus. Wir lassen es ein paar Minuten trocknen, dann sind die Bäume dran.« Mattis reicht mir eine Flasche Wasser, und erst jetzt merke ich, wie durstig ich bin. Auch mein Magen macht sich so langsam bemerkbar. Im selben Moment vernehme ich ein lautes Knurren, das nicht von mir, sondern von Mattis kommt.

»Ich fürchte, wir könnten beide ein kleines Häppchen vertragen. Gibt es unten bei Hedda im Restaurant auch Kuchen?«, frage ich.

»Kuchen ist eine prima Idee! Willst du gehen, oder soll ich?«

»Ich geh schon. Was magst du denn gern?«

»Alles?«

Ich lache laut auf. »Okay. Also einmal alles. Bis gleich!« Beschwingt laufe ich die Treppe hinab und muss aufpassen, dass ich mir auf den schmalen Stufen nicht den Hals breche. Im Ausstellungsraum halte ich kurz inne und lasse meinen Blick über die Gemälde schweifen. Unwillkürlich muss ich lächeln. Eins ist schöner als das andere, und am liebsten würde ich sie alle mitnehmen und im Haus aufhängen. Und so ginge es gewiss auch anderen Leuten. Irgendwie muss ich Mattis davon überzeugen, die Bilder anzubieten. Anscheinend hat es bei ihm immer noch nicht klick gemacht. Aber mir kommt da so eine Idee. Doch erst ist der Kuchen an der Reihe.

Durch die stillgelegte Küche gehe ich rüber ins *Kruttønne.* Als ich noch nicht ganz durch die Tür bin, entdecke ich Hedda bereits.

Strahlend kommt sie auf mich zu. »Livi! Wie schön, dich zu sehen. Seit Mattis zu dir gezogen ist, habe ich ihn hier nicht mehr gesichtet. Alles okay bei euch?«

»Alles in bester Ordnung. Wir hatten im Haus jede Menge zu tun. Aber heute ist er endlich wieder im Atelier.«

»Und? Wie schlägt er sich so als Mitbewohner?« Ihrer Miene nach zu urteilen, ist sie auf alles gefasst.

»Super. Wir kommen erstaunlich gut miteinander aus. Er ist total hilfsbereit und scheut sich nicht, mit anzupacken.«

»Redest du von dem gleichen Mattis, der einige Monate bei uns gehaust hat? Dem unwilligen, schlampigen Kerl, der immer schlecht gelaunt ist?« Mit großen Augen schaut sie mich an.

»Offenbar war er sehr froh darüber, vom ungemütlichen Atelier in ein behagliches Haus ziehen zu dürfen.«

»Oder er will dich beeindrucken.« Kess zwinkert sie mir zu.

»Mich? Beeindrucken? Du meine Güte. Wo denkst du hin?«

»Na ja. Es kam schon überraschend, als er uns erzählt hat, dass er zu dir zieht, obwohl ihr euch gerade mal zwei Tage kanntet.«

»Ja, stimmt schon. Aber es kam uns beiden in diesem Moment mehr als gelegen. So idyllisch es da oben auch ist, ich hätte niemals allein in dieser Einöde sein können. Vermutlich hätte ich mich zu Tode gefürchtet. Und Mattis muss nun nicht mehr auf einer Pritsche nächtigen, sondern kann in einem richtigen Bett in einem beheizten Raum liegen. Die perfekte Zweckgemeinschaft.«

»Zweckgemeinschaft. Soso.« Sie mustert mich, immer noch ungläubig. »Wie auch immer – ich bin froh, dass Mattis bei dir jetzt wieder ein richtiges Dach überm Kopf hat. Als er ins Atelier umgezogen ist, hatte ich schon ein schlechtes Gewissen. Aber wäre er noch länger bei uns geblieben, wären Erik und ich vermutlich in die schlimmste Ehekrise aller Zeiten geraten.« Sie macht eine wegwerfende Geste. »Kann ich denn irgendwas für dich tun?«

»Das hoffe ich. Wir haben Lust auf Kuchen.«

Hedda lächelt mich an. »Na, dann komm mal mit. Ich habe gerade frischen Kvæfjordkake gebacken. Den liebt Mattis. Dann habe ich noch Käsekuchen mit Himbeeren oder Blaubeeren, Möhrenkuchen und Skolebrød.«

Ich folge Hedda durch den großen Raum an den Tischen vorbei, von denen gut die Hälfte besetzt ist, und lausche dem Stimmengewirr. Wenn das Restaurant ausgebucht ist, geht es hier sicher ziemlich hektisch zu. Hedda deutet auf eine Truhe, aus der mir diverse Torten entgegenlachen.

»Wow, wie soll man sich da entscheiden?« Hungrig starre ich auf die Auslage, und mir läuft bereits das Wasser im Mund zusammen. »Gut, dann nehme ich für Mattis ein Stück Kvæfjordkake, und ich hätte gern den Käsekuchen mit Himbeeren. Und für uns beide noch jeweils ein Skolebrød.«

»Kommt sofort!« Hedda platziert den Kuchen auf zwei Tellern und reicht ihn mir über den Tresen.

»Was bekommst du von mir?«

»Geht aufs Haus. Dafür, dass du unseren Mattis unter deine Fittiche genommen hast.«

»Ach ... Danke!«

»Und lasst euch öfter mal hier blicken.«

»Versprochen!«

Mit den beiden Tellern mache ich mich auf den Weg zurück ins Atelier.

Mattis empfängt mich bereits am Treppenabsatz. »Na endlich! Ich bin schon halb verhungert.«

»Habe mich ein bisschen mit Hedda verquatscht.«

»Worüber habt ihr geredet?«, fragt er argwöhnisch.

»Über Gott und die Welt.«

Lächelnd reiche ich ihm seinen Teller, und er hakt nicht weiter nach. Stattdessen macht er sich sofort über den Kvæfjordkake her. Gierig durchbricht er das Baiser-Topping, teilt mit der Gabel den fluffigen Boden und schiebt sich ein großzügiges Stück in den Mund. »Mmh.«

»Na dann guten Appetit!« Ich beginne mit dem Skolebrød. Als ich in den weichen Hefeteig beiße, quillt mir die Vanillecreme entgegen. Ich schaffe es noch gerade so, nichts davon auf meinen Pullover kleckern zu lassen.

Mattis schaut mich schief an. »Du hast da was!«

Konzentriert fahre ich mir meiner Zunge außen an meinen Lippen entlang, um die verirrte Creme zu beseitigen. Aber Mattis schüttelt grinsend den Kopf und zeigt auf seine Nasenspitze. Reflexartig fahre ich mit meinem Arm über meine Nase, und so gelingt es mir doch noch, meinen Pullover vollzuschmieren.

»Na, super«, fluche ich, esse jedoch unbeirrt weiter, bis auch der letzte Krümel vertilgt ist.

»Das war gut«, brummt Mattis zufrieden. »Dann können wir ja jetzt unsere Kunstwerke vollenden. Startklar?«

Ich nicke und stelle meinen Teller auf dem kleinen Tisch ab, bevor ich wieder an meine Staffelei zurückkehre. Mattis wartet schon auf mich. »Also, die Bäume möchte ich gern alt und knorrig aussehen lassen. Der Stamm darf also ruhig krumm und schief sein. Dabei kann man nicht viel falsch machen, siehst du?«

Wieder beobachte ich genau, was er tut, und mache es nach, so gut ich kann. Nachdem drei Baumstämme nackt dastehen, geht es an die kahlen Baumkronen.

»Für das Geäst benutzt du wieder nur die Pinselspitze, damit dir die Feinheiten besser gelingen.« Anschließend bringen wir mit ein wenig Grau Struktur in die Stämme. Mit einem feineren Pinsel betupfen wir die Äste zum Schluss mit weißer Farbe, damit es so aussieht, als hätte sich der Schnee auf die Äste gelegt. Ein paar Schneeflocken am Himmel, die wir auf die Leinwand spritzen, vervollständigen unsere Kunstwerke schließlich.

Von Stolz erfüllt, lehne ich mich zurück und betrachte, was ich da gerade auf die Leinwand gezaubert habe – ich, die Frau, die mit einem Pinsel normalerweise rein gar nichts anfangen kann. »Kaum zu glauben, dass *ich* das gemacht habe. Es ist zwar alles andere als perfekt, aber für meine Verhältnisse gar nicht mal so übel.«

»Es ist super geworden, Livi!«

»Aber nur, weil ich einen so guten Lehrer hatte.«

»Ach was! Offensichtlich hast du ein verborgenes Talent in dir schlummern.«

»Und du hast es hervorgeholt. Das hat echt Spaß gemacht. Danke.«

Eine feine Röte färbt Mattis' Wangen ein. Mit Anerkennung kann er wohl nicht besonders gut umgehen.

Dennoch ist jetzt der richtige Zeitpunkt, ihm meine Idee zu unterbreiten. Wenn nicht jetzt, wann dann? »Was hältst du davon, wenn ich deine Bilder fotografiere?«

»Wofür das?«

»Du könntest sie im Internet verkaufen, wenn du dich schon nicht traust, das hier im Atelier zu tun. Vielleicht über Shopify oder in einem eigenen Online-Shop.«

»Ist das dein Ernst?«

»Wieso denn nicht? Was hast du zu verlieren?«

»Nichts eigentlich«, brummt er.

»Na also. Einen Versuch ist es wert, was meinst du?«

»Meinetwegen.«

Entschlossen springe ich auf und mache mich gleich ans Werk. Ich lichte die Gemälde unter Mattis' skeptischem Blick eins nach dem anderen ab. »So, das wäre geschafft.«

»Und, hast du Lust auf einen kleinen Spaziergang? Das schöne Wetter sollten wir nutzen. Morgen könnte es schon wieder in Strömen regnen.« Offenbar kann es Mattis kaum erwarten, aus dem Atelier zu entkommen.

»Bin dabei.«

»Stadt oder Natur?«

»Natur.«

»Trägst du bequeme Schuhe?«

»So habe ich mir unseren Spaziergang aber nicht vorgestellt«, keuche ich.

»Du wolltest doch Natur. Und hier gibt es jede Menge davon.« Mattis wandert stramm voraus. Mit ihm Schritt zu halten, ist nahezu unmöglich.

»Ich konnte ja nicht ahnen, dass du mich den Berg hochjagst.«

»So haben wir uns immerhin die Wartezeit an der Fløibahn gespart. Ist doch praktisch.« Er dreht sich zu mir um und grinst frech.

»Sehr witzig. Ich hab null Kondition. Lass uns eine Pause einlegen. Schnappatmung.«

Sein Grinsen verwandelt sich in ein nachsichtiges Lächeln. Er kramt eine kleine Wasserflasche aus seinem Rucksack hervor und reicht sie mir. »Wenn ich ehrlich bin, tun mir auch schon die Beine weh. Ich wollte nur keine Schwäche zeigen.« Mattis zwinkert mir zu. »Aber für dieses Panorama lohnt sich die Anstrengung doch, oder?« Er macht eine ausladende Geste.

»Das hätten wir auch einfacher haben können! Den gleichen Ausblick hatten wir auch aus der Bahn.«

»Merke ich mir fürs nächste Mal«, erwidert er zerknirscht. »Aber den Rest müssen wir jetzt wohl oder übel noch hinter uns bringen.«

»Sieht so aus.«

Als wir endlich an der Aussichtsplattform ankommen, brennen die Muskeln in meinen Oberschenkeln so sehr, dass ich am liebsten laut schreien würde. Mit großer Erleichterung lasse ich mich hinters Steuer meines Autos fallen.

Auch Mattis sieht erleichtert aus, weil er endlich sitzen kann. »Mann, war das eine bescheuerte Idee«, stöhnt er. »Du darfst mich gern dafür verprügeln.«

»Das sagst du doch nur, weil du weißt, dass ich dafür keine Kraft mehr habe.« Amüsiert starte ich den Motor und fahre uns nach Hause. Da ich immer noch keinen geeigneteren Parkplatz gefunden habe, stelle ich den Wagen wie gehabt am Straßenrand ab. Das bedeutet, dass wir bis zum Haus noch ein Stück laufen müssen. Leise fluchend hieve ich mich aus meinem Sitz und empfinde ein kleines bisschen Genugtuung, als ich Mattis ächzen höre.

»Was grinst du denn so?«

»Ach, nichts«, flöte ich und setze mich erhobenen Hauptes in Bewegung. *Zähne zusammenbeißen, Livi. Einfach Zähne zusammenbeißen.* »Weißt du, was ich als Erstes mache? Ich werde jetzt ein schönes heißes Bad nehmen.«

»Oh, das könnte ich auch gebrauchen ...«

»... sagt der Mann, der niemals eine Badewanne braucht.«

»Na ja, ich wusste ja bisher auch noch nicht, wo ich überall Muskeln habe.«

Jetzt muss ich lachen. »Ich überlasse dir meine Wanne gern. Ausnahmsweise.«

»Das ist sehr gütig von dir.« Er grinst.

»Aber ich bin zuerst dran.«

KAPITEL 10

MATTIS

»Mattis, dein Badewasser läuft!«, ruft Livi von oben. Schwerfällig erhebe ich mich von der Couch und frage mich, wie ich es jemals die Treppe hinaufschaffen soll. »Kannst du mich vielleicht hochtragen, Livi?«

»Das hättest du wohl gern. Schließlich hast du uns das einge-brockt. Also, kneif die Arschbacken zusammen und komm nach oben.« Sie erscheint, lediglich in ein großes Handtuch eingewickelt, am Treppenabsatz. Aus ihrem nassen Haar lösen sich einzelne Tropfen, perlen an ihrer Haut ab und fallen lautlos zu Boden. Dieser Anblick verschlägt mir die Sprache, doch sie redet unbeirrt weiter. »Am Waschbecken steht eine Tube Schmerzgel. Damit solltest du deine Beine nach dem Bad einreiben.«

»Ist … gut«, stammle ich. Dann verschwindet sie in ihrem Schlafzimmer, und ich schleppe mich Stufe für Stufe in die obere Etage. Nur um festzustellen, dass sich meine Handtücher alle unten im Bad befinden, ebenso wie mein Duschgel. *Das kann doch jetzt nicht wahr sein.* Fluchend hinke ich wieder runter. Am liebsten würde ich mich auf den Hosenboden setzen und die Treppe hinunterrutschen, so wie ich es als Kind gern gemacht habe.

Nachdem ich meinen Kram zusammengesucht und den Weg nach oben erneut unter Schmerzen hinter mich gebracht habe, schließe ich erleichtert die Badezimmertür hinter mir. Meine Vorfreude auf das Bad ist so groß, dass es schon fast albern ist. Mit wiederkehrendem Elan tauche ich einen schmerzenden Fuß ins Wasser. »Au! Verflucht, ist das heiß«, schreie ich.

»Alles in Ordnung da drinnen?«, höre ich Livi rufen.

»Willst du, dass ich mich verbrühe?«

Ich vernehme ein leises Kichern vor der Tür. »Sorry, das ist meine Wohlfühltemperatur. Wusste ja nicht, dass du so emp-findlich bist.« Dann entfernen sich ihre Schritte wieder, und ich versuche mich langsam an die Temperatur zu gewöhnen. Als ich mein Hinterteil in der Wanne versenke, möchte ich am liebsten erneut aufheulen, aber ich kann es mir gerade so verkneifen. Ich wette, das ist Livis Rache für die Tortur den Berg hinauf. Langsam lehne ich mich zurück und spüre, wie die Hitze in meine Muskeln kriecht. Was für eine Wohltat! Das Badewasser duftet nach Eukalyptus und einem Hauch Zitrone. Mit geschlossen Augen sauge ich den Duft tief ein. Gar nicht mal schlecht, so ein Bad. Auf einen Schlag setzt völlige Entspannung ein. Bis Livi vor meinem geistigen Auge erscheint, wie sie vorhin am Treppenabsatz stand. Auch wenn das Handtuch das Nötigste verdeckte, ließ es genügend Spielraum für meine Fantasie. Mein Herz schlägt bei dem Gedanken an diesen Anblick merklich schneller. *Was, wenn ihr das Handtuch heruntergerutscht wäre?* Plötzlich wird mir noch heißer, und ich spüre, wie mein Puls rast. Als mir dann noch durch den Sinn schießt, dass Livi kurz zuvor nackt in dieser Wanne gelegen hat, gibt es mir den Rest. *Ich muss hier raus!* Ich kann doch jetzt nicht an Livi denken! Nicht so!

Viel zu hastig ziehe ich mich hoch, rutsche aus und gleite mit einem gewaltigen Platschen ins Wasser zurück. Na toll, jetzt habe ich auch noch das halbe Bad unter Wasser gesetzt. *Herzlichen Glückwunsch, Mattis!*

Nachdem ich mich abgetrocknet und angezogen habe, versuche ich, den Boden halbwegs mit meinem Handtuch trocken zu wischen. Keine Ahnung, wie oft ich es noch auswringen muss – irgendwoher scheint immer neues Wasser zu kommen. Meinen schmerzenden Beinen bekommt das Herumkriechen auf dem Boden überhaupt nicht. In mir macht sich so eine Ahnung breit, dass das meinen Muskelkater nur verschlimmern wird. Livi würde sich vermutlich schlapp lachen, wenn sie mich so sehen könnte.

Warum bringt sie mich eigentlich plötzlich so aus der Fassung? Ich habe schließlich nichts gesehen, was nicht für meine Augen bestimmt war. Und sie hat sich ganz offensichtlich auch nichts dabei gedacht. Wir wohnen jetzt seit drei Wochen zusammen, haben uns gegenseitig unsere Herzen ausgeschüttet und den anderen in unsere tiefsten Abgründe blicken lassen.

Doch zum ersten Mal nehme ich sie als Frau wahr und nicht nur als jemanden, den ich beschützen möchte. Dennoch – oder gerade deshalb – werde ich mich bemühen, mich ausschließlich auf unsere Freundschaft zu konzentrieren. Sie ist in Trauer, und ich bin nichts weiter als ein verkorkster Typ. Es wäre mehr als unpassend, romantische Gefühle für sie zu entwickeln.

Aus der Küche strömt ein köstlicher Geruch nach oben, der sofort meine anderen Sinne ausschaltet. So schnell meine geschundenen Beine mich tragen, stürme ich nach unten und folge dem verführerischen Duft.

»Mmh, was gibt es denn heute Gutes?«

Livi steht am Herd und dreht sich lächelnd zu mir um. »Lachs-Tagliatelle in Limetten-Kräuter-Rahm. Ist gleich fertig.«

»Du überraschst mich immer wieder.« *Mist, das könnte sie zweideutig verstehen!* »Mit deinen Kochkünsten, versteht sich.«

Sie zuckt unbeeindruckt mit den Schultern. »Ich probiere halt gern Neues aus. Deckst du schon mal den Tisch?«

Wenig später schiebt sie mir einen dampfenden Teller unter die Nase. Mit aller Macht versuche ich, mich darauf zu fokussieren und sie nicht anzustarren. Konzentriert drehe ich die Tagliatelle auf meine Gabel und schiebe sie mir genüsslich in den Mund. »Mensch, Livi, es schmeckt wie immer köstlich!«

»Danke.« Sie senkt verlegen den Blick, als ich zu ihr aufschaue. »Es ist halt im Moment so ziemlich das Einzige, woran ich Freude finde.«

»So wie ich am Malen.«

»Genau. Und die Psychologin meinte, ich solle etwas finden, das mich erfüllt. Mir eine Aufgabe suchen. Also werde ich dich ab sofort jeden Tag mit neuen Kreationen überraschen.«

»Könnte schlechter für mich laufen.«

Als Antwort schenkt sie mir lediglich ein Lächeln.

»Und was hat die Psychologin sonst noch so gesagt?«, frage ich betont beiläufig. Keinesfalls will ich sie bedrängen. Dennoch würde ich gern mehr darüber erfahren.

Automatisch macht Livi sich klein und stochert teilnahmslos in ihrer Pasta herum. »Nicht viel. Die meiste Zeit habe ich geredet.«

»Aber irgendwas muss sie doch gesagt haben.«

»Sie hat mit mir über verzögerte Trauer gesprochen und dass das offensichtlich bei mir der Fall wäre.«

»Und liegt sie damit richtig?«

»Na ja, sie meinte, die Trauer könne zum ständigen Begleiter werden, wenn man den Verlust eines geliebten Menschen nicht verkraften …« Sie gerät ins Stocken, und eine einsame Träne rinnt an ihrer Wange herunter. Ich unterdrücke den Impuls, sie fortzuwischen. »… nicht verkraften könne. Und dass die Trauer Menschen lähmen könne. Und man sich leer fühlt. Unendlich leer.« Die letzten Worte flüstert sie nur noch, was ihnen umso mehr Gewicht verleiht. Gerade will ich nach ihrer Hand greifen, als sie abrupt aufsteht und sich fahrig die Haare nach hinten streift.

»Livi, ich …«

»Entschuldige mich. Ich will jetzt lieber allein sein.« Mit sturmumwölkter Miene rennt sie aus der Küche und die Treppe hinauf. Nachdem ihre Zimmertür vernehmlich ins Schloss fällt, bleibt nichts weiter als Stille zurück.

Es ist schon längst dunkel. Der Fernseher läuft, doch ich schaue kaum hin. Die Sorge um Livi nimmt mich voll und ganz ein. Ich fühle mich hilflos, weil ich nicht weiß, was ich für sie tun kann. Sie wollte allein sein, und ich habe das Gefühl, diesen Wunsch akzeptieren zu müssen – auch wenn ich viel lieber zu ihr gehen würde. Meine Augen werden schwer von all diesen Gedanken, und ich schmiege mich in die Sofakissen.

Als ich plötzlich eine Hand auf meinem Arm spüre, fahre ich erschrocken hoch. »Livi, was …«

»Entschuldige, ich wollte dich nicht wecken.«

Ich muss grinsen. »Aber du hast es trotzdem getan.«

»Vermutlich, weil ich es doch wollte.«

»Hast du etwas auf dem Herzen?«

»Jede Menge.«

»Schieß los!«

»Ich habe nachgedacht. Über das, was die Psychologin gesagt hat. Dass die Trauer früher oder später an die Oberfläche kommt, egal, wie sehr man sich bemüht, sie zu unterdrücken. Und dass ein kleiner Auslöser reicht, um sie zum Vorschein zu bringen.«

Ich richte mich auf, um Livi besser ansehen zu können. »Und der Auslöser waren die Fotos.« Ich deute auf die Stelle, an der früher der alte Schrank mit den Bildern stand.

»Ja, ich denke schon. Weißt du, ich hatte geglaubt, vor all dem flüchten zu können, indem ich Oslo den Rücken kehre. Aber das war ein Trugschluss. Als ich hier angekommen bin, hat mich eine Flut von Emotionen überwältigt, ohne dass ich mich dagegen wehren konnte. Heute wurde mir klar, dass ich so nicht weitermachen kann. Ich muss endlich versuchen, den Verlust zu akzeptieren und zu verarbeiten.«

»Das ist gut, Livi. Ein wichtiger Schritt.«

»Und dafür wollte ich mich bei dir bedanken.«

»Warum bei mir?«

»Weil du mich dazu gedrängt hast, mir Hilfe zu suchen. Das war der Arschtritt, den ich gebraucht habe.«

»Ach was!«

Sie mustert mich eindringlich. »Aber nun zu dir! Du brauchst diesen Tritt scheinbar immer noch. Oder hast du dich inzwischen bei deiner Familie gemeldet?«

Mein Magen zieht sich krampfhaft zusammen, und ich weiche ihrem Blick aus. »Noch nicht«, murmle ich.

»Was hält dich davon ab?«

»Ich habe doch nichts vorzuweisen. Keinen Job, kein …«

»Stopp! Damit musst du endlich aufhören. Du hast nichts vorzuweisen, sagst du? Alles, was sie brauchen, trägst du in dir.« Ihre zarte Hand legt sich sanft auf meine Brust, und mich durchfährt ein wohliger Schauer. »Deine Liebe zu ihnen. Mattis! Das ist alles, was zählt. Ich sehe doch, wie du leidest. Und denkst du nicht, sie leiden ebenso? Tu dir und ihnen das nicht länger an. Verschwende nicht noch mehr kostbare Zeit.«

Livi zieht ihre Hand weg und hinterlässt ein warmes Gefühl. Ich will etwas erwidern, doch sie lässt mich nicht.

»Keine Ausreden mehr, verstanden? Ich kenne dich noch nicht lange, aber lang genug, um zu wissen, dass du dein Herz am rechten Fleck trägst. Und wenn sogar ich das weiß, wissen deine Kinder das auch. Du wirst morgen hinfahren.«

Erschrocken reiße ich die Augen auf und gehe in Abwehrhaltung. »Und was, denkst du, soll ich ihnen sagen?«

»Dass du sie liebst? Dass es dir leidtut, für so lange Zeit aus ihrem Leben verschwunden zu sein?«

»Das kann ich nicht.«

»Natürlich kannst du.« Ihre Stimme wird weicher, Zuversicht liegt in ihrem Blick.

Nun bin ich derjenige, der mit den Tränen kämpft. »Du verstehst das nicht.«

»Und wie ich das verstehe! Du hast Angst, und ich weiß, dass sie dich lähmt. Denn ich habe auch Angst, das kannst du mir glauben. Aber ich habe beschlossen, mich meinen Ängsten zu stellen. Und wenn ich das kann, kannst du das schon lange.«

»Wenn du das sagst.« Es klingt wenig überzeugt.

»Sage ich! Und wenn du willst, bin ich morgen an deiner Seite.«

»Damit ich mich nicht drücken kann, was?«

Ein Lächeln huscht über ihr Gesicht. »Vielleicht?«

»Ich gehe davon aus, dass du mich darauf festnagelst?«

»Darauf kannst du deinen Arsch verwetten. Und jetzt lass uns einen Film anschauen. Was meinst du?«

»Okay. Worauf hast du Lust?«

»Mir egal. Nur nichts Romantisches.«

»Verstanden.« Ich rutsche ein Stück zur Seite, damit Livi ihre Beine neben meinen auf der Ottomane ausstrecken kann, auf der ich mich bis zu diesem Moment ziemlich breitgemacht habe. Als sie näher kommt, beschleunigt sich mein Herzschlag spürbar. *Oh Mann, was ist denn bloß los mit mir?* Erleichterung macht sich in mir breit, als wir uns für einen Historienfilm entscheiden. Endlich kann ich mich auf etwas fokussieren.

Irgendwann aber spüre ich Livis Blick auf mir ruhen.

»Alles in Ordnung?«

Sie nickt. »Es ist schön, etwas so Normales zu tun.«

»Finde ich auch.« Den Rest des Films verbringen wir schweigend. Doch es ist ein angenehmes Schweigen. Es ist eben normal, wie Livi gerade sagte. Und das fühlt sich ungewohnt gut an.

Gestern Abend nach dem Film hat Livi sich zügig ins Bett verabschiedet. Und auch ich bin rauf in mein Zimmer gegangen. An Schlaf war jedoch lange Zeit nicht zu denken. Immer wieder versuchte ich mir für die Begegnung mit meiner Familie im Kopf die passenden Worte zurechtzulegen. Doch es kam nichts Sinnvolles dabei heraus. Stattdessen nahm die Angst vor Zurückweisung überhand.

»Was ist denn mit dir los? Du siehst aus, als hättest du kein Auge zugetan heute Nacht«, sagt Livi, als ich die Küche betrete.

»So ähnlich war es auch«, brumme ich.

»Ist es wirklich so schlimm?«

»Was denkst du denn? Ich habe meine Kinder seit einer Ewigkeit nicht gesehen! Wie soll ich mir da nicht den Kopf zerbrechen? Ich pack das nicht, Livi!«

»Und ob du das schaffst! Es wird alles gut werden, ganz bestimmt.«

»Was macht dich da so sicher?«

»Intuition.«

»Na toll«, murmle ich.

Livi reicht mir einen großen Becher Kaffee. »Hier, den kannst du wohl gebrauchen.«

»Danke.« Missmutig setze ich mich an den Tisch und gönne mir einen großen Schluck. »Übrigens ist mir heute Nacht noch etwas anderes in den Sinn gekommen. Es geht dabei um dich.«

»Ach. Und was?«

»Du sollst dir doch eine Aufgabe suchen, nicht wahr? Und ich finde es eine Schande, dass du immer nur mich mit deinen Kochkünsten verführst.« *Mist, was rede ich denn da? Verführen?* Mein Blick flattert kurz zu Livi hinüber, doch sie zeigt sich ungerührt. Ich räuspere mich. »Hedda und Erik können sicher jemanden wie dich im Restaurant gut gebrauchen. Wenn du möchtest, dann frage ich die beiden, ob sie dich einstellen.«

Livi zieht die Stirn kraus und lässt sich im Stuhl zurücksinken. »Hm.«

»Ist das alles, was dir dazu einfällt?«

»Im Moment schon. Ich bin gerührt, dass du dir darüber Gedanken machst. Wirklich! Aber ich bin nicht sicher, ob es das Richtige für mich wäre. Ich werde mir das in Ruhe durch den Kopf gehen lassen, okay?«

»Na klar, war ja nur so eine Idee.«

Je näher der Nachmittag rückt, desto schlechter fühle ich mich. Ich habe mich sogar freiwillig der Gartenarbeit gewidmet, nur um mich irgendwie abzulenken, während Livi an ihrem Laptop saß und die Fotos meiner Gemälde bearbeitet hat. Hinterm Haus habe ich ein paar Sträucher zurechtgeschnitten, Unkraut gejätet und an einigen Stellen Grassamen ausgestreut. Doch jetzt finde ich nichts mehr zu tun, hocke nichtsnutzig auf dem Gartenstuhl und starre stur auf den See hinaus.

»Hier steckst du ja, Mattis!« Livi tritt neben mich und scannt mich von oben bis unten ab. »So willst du aber gleich nicht los, oder?«

»Ich will gar nicht los«, knurre ich.

Sie hockt sich neben meinen Stuhl und legt ihre schmale Hand auf meinen Arm. »Irgendwann musst du es tun. Du kannst schließlich nicht ewig so weitermachen. Also, komm! Nimm eine Dusche, zieh dich um – und dann geht's los.« Dieses Mal fühlt Livis Berührung sich an, als würde ich mich daran verbrennen. Hastig springe ich auf und verziehe mich ins Haus. *Bring es einfach hinter dich,* rede ich mir selbst zu.

Völlig mechanisch schlurfe ich ins Bad, dusche mich, stutze meinen Bart und ziehe mich an. Anschließend betrachte ich mich im Flurspiegel und frage mich, ob ich mich so vor meinen Kindern blicken lassen kann. Oder ob ich mich überhaupt vor ihnen blicken lassen sollte.

»Bist du bereit?« Livi ist wie aus dem Nichts hinter mir aufgetaucht.

»Dafür werde ich niemals bereit sein.«

Sie nickt. »Dann wird es eben ein Sprung ins kalte Wasser. Aber du hast schon viel Schlimmeres überstanden, nicht wahr? Also schaffst du auch das.«

»Deine Zuversicht möchte ich haben.« Nervös wie selten zuvor folge ich ihr zum Auto. Noch nie kam mir die Fahrt vom Fløyen runter in die Stadt so endlos lang vor. Nach gut vierzig Minuten erreichen wir die Straße, in der unser Haus steht – das

Haus, in dem ich bis vor zwei Jahren gemeinsam mit Marit und den Kindern gelebt habe.

»Ich glaube, ich muss mich übergeben«, keuche ich. Meine Hände sind feucht und kalt, Schweißperlen rinnen an meiner Stirn herunter. Ich fühle, wie sich mir der Magen umdreht.

Livi schenkt mir einen kurzen besorgten Blick und konzentriert sich dann wieder auf die Straße. »Ich möchte gerade nicht mit dir tauschen«, gesteht sie. Sie greift hinter ihren Sitz und zieht eine Colaflasche hervor. »Hier, trink einen Schluck.«

»Du kannst hier parken«, murmle ich.

Neugierig schaut Livi sich um. »Welches Haus ist es?«

»Das weiße da drüben mit dem Kugelahorn im Vorgarten.«

»Soll ich mitkommen?«

»Können wir noch ein paar Minuten warten?«

»Nein, können wir nicht«, meint Livi entschlossen. »Du bist ja jetzt schon völlig fertig. Soll es noch schlimmer werden?« Beherzt steigt sie aus und umrundet den Wagen. Ich kann mich nicht rühren, auch nicht, als sie die Tür aufreißt und mir die Hand entgegenstreckt. »Mattis? Komm schon. Wir schaffen das zusammen.«

Endlich erwache ich aus meiner Trance und quäle mich aus dem Auto. Je näher wir dem Haus kommen, desto flauer wird mir in der Magengegend. »Marit wird mich zum Teufel jagen. Sie hat mir tausendmal gesagt, dass ich nicht mehr hier auftauchen soll.«

»Dann musst du ihr die Stirn bieten. Vergiss nicht, dass es dein Recht ist. Und auch das deiner Kinder. Ich weiß, dass du das kannst.« Sie drückt meine Hand, so wie ich es bei ihr getan habe, vor ihrem ersten Termin bei Frau Hagebak. Verkehrte Welt.

»Soll ich?« Livis Finger schwebt über dem Klingelknopf.

Ich deute ein leichtes Nicken an, auch wenn ich am liebsten wegrennen würde. In dem Moment, in dem der Gong ertönt, schnellt mein Puls in die Höhe – noch mehr als ohnehin schon.

Doch es passiert nichts.»Sie sind nicht da.« Erleichterung macht sich in mir breit.

»Na toll«, beschwert sich Livi.»Ich hatte mir so für dich gewünscht, dass es klappt. Es war schwer genug, dich hierher zu kriegen.«

Schweigend kehren wir zum Auto zurück und steigen wieder ein. In dem Moment sehe ich Marits Wagen aus der entgegengesetzten Richtung die Straße herunterfahren.»Da sind sie«, sage ich tonlos.

»Worauf wartest du? Lass uns aussteigen.«

Marit parkt in der Einfahrt, und ich sehe Linnea fröhlich aus dem Auto hüpfen. Dieser Anblick versetzt mir einen Stich. Mein kleines Mädchen ist inzwischen gar nicht mehr klein.

Das Gefühl, sie in meine Arme schließen zu wollen, wird auf einen Schlag übermächtig, und ich springe wie vom Blitz getroffen aus dem Auto und laufe los.»Linnea!«, rufe ich, so laut ich kann.

Sie wirbelt herum und schaut mich direkt an.»Papa! Papa!« In Windeseile stürmt sie auf mich zu, ignoriert die drohenden Rufe ihrer Mutter und fliegt in meine Arme. Überglücklich drehe ich mich mit ihr im Kreis. In diesem Augenblick ist alles vergessen.

»Ich bin so froh, dich zu sehen, mein Engel!« Mit Tränen in den Augen mustere ich sie und streife ihr ein paar ihrer haselnussbraunen Haarsträhnen aus dem Gesicht.

Ihre Arme hat sie fest um meinen Hals geschlungen.»Wo warst du die ganze Zeit, Papa? Ich habe schon geglaubt, du hättest uns nicht mehr lieb.« Tränen rinnen ihr übers Gesicht. Dass sie glaubt, ich würde sie nicht mehr lieben, bringt mich schier um den Verstand.

»Linnea, ich …«

»Aber jetzt bist du ja hier, Papa. Also hast du mich noch lieb, oder?«

»Aber natürlich, mein Schatz. Du glaubst gar nicht, wie sehr! Ich werde dich immer lieb haben, hörst du? Das darfst du nie vergessen, ganz gleich, was passiert.«

Ich sehe Marit schnellen Schrittes auf uns zueilen. »Was willst du hier, Mattis? Ich habe mich doch klar ausgedrückt.« Ihre Stimme klingt kalt, und mir läuft ein Schauer über den Rücken. »Lass Linnea sofort runter.«

Linnea krallt sich nur umso mehr an mir fest. »Ich will aber bei Papa bleiben!«

»Wir gehen jetzt ins Haus, Linnea!« Marits Blick bohrt sich in meinen, während sie versucht, Linnea von meinem Arm zu zerren.

Dann musst du ihr die Stirn bieten, tönt Livis Stimme in meinem Kopf. Mein Kampfgeist ist geweckt. »Ich lasse mir von dir nicht verbieten, meine Kinder zu sehen, Marit. Ich weiß, ich war alles andere als ein guter Vater in den letzten Jahren. Aber das wird sich jetzt ändern – ob du es willst oder nicht. Es steht mir verdammt noch mal zu, meine Kinder zu sehen. Und sie haben ein Recht auf ihren Vater.«

Marit schnaubt verächtlich.

»Mami, darf Papa mit reinkommen?« Linneas Tränen sind versiegt, und etwas Kämpferisches liegt in ihren Augen.

»Das geht nicht«, erwidert ihre Mutter.

»Warum nicht?«, protestiert sie.

Im selben Moment kommt Isak mit seinem Blondschopf angerannt, versteckt sich hinter Marit und schaut vorsichtig hinter ihr hervor. Die Ähnlichkeit mit seiner Mutter ist erschreckend. Seine Hände hat er in ihrer Strickjacke festgekrallt, seine blauen Augen mustern mich ängstlich und neugierig zugleich.

»Isak!« Ich gehe in die Hocke und stelle Linnea auf dem Boden ab. Mit einem Arm halte ich sie weiterhin umschlungen, den anderen strecke ich meinem Sohn entgegen. Doch er verbirgt sich wieder schützend hinter Marit. Sein ängstlicher Blick lässt ihn jünger erscheinen, als er ist. Mein Herz wird schwer. »Ist schon okay«, murmle ich niedergeschlagen.

»Ich denke, du gehst jetzt besser.« Marits Stimme klingt gepresst.

»Nein!«, ruft Linnea.

»Hör zu, mein Engel. Für heute ist es wohl wirklich besser, wenn ich gehe. Aber ich komme ganz bald wieder, das verspreche ich dir.«

»Wirklich, Papa?«

»Wirklich.« Entschlossen rapple ich mich auf und schaue Marit fest in die Augen. »Ich weiß, du hast dir erhofft, mich nie wiederzusehen. Es tut mir leid, dich enttäuschen zu müssen, aber ich werde um meine Kinder kämpfen.«

Marit schäumt vor Wut. »Aber …«

Auch in mir brodelt es. »Kein Aber! Ich lasse mir das nicht länger von dir verbieten. Da kannst du dich auf den Kopf stellen!« Einen Augenblick halte ich inne, atme tief durch, ringe um Selbstbeherrschung. »Mein Vorschlag ist, dass wir uns in Ruhe zusammensetzen und besprechen, wie es weitergeht.«

»Dazu sehe ich keine Veranlassung.«

»Wir können das auch gern auf gerichtlichem Wege klären«, erwidere ich betont ruhig.

Marit schnappt hörbar nach Luft.

»Also sind wir uns einig, nehme ich an. Passt es am Samstag?«

»Meinetwegen«, entgegnet sie mürrisch.

»Jaaaa!«, jubelt Linnea zwischen uns und schlingt erneut ihre Arme um mich. »Hast du gehört, Isak? Papa besucht uns am Samstag.« Schüchtern beäugt mein Sohn mich, immer noch halb im Schutze seines Verstecks.

Flüchtig fahre ich ihm durch die Haare. »Bis Samstag, mein Großer!« Dann drücke ich Linnea ein letztes Mal an mich. »Freue mich schon, euch wiederzusehen.«

Mit wild pochendem Herzen schaue ich die Frau an, die ich einst abgöttisch geliebt habe. »Marit«, sage ich kühl und wende mich zum Gehen. Mein Herz droht mir aus der Brust zu springen.

Noch habe ich nicht realisiert, was da gerade passiert ist. Meine Emotionen fahren mitsamt meinen Eingeweiden Achterbahn, und meine Knie sind butterweich. Doch während ich zurück zum Auto laufe, sehe ich schon, wie Livi mich mit großen Augen anstrahlt. Ich spüre, wie meine Mundwinkel zucken. *Ich habe es geschafft!* Ich bin meinen Kindern wieder einen Schritt nähergekommen.

Erwartungsvoll mustert Livi mich, als ich einsteige. Sie platzt nahezu vor Neugier. »Und? Was hat Marit gesagt?«

»Sie ist alles andere als begeistert.«

»Man konnte es ihr ansehen.«

»Aber ich habe mich davon nicht irritieren lassen.«

»Das heißt?«

»Ich habe ihr gesagt, dass ich für meine Kinder kämpfen werde, und sie darum gebeten, dass wir uns in Ruhe zusammensetzen.«

»Und?«

»Du kannst dir sicher vorstellen, was sie davon hält. Sie hat erst eingelenkt, als ich meinte, wir könnten das auch vor Gericht regeln.«

»Das hast du ihr gesagt? Bist du wirklich der Mattis, der gerade noch bibbernd in meinem Auto saß?«

»Ich kann es ja selbst nicht glauben. Aber als ich Linnea gesehen habe …«

»Sie ist so bezaubernd, Mattis! Und Isak?«

Betrübt schüttle ich den Kopf. »Er wirkte total verunsichert und hat kein Wort mit mir geredet. Ich kann es ihm kaum verübeln.« Meine Stimme erstickt. »Was war ich nur für ein Idiot, Livi? Warum habe ich alles kaputt gemacht?«

»Hey.« Livis Hand legt sich sacht auf meine Wange. »Sieh mich an. Du bist ganz sicher kein Idiot. Und was geschehen ist, ist geschehen. Wichtig ist, was du in Zukunft daraus machst. Isak wird sein Vertrauen zu dir wiederfinden. Auch wenn es vielleicht dauern wird. Jetzt ist es wichtig, dass du geduldig und behutsam mit ihm umgehst.«

»Du hast ja recht.«

Livis Hand gleitet von meiner Wange, und ich unterdrücke den Impuls, sie festzuhalten.

»Habt ihr einen Termin vereinbart?«

»Samstag.«

»Sehr gut. Du kannst stolz auf dich sein, Mattis. Und jetzt? Nach Hause?«

»Lass uns kurz am Atelier vorbeifahren. Ich würde gern ein paar Sachen mitnehmen. Damit ich unser Haus malen kann. Das ist jetzt genau das, was ich brauche.«

KAPITEL 11

LIVI

Vom Steg aus beobachte ich Mattis, wie er völlig vertieft am anderen Ufer hinter seiner Staffelei sitzt. Was er heute getan hat, erfüllt mich mit einer tiefen inneren Zufriedenheit. Er hatte so unfassbar große Angst, seiner Familie nach all der Zeit wieder gegenüberzutreten, doch als er sie sah, war es, als wäre ein Schalter in seinem Kopf umgelegt worden. Zum ersten Mal seit Langem hat er für etwas gekämpft. Und zum ersten Mal, seit ich ihn kenne, sehe ich so etwas wie Glück in seinen Augen liegen.

Als die Neugierde überhandnimmt, schlendere ich den Steg entlang zu ihm hinüber. Staunend schaue ich ihm über die Schulter. Das Gemälde ist so gut wie fertig. »Wow, Mattis! Das sieht wundervoll aus.«

»Du hättest da drüben stehen bleiben sollen, dann wäre es noch schöner geworden. Du gehörst mit auf dieses Bild.«

»Quatschkopf!« Neckisch boxe ich ihm gegen die Schulter.

»Ich meine das völlig ernst.« Seinen Blick kann ich nicht deuten. Vermutlich liegt das einfach daran, dass ich einen ganz neuen Mattis vor mir habe. Einen mit Selbstbewusstsein und einer zuvor nicht vorhandenen inneren Stärke.

»Das Essen ist übrigens gleich fertig. Ich habe Lasagne im Ofen. Sollen wir heute draußen essen? Es ist so ein herrlicher Tag.«

»Gern.«

»Dann bis gleich.«

Während ich den Tisch decke, entzündet Mattis ein paar Holzscheite im Feuerkorb. Zum Abend hin wird es trotz der milden Tagestemperaturen deutlich kühler, und ich bin sehr dankbar für die Wärme, die das Feuer abgibt.

Wie immer stürzt sich Mattis hungrig aufs Essen. Schneller, als ich gucken kann, hat er zwei Portionen vertilgt und reibt sich anschließend zufrieden brummend über den Bauch.

»Wie leicht man dich doch glücklich machen kann«, entgegne ich schmunzelnd.

»Du könntest mit deinen Kochkünsten noch viel mehr Menschen glücklich machen. Wirklich, Livi.«

Ich mache eine wegwerfende Geste.

»Ist es okay für dich, wenn ich mich verziehe?«, fragt Mattis. »Mir schwirrt der Kopf von den Ereignissen dieses Tages.«

»Na klar. Ich brauche keinen Aufpasser.« Grinsend zwinkere ich ihm zu.

»Hätte ja sein können.« Er verabschiedet sich auf sein Zimmer, und ich bleibe allein am Feuer zurück. Still blicke ich hinein, lausche dem Knacken und Knistern, beobachte den Tanz der Flammen und sehe kleine Funken davonfliegen. Die rauchige Luft füllt meine Lungen, und die wohlige Wärme hüllt mich ein.

Eine plötzliche Berührung an meiner linken Wade lässt mich erschrocken hochfahren. Ich vernehme ein empörtes Fauchen, dann erst sehe ich es: ein riesiges Ungetüm von Katze. Von der Nasenspitze bis zum Schwanz misst sie sicher über einen Meter. Sie starrt mich an, und ich wage es nicht, mich zu rühren. *Leben hier Wildkatzen? Will sie mich angreifen?* Nervös halte ich die Luft an und lasse das Tier nicht aus den Augen. Plötzlich macht es einen Satz auf mich zu. Ich reiße die Arme empor, halte sie schützend vors Gesicht, um das Biest abzuwehren. Doch nichts passiert. Das Ungetüm macht es sich auf meinem Schoß bequem, als wäre es das Normalste der Welt.

Vorsichtig nehme ich die Hände herunter. Die Katze schaut mich vorwurfsvoll an, als würde sie fragen, wann ich endlich damit beginne, sie zu streicheln. Mit Bedacht lasse ich meine Hand auf das halblange Fell gleiten und streiche sacht darüber. Ein zufriedenes Schnurren dringt an meine Ohren und bringt mich zum Lächeln. »Du hast mir ja einen ganz schönen Schrecken eingejagt, Samtpfote. Wo kommst du denn her, hm?«

Die Antwort bleibt sie mir schuldig und genießt unterdessen ihre Streicheleinheiten. Das Fell ist – ungewöhnlich für eine Katze – staubig und ziemlich verfilzt, und ich frage mich, zu wem sie gehört und wie lange sie schon hier draußen herumstreunt. Als könnte sie meine Gedanken lesen, springt sie auf und schlüpft durch die Katzenklappe ins Haus. »Ach!« Überrascht gehe ich ihr hinterher und beobachte, wie sie es sich auf unserer neuen Couch gemütlich macht.

»Moment! So schmutzig, wie du bist, kommst du mir nicht aufs Sofa.« Entschlossen packe ich mir das Ungetüm und schleppe es ins Bad. Der Brocken von Katze ist ganz schön schwer. Ich suche mir eine alte Bürste, um damit den gröbsten Dreck aus dem hellgrauen Fell zu entfernen. Das Bürsten lässt sie sich erstaunlich gut gefallen und kommentiert es mit einem lauten Schnurren.

Als ich fertig bin, rapple ich mich auf. »Du hast bestimmt Hunger, nicht wahr? Komm mit in die Küche. Bestimmt habe ich da etwas für dich.«

Das Einzige, was ich finde, ist eine Dose Thunfisch. Sicher bin ich mir zwar nicht, ob das so gut für eine Katze ist, aber etwas anderes kann ich beim besten Willen nicht auftreiben. Also fülle ich den Fisch in eine flache Glasschale und stelle sie mitsamt einer Schüssel Wasser auf den Boden. »Mehr kann ich dir leider nicht anbieten.«

Hungrig macht sich meine Besucherin über den Fisch her.

Ich hocke mich neben sie auf den Boden und schaue ihr zu. »Hast du Opa Johan gehört, hm? Ist das möglich? Bist du die ganze Zeit allein ausgekommen? Wenn du doch nur sprechen könntest … Auf jeden Fall werde ich dir morgen richtiges Futter besorgen, falls du bei uns bleiben willst. Bist du eigentlich ein Er oder eine Sie?« Die Katze beachtet mich und mein Gerede nicht, leckt das Tellerchen blitzeblank sauber und trottet dann langsam Richtung Wohnzimmer.

Als ich hinterherkomme, schleicht sie noch einmal um meine Beine herum und verschwindet dann durch die Katzenklappe ins Freie. Ein bedauernder Seufzer entweicht mir. »Hoffentlich kommst du wieder, Samtpfote!«

Weil ich nichts mehr mit mir anzufangen weiß, entschließe ich mich, auch schlafen zu gehen. Doch in der Dunkelheit fangen meine Gedanken an, sich zu überschlagen.

Mattis' Vorschlag, Erik um einen Job zu bitten, geistert mir durch den Kopf. Wie auch damals schon, als es um meine Berufswahl ging, weiß ich, dass mich diese Arbeit nicht erfüllen würde. Zumindest nicht, wenn ich in einem so großen, hektischen Restaurant wie dem *Kruttønne* kochen müsste. Mal ganz abgesehen von den Arbeitszeiten, ist diese »Massenproduktion« einfach nicht mein Ding. Kochen ja – aber mit mehr Zeit und Liebe fürs Detail. Mich ausleben können, ohne Druck, mit Selbstbestimmtheit. So wie Mattis es mit seinen Bildern tut. Er lässt seiner Kreativität einfach freien Lauf, ohne dass ihm jemand vorschreibt, was er zu tun oder zu lassen hat. So etwas will ich auch für mich. Denn das Kochen ist für mich auch eine Art Kunst, eine Passion. Dieser Gedanke scheint mir plötzlich wie eine Erleuchtung. Kochen ist Kunst. Kochen *und* Kunst – wäre das nicht die perfekte Symbiose?

Wie vom Blitz getroffen setze ich mich im Bett auf. Ich knipse das Licht an und wühle im Nachttisch nach meinem Notizbuch, in dem ich schon früher immer meine Ideen gesammelt habe. Darin findet sich alles von Blumendeko bis hin zu Kochinspirationen. Schon lange habe ich dort nichts mehr eingetragen. Doch jetzt ist es Zeit für neue Pläne.

Das Atelier bietet alles, was wir brauchen. Die ungenutzte Küche, der Tresen im Ausstellungsraum und das geräumige Dachgeschoss. Er malt, und ich koche. Man könnte ein paar Tische im Ausstellungsraum aufstellen, und während die Gäste ihr Essen genießen, könnten sie sich an Mattis' Gemälden erfreuen. Und wir könnten sogar noch einen Schritt weiter gehen.

Entschlossen schlage ich meine Bettdecke zur Seite und gehe hinüber zu Mattis' Zimmer. Einen Augenblick lausche ich in die

Stille. *Soll ich ihn wirklich wecken?* Wenn ich es nicht tue, werde ich vermutlich platzen. Also klopfe ich an seine Tür. Ich vernehme ein mürrisches Brummen auf der anderen Seite.

»Mattis? Darf ich reinkommen?« Ohne eine Antwort abzuwarten, öffne ich die Tür und stecke meinen Kopf hindurch.

»Was ist denn los, Livi?«, faselt Mattis verschlafen. »Ist irgendwas passiert?«

»Ich muss mit dir reden.«

»Mitten in der Nacht?«

»Ja, es ist wichtig.«

Im schwachen Licht, das durchs Fenster fällt, sehe ich ihn nach dem Schalter seiner Lampe tasten.

Hastig greife ich nach seiner Hand und lasse mich auf seine Bettkante sinken. »Lass bloß das Licht aus«, warne ich ihn. »Ich bin nur im Schlafanzug.«

»Ich habe dich neulich lediglich in ein Handtuch eingewickelt gesehen, also was ist schon dabei?« Seine Stimme klingt rau, und seine Worte treiben mir die Hitze in die Wangen.

Er hat mich gesehen – natürlich. Mir war nicht bewusst, dass er auch nur einen weiteren Gedanken an die Situation verschwenden würde. *Also darf ich meine Klamotten in Zukunft wohl nicht mehr in meinem Zimmer vergessen.* »Äh …«

»Was hast du denn auf dem Herzen, Livi?«

»Ich habe über deine Idee nachgedacht. Wegen des Jobs im Restaurant. Du weißt schon.«

»Und dafür weckst du mich? Hat das nicht bis morgen Zeit?«

»Nein, hat es nicht. Ich muss meine Idee mit dir teilen. Jetzt sofort.«

»Na, da bin ich ja gespannt.«

»Dein Atelier, Mattis, da möchte ich arbeiten.«

»Wie bitte?«

»Mit dir zusammen. Ich hatte eben eine Vision.«

»Und lässt du mich daran auch teilhaben, oder muss ich dir alles aus der Nase ziehen?« Inzwischen wirkt er hellwach, und ein Anflug von Nervosität schwingt in seinen Worten mit.

»Hör zu. Dein Atelier ist mehr oder weniger ungenutzt, denn du arbeitest dort nur allein vor dich hin, ohne Einnahmen zu erzeugen. Das ergibt überhaupt keinen Sinn. Inzwischen bist du immerhin mit dem Online-Verkauf einverstanden, aber da geht noch mehr, Mattis.«

»Geht es jetzt hier um dich oder um mich?«

»Um uns beide natürlich. Darauf will ich ja hinaus. Du liebst das Malen, ich liebe das Kochen. Und wir sollten unsere Künste miteinander vereinen.«

»Wie das?«

»Wir könnten den Ausstellungsraum in ein kleines Restaurant umfunktionieren. Fünf oder sechs Tische finden darin locker Platz. Wir haben den Schanktisch und die ungenutzte Küche. Es würde sich perfekt eignen. Essen inmitten von Kunst.«

»Nette Idee, Livi. Aber ich sehe nicht, welche Rolle ich dabei spiele.«

»Hast du schon mal etwas von Social Painting gehört? Du könntest Malkurse anbieten.«

»Malkurse. Ich.«

»Ja, genau. So wie du mir etwas gezeigt hast, könntest du es auch mit anderen tun. Also kein klassischer Kurs über mehrere Wochen, sondern ein Bild malen an einem Abend, in Gesellschaft anderer – unter deiner Anleitung.«

»Das kann ich nicht.«

»Und ob du das kannst. Ich bin der beste Beweis dafür. Und wenn wir das dann alles miteinander kombinieren … Das wäre großartig.«

»Wie genau stellst du dir das vor?«

»Ich denke da an kleine Gruppen mit vielleicht zehn Teilnehmern. Während du mit ihnen malst, mache ich mich in der Küche ans Werk. Und wenn das Gemälde fertig ist, oder vielleicht zwischendurch trocknen muss, serviere ich das Menü. Malen und Essen.«

»Malen und Essen«, wiederholt er trocken.

»Genau. *Art & Dine*.«

Unvermittelt knipst Mattis das Licht an. Er mustert mich aus zusammengekniffenen Augen. »Du meinst das ernst?«

»Völlig ernst.«

Seine Miene kann ich nicht deuten. Er zieht die Stirn kraus und reibt sich über die Augen. Mit einem Ruck setzt er sich auf und ist meinem Gesicht plötzlich ganz nahe. »Da habe ich nach Jahren mal wieder eine Frau im Bett, und ich weiß nicht, ob ich lachen oder schreien soll.«

»Spinner.« Verlegen senke ich den Blick. Meine Euphorie verraucht auf einen Schlag. »Also hältst du nichts von der Idee?«, entgegne ich gepresst.

»Nein. Doch. Ach, ich weiß auch nicht. Wie würdest du dich fühlen, wenn man dich mitten in der Nacht mit so etwas überrollen würde?«

»Hast recht. Das war dumm von mir. Ich geh dann mal wieder.« Ohne ihn noch einmal anzusehen, stehe ich auf und verlasse sein Zimmer.

»Livi, warte!«, ruft er noch. Aber ich drehe mich nicht um.

Immer noch ärgere ich mich, dass ich Mattis letzte Nacht diesen dämlichen Vorschlag unterbreitet habe. Ich hätte wissen müssen, dass er so reagiert. Wenn es um seine Bilder geht, wird er immer komisch. Vielleicht sollte ich doch noch einmal darüber nachdenken, Hedda und Erik um einen Job zu bitten.

»Was machst du denn da mit den Spiegeleiern?«, fragt Mattis amüsiert.

Erschrocken fahre ich zu ihm herum. Ich war so in Gedanken, dass ich ihn gar nicht bemerkt habe. Ebenso wie ich nicht bemerkt habe, dass die Eier bereits total verkohlt sind. »So ein Mist!« Hektisch nehme ich die Pfanne vom Herd.

»Wenn du so was unseren Gästen servierst, dann wird wohl nichts aus deiner Geschäftsidee!«

»Wie bitte? Aber … ich dachte …«

»Du dachtest, es sei eine gute Idee, einen Mann mitten in der Nacht mit einem Wortschwall zu überschütten und ihn zu bitten, sein Leben komplett umzukrempeln?«

Ich will etwas sagen, doch ich komme nicht dazu.

»Immerhin hast du es geschafft, mich die halbe Nacht wach liegen und darüber nachgrübeln zu lassen.«

»Das war nicht meine Absicht. Entschuldige.«

»Du musst dich nicht entschuldigen. Ich finde die Idee klasse! Auch, wenn ich mir momentan noch nicht so richtig vorstellen kann, Malkurse zu geben. Aber wie du mir gestern gezeigt hast, ist ein Arschtritt manchmal genau das, was man braucht. Ohne dich hätte ich meine Kinder vielleicht nie wiedergesehen. Der Sprung ins kalte Wasser hat mir nicht geschadet. Also, lass es uns versuchen. *Art & Dine* by Livi und Mattis!«

Hat er das jetzt wirklich gesagt? »Ist das dein Ernst?«

»Aber so was von!«

Völlig überwältigt stoße ich ein schrilles Quieken aus und falle Mattis überschwänglich um den Hals. »Ich weiß gar nicht, was ich sagen soll!«

»Du musst auch nichts sagen.« Seine Arme schlingen sich um meine Hüften, dann hebt er mich hoch und dreht sich einmal mit mir im Kreis, so wie er es gestern mit Linnea gemacht hat. Und in diesem Moment freue ich mich tatsächlich wie ein kleines Kind. Als er mich wieder auf dem Boden abstellt, hält er mich noch einen Augenblick zu lange fest, bevor er mich aus seiner Umarmung entlässt. Seine Augen verdunkeln sich, und ich weiche seinem Blick beschämt aus.

Seit wann sieht er mich so an? Oder ist das einfach nur seine Freude über dieses neue Bündnis, das wir soeben miteinander geschlossen haben? »Ich mache dann wohl mal ein paar neue Eier«, lenke ich ab.

»Ach, lass gut sein. Es sind doch genug andere Sachen da.« Mattis nimmt schon mal Platz und langt ordentlich zu.

»Wenn du meinst.« Halb verlegen, halb vorfreudig setze ich mich ihm gegenüber an den Tisch. Während ich noch versuche, meine Emotionen zu sortieren, zuckt Mattis zusammen und springt von seinem Stuhl auf. »Was zum …«

Ein lautes Maunzen ertönt, und ich verfalle in ein albernes Kichern. »Du stellst dich genauso an wie ich!« Dann beuge ich mich hinunter und sage leise: »Da bist du ja wieder, Samtpfote. Ich hatte schon befürchtet, du würdest nicht zurückkommen.«

»Du kennst die Bestie?«

»Wir sind uns gestern Abend schon begegnet.« Als wäre es völlig selbstverständlich, springt die Katze auf den freien Stuhl neben mir und starrt mich erwartungsvoll an. »So ist das also. Du bist nur zum Fressen gekommen, was? Da reicht man dir einmal den kleinen Finger.« Ich hole einen Teller aus dem Schrank, lege ein wenig Lachs darauf und stelle ihn neben die Wasserschüssel. Sofort macht die Katze sich hungrig darüber her.

»Jetzt fehlt nur noch das goldene Besteck, was? Woher kommt er denn überhaupt?«, fragt Mattis.

»Ich weiß nicht mal, ob es ein Er ist.«

»Moment.« Beherzt packt Mattis die Katze und begutachtet aufmerksam deren Geschlechtsteile.

Ich pruste laut los.

»Eindeutig ein Kater.«

»Bist du sicher?«

Er hält mir das Tier hin, damit auch ich es genau sehen kann. »Glaub mir, ich kenne mich mit Klöten aus. Zufällig habe ich nämlich selbst auch welche.«

Auf einen Schlag werde ich knallrot. »Äh …«

»Jetzt tu nicht so, als hättest du das nicht gewusst.«

»Ehrlich gesagt, habe ich mir bisher noch keine Gedanken über deine … Klöten gemacht. Ob du es glaubst oder nicht.«

»Schade eigentlich.« Sein Grinsen wird immer breiter.

»Mattis, es wird mit jedem Wort peinlicher.« Vermutlich sehe ich inzwischen aus wie ein Feuerlöscher.

»Ach, Livi, ich will dich doch nur aufziehen.« Endlich lässt er den Kater, der sich inzwischen heftig wehrt, wieder runter auf den Boden. Der schenkt Mattis einen strafenden Blick und widmet sich dann wieder seinem Lachs.

»Danke, reicht mir.«

»Wir sind jetzt Geschäftspartner. Dafür brauchst du ein dickes Fell.«

»Damit werde ich schon fertig.«

»Sieht im Moment eher nicht danach aus. Ich wette, du würdest im Dunkeln leuchten, so rot, wie du bist. Sollen wir es ausprobieren?«

»Du bist unmöglich!«

»Aber nur, weil du mich dazu bringst. Du wirbelst mein Leben ganz schön durcheinander.«

»Und ist das gut oder schlecht?«

»Ganz sicher bin ich mir da noch nicht. Aber es fühlt sich an, als würde sich alles in die richtige Richtung bewegen.«

»Das ist doch ein guter Anfang.«

»Und wie geht es dir? Stehen die Zeichen für dich auch auf Neuanfang, Livi?«

»Auf jeden Fall wage ich es, nach vorn zu schauen, nicht wahr? Und alles andere … kommt vielleicht auch noch.«

»Ganz bestimmt.« Mattis' Blick wandert zum Kater. »Und wie siehst du das, Kumpel?«

Als würde er zustimmen wollen, maunzt der Kater laut. Dann kommt er zu mir herüber und schleicht schnurrend um meine Beine herum.

Ich lasse meine Hand durch sein weiches Fell gleiten. »Wir brauchen noch einen Namen für dich.«

»Wie wäre es mit Knut? Herr Nielsen? Oder Schnitzel?«

»Er sieht doch nicht aus wie ein Schnitzel!«, protestiere ich.

»Aber vielleicht schmeckt er so.«

In diesem Moment rennt der Kater davon, ohne uns eines weiteren Blickes zu würdigen. »Na toll, jetzt hast du ihn verjagt.«

»Kann ja nicht ahnen, dass er gleich eingeschnappt ist.«

»Das gehört zum Wesenszug einer Katze.« Ich lache laut auf. »Wenn wir einkaufen gehen, werden wir ihm ordentliches Futter besorgen. Für den Fall, dass er wiederkommt.«

»Oh, der wird wiederkommen. Er weiß jetzt, dass er hier nach Strich und Faden verwöhnt wird.«

»Ich bin mir sicher, dass er meinem Opa gehört hat. Und dass er uns die Ratte als Willkommensgeschenk in den Flur gelegt hat.«

»Das würde auf jeden Fall die Katzenklappe erklären. Aber wo soll er sich dann die ganze Zeit rumgetrieben haben?«

»Vielleicht war seine Seele genauso verloren wie meine«, murmle ich vor mich hin.

Mattis greift über den Tisch nach meiner Hand. »Dann ist es gut, dass ihr zwei euch jetzt gefunden habt. Genauso, wie es für mich gut ist, dich gefunden zu haben.«

»Ist das so?«

»Immerhin scheinst du einen besseren Menschen aus mir zu machen.«

»Ich lass das jetzt einfach mal so stehen.« Lächelnd befreie ich meine Hand aus seiner und wende mich meinem Frühstück zu, in der Hoffnung, endlich das Thema wechseln zu können.

»Sollen wir nachher mal ins Atelier fahren und Pläne schmieden?«, fragt Mattis.

Erstaunt schaue ich ihn an. Sein plötzlicher Enthusiasmus überrascht mich. »Nichts lieber als das!«

»Wie ich dich einschätze, hast du schon eine genaue Vorstellung.«

»Und ob ich die habe.«

Gut eineinhalb Stunden später schließt Mattis die Tür zum Atelier auf. Heute betrete ich den Ausstellungsraum mit einem völlig neuen Gefühl. Schon bald werden wir hier etwas Neues auf die Beine stellen. Noch vor wenigen Wochen war an eine solche Veränderung nicht einmal zu denken.

Und dann traf ich Mattis, der genauso verloren wirkte wie ich. Nur dass bei ihm noch etwas zu retten ist, dass es etwas gibt, für das es sich zu kämpfen lohnt. Ich wollte Mattis zu einem anderem, einem besseren Leben verhelfen. Ich wollte seinen Kampfgeist erwecken. Aber möglicherweise passiert das Gleiche nun umgekehrt.

»Dann lass mal hören.« Mattis klingt erstaunlich beflügelt, und diese Stimmung schwappt auf mich über.

Aufgeregt ziehe ich mein Notizbuch aus der Tasche und schlage die Seite auf, auf der ich gestern eine grobe Skizze angefertigt habe. »Ich habe mir überlegt, dass wir hier unten sechs quadratische Tische mit je zwei Stühlen aufstellen. Ungefähr so.«

Mattis nimmt mir das Notizbuch ab und schaut auf die Zeichnung. »Das könnte gerade so passen.«

»Mehr dürfen es wirklich nicht sein. Aber das reicht mir auch. Noch mehr Menschen auf einmal zu bekochen, traue ich mir ehrlich gesagt nicht zu.«

Er nickt verstehend. »Und zu viele Teilnehmer sollten ohnehin nicht in einem Kurs sitzen. Schließlich wird jeder auf gewisse Art und Weise Hilfestellung brauchen.«

»Also, was die Anzahl der Kursteilnehmer angeht, sind wir uns schon mal einig. Als Nächstes sollten wir uns mögliche Themen überlegen. Ich hatte gedacht, dass wir uns aufeinander abstimmen. Steht beispielsweise ein Gemälde mit einer toskanischen Landschaft auf dem Programm, koche ich ein toskanisches Gericht.«

»Wie kommst du denn jetzt auf die Toskana?«

»Nur so. Würde ich gern irgendwann mal hin. Aber es gibt so unfassbar viele Möglichkeiten. Der Pariser Eiffelturm, dazu etwas typisch Französisches aus der Küche. Die New Yorker Skyline, dazu den perfekten Burger. Das tosende Meer, dazu köstlicher Fisch. Ein verträumter Wald, dazu Wild oder Pilze …«

»Wow, Livi! Du sprühst ja nur so vor Ideen!«

»Die Pferde gehen wohl gerade ein bisschen mit mir durch.«

»Das gefällt mir.« Da ist er wieder, dieser Blick.

Mir wird plötzlich ganz warm. »Äh … also … Du musst natürlich überlegen, welche Motive gut für Anfänger geeignet sind. Vielleicht sollten wir uns für den Anfang zehn verschiedene Konzepte überlegen. Wenn es gut angenommen wird, können wir das Programm erweitern oder je nach Jahreszeit umstellen.«

»Hört sich nach einem guten Plan an. Und das machen wir dann wann und wie oft?«

»Lass uns sanft starten. Wir müssen uns beide schließlich erst in unseren neuen Rollen zurechtfinden. Also vielleicht an drei Abenden in der Woche. Freitag und Samstag auf jeden Fall. Und dann vielleicht noch an einem anderen Wochentag als After-Work-Veranstaltung.«

Erstaunt schaut Mattis mich an. »Du hast dir alles schon genau überlegt, was?«

»Ich konnte gar nicht anders. Diese Ideen wollten einfach aus mir raus.«

»Lass uns raufgehen. Dann schreiben wir auf, was wir alles benötigen. Und was das alles kostet«, schiebt er leise hinterher.

»Über die Kosten brauchst du dir vorerst keine Sorgen zu machen. Du weißt, dass ich das Geld habe. Und irgendwann werden wir ein solides Einkommen mit dem Atelier haben. Davon bin ich überzeugt.«

»Und dann zahle ich dir jede einzelne Krone zurück.«

»Nichts da. Das hier ist jetzt unser gemeinsames Ding. Da investiere ich gern. Es wird wundervoll – ganz bestimmt!«

Mattis stößt laut Luft aus und ringt offensichtlich nach Worten. Doch keines kommt ihm über die Lippen.

KAPITEL 12

MATTIS

Ich atme tief ein und aus, will etwas sagen, doch ich finde nicht die richtigen Worte. Livi hat keine Ahnung, was mir das hier bedeutet. Denn auch, wenn ich noch unsicher bin und mir ein wenig davor graut, fremden Menschen meine Kunst nahezubringen, wirkt diese Veränderung wie ein Befreiungsschlag. All die Zeit hatte ich so sehr an meinem mangelnden Selbstvertrauen zu knabbern und mich wie ein Versager gefühlt. Ich glaubte, meiner Familie nichts bieten zu können, abgesehen von dem vermurksten Typen, zu dem ich durch mein Burn-out geworden bin. Doch Livis Idee für mein Atelier bietet mir endlich eine neue Perspektive. Und nun spüre ich etwas weniger Angst in mir, wenn ich an das nächste Zusammentreffen mit Marit und den Kindern denke. Denn jetzt erschaffe ich etwas Neues, stelle etwas auf die Beine – wenngleich mir das ohne Livis Hilfe niemals gelingen würde. Aber das spielt keine Rolle. Gemeinsam mit ihr werde ich das ganz groß aufziehen.

»Alles in Ordnung?« Livis sanfte Stimme reißt mich aus meinen Gedanken.

»Ja, klar. Ist nur gerade alles ein bisschen viel.«

»Glaub mir, es geht mir nicht anders.« Nur kurz legt sie ihre Hand ermutigend auf meinen Arm, dann läuft sie voraus nach oben ins Atelier.

Gemeinsam setzen wir uns an den kleinen Tisch. Livi reicht mir einen Block und einen Stift. »Du schreibst. Also, fangen wir mit dem Ausstellungsraum an. Wir benötigen sechs Tische, etwa einmal einen Meter. Breiter dürfen sie nicht sein, sonst wird es zu eng. Zwölf passende Stühle, sechsunddreißig Besteckgarnituren, sowie Essgeschirr in gleicher Anzahl.«

»Was? Warum so viel? Ist das nicht ein bisschen übertrieben?«

»Sicher ist sicher. Vielleicht serviere ich ja auch mal zwei Gänge. Oder es geht etwas kaputt oder verloren. Man kann nie wissen. So, dann brauchen wir noch Weingläser, Sektgläser, Likör- beziehungsweise Schnapsgläser, Bier- und Wassergläser.«

»Mir raucht jetzt schon der Kopf.«

»Dabei haben wir gerade erst angefangen.«

»Okay, was noch? Tischdecken vielleicht?«

»Hm … nee. Muss nicht sein. Was brauchen wir für die Kurse?«

»Auf jeden Fall noch mindestens fünf Staffeleien, jede Menge Pinsel und noch mehr Farben. Mischpaletten, Malkittel vielleicht auch? Aber darum kümmere ich mich.«

»Ein kleiner Kühlschrank für Getränke wäre nicht schlecht hier oben.«

»Und eventuell ein weiterer Tisch, auf dem wir zur Not etwas abstellen können. Die Farben zum Beispiel, falls jemand seine Palette auffüllen muss.«

»Gute Idee.«

Wir verbringen den halben Tag im Atelier und schmieden Pläne. Mit jeder neuen Idee wächst mein Eifer für dieses Projekt, angesteckt von Livis Engagement, das sie in ihre neue Aufgabe steckt. Sie kommt mir wie ausgewechselt vor.

»Wenn ich sehe, was wir alles besorgen müssen, wird mir schlecht. Das geht ganz schön ins Geld.« Nachdenklich zupfe ich an meinem Bart.

»Aber es lohnt sich. Ganz bestimmt.«

»Und wenn nicht?«

»Dann ist das eben so. Jetzt ist nicht die Zeit zum Zweifeln.«

»Du hast ja recht.«

»Genau. Und jetzt gehen wir Katzenfutter kaufen. Und einen richtigen Futternapf. Damit unser Gast auch zufrieden ist.«

»Der ist sicher schon total verwöhnt von deinem Lachs. Mit normalem Katzenfutter gibt er sich gewiss nicht zufrieden.«

Grinsend zuckt Livi mit den Schultern. »Er wird's überleben.«

Wieder zu Hause, räume ich die Einkäufe ein, während Livi das neu erworbene Katzenklo im Flur unter der Treppe platziert und nach dem Kater Ausschau hält. Es hat angefangen zu regnen, und offensichtlich macht sie sich Sorgen, dass das Tier sich da draußen einen Schnupfen holt. Oder sie sucht nach ihm, weil sie glaubt, der Kater habe ihrem Opa gehört.

»Ich kann ihn nirgends finden«, ruft Livi verzweifelt.

»Bestimmt kommt er bald wieder. Er ist es gewohnt, durch die Wälder zu streunen. Kein Grund, in Panik zu geraten.«

Sie erscheint schmollend in der Küchentür. »Mir wäre es lieber, er würde einfach hierbleiben.«

»Das wäre genauso, als würdest du einem Vogel verbieten wollen, zu fliegen.«

»Und wenn schon!«

Ich gehe zu ihr hinüber und mustere sie intensiv. Tränen schimmern in ihren Augen. »Du hängst jetzt schon sehr an diesem Tier, was?«

Sie nickt stumm.

»Er muss sich erst einmal daran gewöhnen, dass er hier wieder ein Zuhause hat. Bestimmt taucht er bald auf.«

»Das muss er auch. Er ist die einzige Verbindung, die ich noch zu meinem alten Leben habe. Ich kann ihn nicht auch noch verlieren.«

»Verstehe.« Tröstend nehme ich sie in den Arm. Ich spüre, wie sich ihre Muskeln unter meiner Berührung verkrampfen. »Was dir immer bleiben wird, sind die Erinnerungen, Livi. Halte sie in dir lebendig. Denk an das, was du hattest, und nicht an das, was du verloren hast. Und denk an das, was dir bevorsteht – was *uns* bevorsteht. Lass dich auf dein neues Leben ein, ohne ein schlechtes Gewissen zu haben. Deine Familie würde das sicher so wollen.«

»Vielleicht hast du recht damit. Ganz bestimmt sogar«, murmelt sie an meiner Brust und entspannt sich endlich.

»Und du bist nicht länger allein. Immerhin hast du von nun an einen ziemlich verkorksten Kerl an deiner Seite.« Ein lautes Maunzen stört unser Gespräch. »Und einen Kater«, füge ich hinzu.

Livi löst sich von mir, dabei bin ich noch nicht bereit, sie loszulassen. Als sie sich zu dem Tier herunterbeugt, fühlt es sich an, als würde mir etwas fehlen.

»Da bist du ja, Ragnar!«

»Ragnar?«

»Ja. Ich finde, der Name passt zu ihm.«

»Du hast wohl zu viel *Vikings* geguckt.«

»Na und?«

»Aber Ragnar wurde nur in der Serie als Norweger dargestellt. In Wirklichkeit war er Däne.«

»Als ob ich das nicht wüsste. Ich weiß alles über die Wikinger.«

»Dein Ernst? Eine Frau, die sich für so was interessiert?«

»Oje. Nicht noch einer, der nur in Klischees denkt«, murmelt sie mit rollenden Augen.

»Entschuldige, aber du musst schon zugeben, dass das ungewöhnlich ist.«

»Gewöhnlich kann ja jeder. Und genau deshalb heißt dieses riesige Fellknäuel hier nun auch Ragnar. Däne hin oder her.«

Ihr Kummer von vorhin scheint vergessen. Natürlich macht mich das froh, aber ich hätte nichts dagegen, sie noch ein wenig länger zu halten, auch wenn ich nicht weiß, was ich mit diesem Gefühl anfangen soll. Ich versuche in mich hineinzuhorchen, um herauszufinden, was genau es eigentlich ist, das ich für Livi empfinde. Aber die Antwort bleibe ich mir selbst schuldig.

Während Livi ein Bad nimmt, mache ich es mir vor dem Fernseher bequem. Ich frage mich, ob sie womöglich wieder nur im Handtuch über den Flur huscht, und ich würde zu gerne am Treppenabsatz auf sie warten. Mit aller Macht muss ich mich dazu zwingen, hier unten sitzen zu bleiben.

Ob sie sich gleich wenigstens zu mir gesellen wird? Vielleicht können wir uns einen Wikingerfilm ansehen. Damit kriege ich sie bestimmt, wenn sie tatsächlich so sehr darauf abfährt.

Als ich höre, wie sich oben etwas regt, springe ich auf, halte aber im Türrahmen inne. »Livi, hast du Lust auf einen Film?«

»Gerne. Bin gleich da!«

Mein Herz macht einen kleinen Sprung. Schnell eile ich in die Küche und hole Chips, Nüsse, Fruchtgummi, Weißwein und Bier. *Ob ich noch Popcorn machen soll?* Hektisch krame ich in den Schränken auf der Suche nach Mais. Doch da höre ich Livi schon die Treppe herunterkommen. Ratlos drehe ich mich zu ihr um.

Ihr Haar ist noch feucht, und sie ist gerade dabei, es zu einem Zopf zu flechten. »Was stehst du denn hier wie Falschgeld herum?«

Erst jetzt merke ich, dass ich sie anstarre. »Ich … wollte nur Popcorn machen. Aber ich habe keine Ahnung, wie das geht.«

»Dafür haben wir eh nicht den richtigen Mais da. Aber wir haben doch andere Sachen.«

»Ein bisschen was steht schon im Wohnzimmer.«

»Na dann.« Sie geht voraus, und ich folge ihr mit pochendem Herzen. »Das ist wohl mehr als genug«, meint sie. »Und abfüllen willst du mich wohl auch.« Sie grinst frech.

Verlegen zucke ich mit den Schultern. So war das zwar nicht gedacht, aber kein schlechter Gedanke.

»Und? Was gucken wir?«

»Hatte an *Northmen* gedacht.«

»Damit du mein Wikinger-Wissen testen kannst, hm?«

»So ähnlich, ja.«

»Einverstanden. Den habe ich noch nicht gesehen. Aber vorher wollte ich noch etwas anderes mit dir besprechen. Fürs Atelier brauchen wir vermutlich eine Schanklizenz, nicht wahr? Und sicher sind auch Gesundheitszeugnisse erforderlich. Ich werde mich da morgen mal schlaumachen.«

»Stimmt, darüber habe ich noch gar nicht nachgedacht.«

»Und wir werden sicher auch eine Genehmigung für unsere Events brauchen.«

»Darum werde ich mich dann kümmern.«

»Perfekt.« Ihre tiefblauen Augen fixieren mich fragend. Ein Blick, den ich nicht zu deuten vermag.

»Was ist los?«

»Ich frage mich nur, wie es kommt, dass du mit meiner Idee so plötzlich einverstanden warst. Bisher hast du immer gleich dichtgemacht, wenn es um das Atelier und deine Bilder ging.«

»Na ja, je länger ich darüber nachgedacht habe, desto klarer wurde mir, dass das *die* Gelegenheit ist, endlich wieder etwas auf die Beine zu stellen. Auch wenn eigentlich du allein diejenige sein solltest, die die Lorbeeren dafür erntet. Aber ich konnte gar nicht anders, wenn ich endlich wieder in den Spiegel schauen möchte, ohne mich selbst anzuwidern.«

»Es wird wirklich Zeit, dass du deine Meinung über dich selbst änderst. Denn der Mattis, den ich kennengelernt habe, passt absolut nicht zu dem, der du glaubst zu sein. Du bist toll, so wie du bist, und du musst ganz sicher niemandem irgendwas beweisen.«

»Außer meinen Kindern …«

»Nein, auch ihnen nicht. Für sie musst du einfach nur da sein.«

»Ja, vielleicht hast du recht.«

»Ganz sicher sogar.«

Eine Haarsträhne hat sich aus Livis Zopf gelöst. Sanft streiche ich sie hinter ihr Ohr. »Ich bewundere dich für deine Stärke, Livi.«

»Ich bin alles andere als stark. Es fällt mir leichter, andere stark zu machen.« Betreten senkt sie ihren Blick.

»Das gelingt dir jedenfalls ziemlich gut.«

Ihre Mundwinkel verziehen sich zu einem Lächeln. »Bier?«

»Gern.« Erleichtert, diesem Gespräch zu entkommen, nehme ich eine Flasche entgegen. Früher fiel es mir nie schwer, offen zu reden. Die letzten Jahre haben mich dazu gebracht, meine Seele hinter hohen Mauern in Sicherheit zu bringen. Aber mit Livi an meiner Seite werde ich mein altes Ich zurückholen.

Als wir den Film starten, rückt Livi mitsamt der Schüssel Chips auf ihrem Schoß näher an mich heran. Jedes Mal, wenn ich in die Schüssel greife, spüre ich, wie meine Nerven flattern. Livis Nähe macht mich zunehmend nervös, ganz gleich, wie sehr ich versuche, mich zusammenzunehmen. Und immerzu muss ich mich fragen, ob es ihr wohl ähnlich ergeht.

Als wir zufällig zeitgleich nach den Chips greifen und unsere Hände sich flüchtig berühren, zuckt sie hastig zurück. Wie soll ich das deuten? Mache ich sie genauso unruhig, oder ist eher das Gegenteil der Fall? *Verdammt, ich muss es herausfinden!* Aber was, wenn mir die Antwort nicht gefällt? Welche Antwort *möchte* ich überhaupt von ihr erhalten? Vielleicht sollte ich mir erst einmal selbst klar werden, was ich will.

»Schade, dass die Charaktere nur fiktiv sind«, meint Livi nach einer Weile.

»Bist du sicher?« Bisher habe ich mich nicht ernsthaft auf den Film konzentriert.

»Na klar, hast du schon mal von Asbjørn oder König Dunchaid gehört?«

»Jetzt, wo du es sagst …«

»Egal. Ich mag den Film trotzdem.«

»Ich auch.« *Erst recht, weil du neben mir sitzt,* schießt es mir durch den Kopf. Ich gönne mir ein zweites Bier und möchte Livi noch ein Glas Wein einschenken.

»Du willst mich also wirklich abfüllen. Ich vertrage fast nichts mehr, fürchte ich. Mir dreht sich ja jetzt schon alles.«

»Nach nur zwei Gläsern Wein?«

»Sieht so aus.« Dennoch hält sie mir ihr Glas entgegen und trinkt beherzt, nachdem ich ihr nachgeschenkt habe. Zum Ende des Films hat sie einen ordentlichen Schwips, und als sie vom Sofa aufstehen will, taumelt sie kichernd zurück. »Ich fürchte, ich muss heute hier unten schlafen. Die Treppe werde ich wohl nicht schaffen.«

»Ich kann dich rauftragen.«

»Das schaffst du nicht.«

»Willst du damit sagen, ich sei ein Schwächling? Das werde ich nicht auf mir sitzen lassen!«, erwidere ich gespielt empört. Im nächsten Augenblick habe ich sie bereits hochgehoben und trage sie die Treppe hinauf.

Sie kichert ausgelassen, und als ich sie oben vorsichtig wieder absetze, krallt sie sich haltsuchend an meinem Arm fest. »Du bist ja doch kein Schwächling.«

»Sag ich doch.«

Sie schaut verstohlen zu mir auf, und in dem Moment überkommt mich der Impuls, sie einfach so küssen. Wie von selbst schlingt sich mein Arm um ihre Hüften, und wir sind uns so nah wie nie zuvor. Sie wehrt sich nicht, nur ihr Blick wirft viele Fragen auf. Als Antwort senken sich meine Lippen langsam auf ihre herab. Dieses erste zaghafte Aufeinandertreffen durchfährt mich wie ein Stromschlag. Ich will mehr davon, das wird mir schlagartig bewusst. Als ich versuche, ihre Lippen sanft mit meiner Zunge zu öffnen, lässt sie es zu und erwidert scheu meinen Kuss. Das feuert mich nur umso mehr an, und ich werde forscher, leidenschaftlicher.

Doch plötzlich spüre ich, wie Livi sich sträubt. Sofort ziehe ich mich von ihr zurück und wage es nicht, sie anzusehen. Ich murmle ein »Gute Nacht, Livi« und verziehe mich hastig in mein Zimmer.

KAPITEL 13

LIVI

Als sein Arm sich fest um meine Hüften legt und mich näher zu ihm heranzieht, schaue ich fragend zu Mattis auf. Mir ist schwindelig vom Alkohol, und dieses Gefühl verstärkt sich, als er meinem Gesicht immer näher kommt. Ich bin viel zu perplex, um zu realisieren, was gerade passiert. Als seine Lippen auf meine treffen, kommt es mir so vor, als finge alles an, sich zu drehen. Dann spüre ich seine Zunge an meiner, und wie von selbst erwidere ich ihr zaghaftes Spiel. Mein Herz schlägt mir bis zum Hals – *das muss er doch spüren, oder?* Einen kurzen Moment genieße ich die überraschende Intimität zwischen uns, doch als sein Kuss intensiver wird, ergreift Panik Besitz von mir. Kristian taucht vor meinem geistigen Auge auf, und mit einem Mal fühlt sich das hier völlig falsch an.

Als würde Mattis meine innere Rebellion spüren, lässt er von mir ab und verschwindet in seinem Zimmer.

Wie vom Donner gerührt, bleibe ich allein in dem kleinen Flur zurück und lasse mich gegen die Wand sinken. *Wie konnte das nur passieren?*

Meine Gedanken rasen, und ich werde überrollt von meinem schlechten Gewissen Kristian gegenüber. Ich weiß, er ist nicht mehr da, dennoch fühlt es sich so an, als hätte ich ihn betrogen.

Wie in Trance gehe ich in mein Zimmer. Eine Welle von Reue, Scham und Erinnerungen steuert unaufhaltsam auf mich zu. Sie will mich holen. *Wo ist mein Rettungsanker?* Schnurstracks gehe ich auf eine der Kommoden zu und ziehe Kristians grauen Kapuzenpullover hervor, den er immer so gern getragen hat. Ich presse ihn vor mein Gesicht, versuche den letzten Hauch seines Duftes tief in mich einzusaugen. Doch davon ist kaum noch etwas übrig. Aufgewühlt streife ich den Pullover über, spüre den tröstend weichen Stoff auf meiner Haut, und igle mich in meinem Bett ein. Ich stelle mir vor, in Kristians Armen zu liegen.

Mein Kristian, mit seinen kurzen blonden Locken, die stets störrisch in alle Richtungen standen. Mit seinem immerzu vorhandenen Lächeln, seiner sonnigen Art, seinen kristallblauen Augen. Ich sehe ihn vor mir, als wäre er lebendig, als müsste ich nur meine Hand nach ihm ausstrecken. Doch das ist er nicht. Er ist weg. Für immer.

Es dauert nicht lange, bis die Tränen kommen. Tränen der Wut und der Trauer. Wie sehr würde ich mir wünschen, *ihn* – meinen Mann – küssen zu können. Und sei es nur noch ein einziges Mal. Stattdessen lasse ich mich von Mattis küssen. »Es tut mir leid, Kristian«, schluchze ich in mein Kissen hinein. »So unendlich leid.« Unentwegt kreisen meine Gedanken um diesen schrecklichen Vertrauensbruch. Niemals werde ich mir verzeihen, dass ich mich dazu habe hinreißen lassen.

Scheinbar endlose Stunden vergehen, bis das Tränenmeer versiegt und ich in einen unruhigen Schlaf falle. Im Traum ist es nicht Kristian, den ich vor mir sehe. Es ist Mattis. Und es kommt mir so vor, als könnte ich seinen Kuss immer noch spüren.

Ich schrecke auf, und es ist immer noch tiefschwarze Nacht. Ich habe vergessen, die Fensterläden zu schließen, und schaue jetzt in den funkelnden Sternenhimmel. Meine Gedanken kreisen permanent um das, was geschehen ist. Und je mehr Zeit vergeht, desto klarer wird mir, dass sich so etwas niemals wiederholen darf. Das kann ich Kristian nicht antun.

Aber wie soll ich nun mit Mattis umgehen? Der Kuss hat alles verändert. Ich muss ihm klarmachen, dass es nur ein Ausrutscher war und nie wieder vorkommen wird. Ich kann nur hoffen, dass er es genauso sieht. *Und wenn nicht?*

Ich muss einfach dafür sorgen, dass er es kapiert. Und wenn es auf die harte Tour ist.

Am Morgen wache ich wie gerädert auf. Immer noch umhüllt mich Kristians Duft wie eine schillernde Seifenblase – wunderschön, doch so vergänglich zart. *Du musst dich der Realität stellen,* rede ich mir ein.

Zu meiner Überraschung vernehme ich gedämpfte Geräusche aus dem Erdgeschoss. Irritiert schaue ich auf meinen Wecker. Es ist schon kurz nach zehn.

Mit einem eigenartigen Ziehen in der Magengegend stehe ich auf und husche ins Bad. Ich mache mich ganz in Ruhe fertig, um Zeit zu schinden. Normalerweise gehöre ich nicht zur Trödelfraktion. Als mir irgendwann nichts mehr zu tun bleibt, muss ich mich Mattis wohl oder übel stellen.

Im Schneckentempo schleiche ich die Treppe hinunter und lege mir im Kopf die passenden Worte zurecht. Doch als ich im Türrahmen zur Küche stehe, ist alles wie weggeblasen.

»Livi! Guten Morgen!« Mattis lächelt, doch er wirkt nicht weniger verunsichert als ich. »Ich dachte, heute könnte ich zur Abwechslung mal Frühstück machen.« Fahrig deutet er auf den üppig gedeckten Tisch.

Immer noch bringe ich kein Wort über die Lippen.

Er scheint mein Zögern zu erkennen und kommt langsam auf mich zu.

Mein Puls beschleunigt sich rasant, und alles in mir schreit nach Flucht. Aber ich kann nicht ewig vor ihm wegrennen. Immerhin wohnen wir zusammen. »Hör zu …«

»Livi, ich wollte …«, sagt Mattis im gleichen Moment. Er lacht verlegen. »Du zuerst.«

Ich schlucke. Aber ich muss es ihm einfach sagen. »Mattis, das gestern … das darf nicht wieder passieren. Es war ein Ausrutscher, verstehst du?«

Sein Lächeln erstarrt, und er senkt den Blick. Dann nickt er kaum merklich. »Natürlich verstehe ich das. Es war dumm von mir, Livi. Tut mir leid.« Seine Stimme klingt belegt und trifft mich unerwartet ins Herz. *Habe ich ihn verletzt?*

»Mattis.« Sacht lege ich meine Hand auf seinen Arm, doch sofort ziehe ich sie wieder zurück, weil es sich anfühlt, als würde ich mich verbrennen. Oder *ihn* verbrennen. »Es ist nicht böse gemeint. Wirklich. Aber das hat sich so falsch angefühlt. Als würde ich Kristian hintergehen. Und das will ich nicht.«

»Verstehe. Ich habe einfach nicht nachgedacht gestern. Verzeih mir, Livi.«

»Schon gut. Lass uns einfach weitermachen wie bisher und diesen Kuss vergessen. Okay?«

»Okay.«

»Dann lass uns jetzt essen, hm?«

»Ich … ich hab' gerade keinen Appetit. Ich gehe eine Runde joggen. Bis später.«

Bevor ich reagieren kann, rauscht er an mir vorbei und verlässt das Haus. Eigentlich sollte ich erleichtert sein, dieses Gespräch nun hinter mir zu haben. *Aber warum fühlt mein Herz sich dann so schwer an?*

Es vergehen fast zwei Stunden, bis Mattis wieder nach Hause kommt. Ich habe die Zeit genutzt und einige Telefonate bezüglich unserer Geschäftsidee getätigt, nicht zuletzt, um mich abzulenken. Außerdem habe ich auf zwei Verkaufsplattformen Shops angelegt und Mattis' Gemälde zum Verkauf eingestellt. Ich sitze im Wohnzimmer über meine Notizen gebeugt, als er auffällig gut gelaunt zu mir stößt.

»Was machst du, Livi?«, flötet er übertrieben fröhlich.

»Ich habe mich um Termine für das Gesundheitszeugnis und die Schanklizenz gekümmert. Außerdem sind deine Bilder jetzt im Shop verfügbar.«

»Perfekt.«

»Willst du mal sehen?«

»Später. Ich schiebe mir schnell etwas zu essen rein, dann kümmere ich mich um meinen Teil.« Sein Lächeln wirkt aufgesetzt, und ich stoße laut Luft aus. »Was denn?«, fragt er.

»Mattis, du musst nicht so tun, als wäre …«

»Lass gut sein, Livi. Bitte. Wir reden nicht mehr darüber, so wie du es gewollt hast. Es ist alles in Ordnung.« Damit verschwindet er in die Küche.

Warum muss eigentlich immer alles so verkorkst sein? Wahrscheinlich braucht es einfach ein paar Tage, bis die Sache vergessen ist. Ich kann nicht von ihm erwarten, dass auf Fingerschnips wieder alles ist wie zuvor. Zumal ich nicht die leiseste Ahnung habe, was er überhaupt empfindet. Vielleicht hätte ich ihn danach fragen sollen. Aber will ich das überhaupt so genau wissen? Das würde möglicherweise alles nur noch komplizierter machen.

Um den Kopf frei zu bekommen, beschließe ich, mich nach draußen zu verziehen. Mit Sicherheit beruhigt die Natur meine Sinne ein wenig, denn diese Wirkung hatte sie schon immer auf mich.

Ich finde Mattis kauend am Küchentisch vor.

»Ich gehe ein bisschen spazieren. Bis später.«

»Viel Spaß. Und nimm dein Handy mit, falls du dich verläufst.«

»Wird gemacht.« Ich schlüpfe in meine bequemsten Sneakers, streife mir eine leichte Strickjacke über und packe eine kleine Wasserflasche in meine Umhängetasche.

Dann laufe ich los, ohne ein bestimmtes Ziel zu haben. Ich folge der Straße etwa fünfhundert Meter, bis ich vor der Entscheidung stehe, nach rechts abzubiegen und somit dem Straßenverlauf weiter zu folgen oder linker Hand auf dem Wanderweg weiterzugehen. Auch wenn die Straße die sicherere Variante wäre, entscheide ich mich intuitiv für den naturbelassenen Pfad.

Der Weg ist von hohen Nadelbäumen gesäumt, die mir angenehmen Schatten spenden. Mein Blick schweift unentwegt umher, und ich weiß gar nicht, wohin ich zuerst schauen soll. Auf der rechten Seite ragen schroffe Felsen hinter den Bäumen auf, links von mir befindet sich ein steiler Abhang. Der Weg geht sanft, aber stetig bergan, und ich komme bereits ins Schwitzen. Nach einer Weile lichtet sich der Wald, und ich bin der warmen Frühlingssonne voll ausgesetzt, was den Anstieg erschwert.

Schon jetzt ringe ich nach Luft, obwohl ich noch gar nicht weit gekommen bin. Ich bin einfach nichts mehr gewohnt. Doch ich verspreche mir in diesem Moment selbst, daran etwas zu ändern. Denn nun, wo ich inmitten dieser traumhaften Natur lebe, kann ich gar nicht anders. Wer hier wohnt und seinen Hintern nicht regelmäßig vor die Tür bewegt, mit dem kann etwas ganz gewaltig nicht stimmen.

Der Weg schlängelt sich nach rechts in ein Waldstück hinein, und schon bald muss ich mich wieder entscheiden, welche Richtung ich einschlage. Erneut gehe ich nach links, damit ich beim Rückweg nicht so viel denken muss. Und diese Entscheidung erweist sich als goldrichtig, denn nach ein paar Hundert Metern gelange ich an einen wunderschönen, lang gestreckten See. Ehrfürchtig trete ich ans Ufer und lasse mich ins Gras sinken. Ich beobachte die Wolken, die sich auf der glasklaren Wasseroberfläche spiegeln. Auf der gegenüberliegenden Seite säumen steile Felswände das Seeufer. Am liebsten würde ich dort hinaufsteigen, um die Aussicht von oben zu genießen. Ob man von dort auch auf die Stadt blicken kann? Zu gern würde ich es herausfinden. Doch das kann ich weder mit diesen Schuhen, noch will ich es allein machen.

Vielleicht wird Mattis mich noch einmal hierher begleiten. Irgendwann frage ich ihn. Wenn sich die Wogen ein wenig geglättet haben. Und wenn ich mir richtige Wanderschuhe besorgt habe.

Während ich die Stille genieße, muss ich plötzlich wieder an den Kuss denken. *Was hat Mattis sich nur dabei gedacht? Und warum habe ich es zugelassen?* Es war sicher der Alkohol. Und die ganze, aufgeladene Situation. Wie er mich die Treppe hinaufgetragen und mich dann sanft abgesetzt hat. Sein starker Arm auf meinen Hüften. Dieser Augenblick schrie förmlich nach einem Kuss.

Moment, worüber denke ich hier eigentlich nach? Irritiert springe ich auf und schüttle diese Gedanken ab. Ich darf nicht rasten, darf solche Gedanken nicht zulassen.

Entschlossen trete ich den Heimweg an. Doch es gelingt mir einfach nicht, das Kopfkino auszuschalten. Mit jedem Schritt werde ich schneller, als würde mir so die Flucht vor mir selbst gelingen. Aber es ist hoffnungslos. Offensichtlich brauchen wir beide Zeit, um wieder mehr Distanz zwischen uns zu bringen. Und hoffentlich ändert das nichts an unserem Verhältnis zueinander.

»Da bist du ja«, sagt Mattis, als ich zurückkomme.

»Hast du mich etwa schon vermisst?«, rutscht es mir raus.

Sein schiefer Blick sagt eigentlich alles. »Hatte nur Sorge, dass du den Weg nicht findest. Du warst ja schon lange weg.«

»Das war gerade mal eine Stunde.«

»In einer Stunde kann man sich gut verirren. Schließlich kennst du dich hier überhaupt nicht aus.«

»Das stimmt. Aber das will ich unbedingt ändern. Ich habe einen tollen See entdeckt, nicht allzu weit von hier. Da möchte ich unbedingt noch mal hin und ihn vollständig umrunden. Aber ich brauche feste Schuhe.«

»Welcher See war das?«

»Woher soll ich das wissen? Warte, ich schaue mal in Maps nach, vielleicht finde ich ihn ja.« Ich ziehe mein Handy aus der Tasche und rufe die Karte auf. »Hm, ich denke es war dieser hier. Storediket. Dahinter ragen Felsen auf, die Aussicht von oben muss traumhaft sein. Demnächst will ich unbedingt hinauf. Am besten fahre ich gleich in die Stadt und kaufe mir Wander-schuhe.«

»Darf ich mitkommen …«

»Wohin? In die Stadt?«, falle ich ihm ins Wort.

»Eigentlich meinte ich zum Wandern, wenn du das nächste Mal losziehst. Aber ich komme auch gerne mit in die Stadt und berate dich bei der Schuhauswahl.«

»Okay.«

»Okay was?«

»Beides. Wandern und Schuhe aussuchen.«

Seine Mundwinkel zucken, lange kann er sein Lächeln nicht vor mir verbergen. Ob es nun vor Erleichterung oder Freude ist, kann ich nur schwer deuten. Ich muss einfach versuchen, so normal wie immer mit ihm umzugehen.

Outdoor-Geschäfte gibt es in Bergen reichlich. Bereits im zweiten Laden finde ich ein paar Wanderschuhe, die nicht nur bequem, sondern auch noch erschwinglich sind. Und mit den pinkfarbenen Kontrasten wirken die ansonsten grauen Schuhe nicht einmal so hässlich, wie ich befürchtet hatte. Mattis hat sie gefunden, nachdem ich zuvor ein Paar in Petrol in die engere Auswahl gezogen habe.

»Du bist ein guter Shopping-Begleiter«, stelle ich fröhlich fest.

»Wir können direkt weitershoppen, wenn du magst. Lass uns nach Möbeln fürs Atelier schauen. Gleich in der Nähe gibt es ein großes Möbelhaus.«

»Sollen wir damit nicht warten, bis wir den Papierkram erledigt haben?«

»Darum kümmere ich mich nächste Woche Montag. Dann habe ich einen Termin beim zuständigen Amt.«

»Wow, so schnell?«

»Jep. Also können wir doch schon mal gucken, was uns so gefällt.«

Vorfreude macht sich in mir breit. »Okay. Bin dabei.«

»Übrigens habe ich mir auch den Online-Shop angeschaut.«

»Und, was sagst du? Alles so, wie du es dir vorgestellt hast? Mit den Preisen war ich mir nicht ganz sicher, wir hatten das ja nur am Rande besprochen. Aber wir können zur Not noch Änderungen vornehmen.«

»Ich habe schon ein Gemälde verkauft«, erwidert er begeistert.

»Was? Im Ernst? Das ist super! Ich hab's dir doch gesagt.«

»Ja, hast du. Aber es ist ja nur ein Bild.«

»Das ist erst der Anfang, Mattis! Glaub mir, das wird großartig.« Meine Freude schwappt sichtlich auf ihn über. Das ist auch gut so. Er kann sich ruhig schon mal an den Gedanken gewöhnen, ein beliebter Künstler zu werden.

Nur zehn Minuten später schlendern wir durchs Möbelhaus. Mattis knufft mich in die Seite. »Und, was hast du dir so vorgestellt?«

»Auf jeden Fall etwas Hochwertiges. Massivholz, am liebsten dunkel.«

»So wie der da drüben vielleicht?« Er deutet auf einen kleinen, rechteckigen Tisch. Er scheint sehr robust, und das walnussfarbene Holz wirkt edel und zeitlos.

»Der würde genau meiner Vorstellung entsprechen. Wenn er denn quadratisch wäre.«

Mattis begutachtet das Etikett. »Mehrere Größen verfügbar, steht hier. Warte kurz.« Er greift nach dem Ordner, der auf dem Tisch liegt, und deutet auf die Tabelle mit den Maßen. »Schau mal, wir könnten ihn auch in neunzig mal neunzig Zentimeter bestellen. Es gibt auch noch andere Farben zur Auswahl.«

»Die Farbe ist perfekt, das passt schon. Und die Größe wäre auch nicht schlecht. Auch wenn ein paar Zentimeter mehr nicht schaden könnten.«

»Die Teller werden wohl kaum einen Durchmesser von hundert Zentimetern haben«, flachst er.

»Na ja, bei dir wäre das manchmal aber nötig.«

»Was soll das denn heißen?« Er gibt sich empört.

»Ach nichts«, flöte ich. »Nur, dass du unersättlich bist.«

»Was zweifelsfrei ausschließlich an deinen Kochkünsten liegt.«

»Schon klar. – So. Das mit dem Tisch war ja einfach. Stühle?«

»Hier stehen genügend davon herum.«

»Du darfst gern auch deine Meinung einbringen. Schließlich ist es dein Laden.«

»*Unser* Laden ab sofort. Und beim Restaurantpart lasse ich dir volle Entscheidungsfreiheit.«

»Gut, dann nehmen wir welche in Pink.«

»Nicht dein Ernst«, erwidert er entgeistert.

»Warum nicht? Bei den Schuhen hat dir Pink doch auch gefallen.«

»Äh …«

»War nur ein Scherz, Mattis.«

»Sehr witzig. Für einen Augenblick dachte ich, du meinst das ernst.«

Grinsend lasse ich ihn stehen und schaue mir einen Stuhl nach dem anderen an. Schwarz erscheint mir zu trist. Hell zu empfindlich. Sessel sind zu klobig für den kleinen Raum. Dann stoße ich auf einen eleganten Schalenstuhl im Retrolook. »Was hältst du von dem hier, Mattis?« Ich lasse mich in den weich gepolsterten graubraunen Sitz fallen. »Der ist es! Los, setz dich mal hin.«

»Der gefällt mir super.« Dann fällt sein Blick auf das Preisschild. »Aber ganz ehrlich, Livi. Der Preis geht gar nicht.«

»Warte, lass mich mal eben rechnen. Das wären dann für die sechs Tische und zwölf Stühle … 38570,00 Kronen. Ich finde, das geht. Ich hatte mit mehr gerechnet.«

»Vergiss nicht, was wir noch alles brauchen. Das ganze Geschirr, Küchenkram, dann muss das Atelier noch ausreichend bestückt werden.«

»Das kriegen wir hin. Kein Problem.«

»Für dich vielleicht nicht. Aber ich habe ein Problem damit, dass du die ganzen Kosten übernimmst.«

»Darüber haben wir doch schon gesprochen.«

»Ja, ich weiß. Das ändert aber nichts.«

»Dann musst du dich halt damit abfinden.«

»Wenn alles immer nur so einfach wäre«, murmelt er vor sich hin. Und ich weiß genau, was er damit meint.

Es ist Freitagmorgen, und ich bin bereits mit einem flauen Gefühl im Magen erwacht. Heute habe ich wieder einen Termin bei der Psychologin. Und es ist nicht einmal die Trauerbewältigung, die mir gerade Bauchschmerzen bereitet, sondern vielmehr der Zustand, der momentan hier zu Hause herrscht.

So sehr ich mich auch um Normalität bemühe, ist die Situation zwischen Mattis und mir total verkrampft. Solange wir über unsere Pläne fürs Atelier sprechen, ist alles in Butter. Aber normale Gespräche zu führen, ist fast nicht mehr möglich. Allein schon, wie er mich ansieht. Ich war jedesmal erleichtert, wenn er ins Atelier gefahren ist. Ich muss Frau Hagebak um Rat fragen.

»Soll ich dich begleiten?«, fragt Mattis, als ich mich gerade zum Aufbruch bereit mache.

»Brauchst du nicht.«

»Letztes Mal warst du etwas durch den Wind nach dem Termin. Da kam dir ein bisschen Ablenkung ganz gelegen.«

»Na und? Das lag nur daran, dass alles so … neu war. Ich kriege das schon hin.«

»Sicher?« Ich sehe ihm an, dass er mir nicht glaubt. Aber es ist mir egal, was er denkt. Hauptsache, ich muss nicht noch mehr Zeit mit ihm verbringen als nötig.

»Sicher. Bis später.« Hastig rausche ich aus dem Haus und begebe mich im Laufschritt zum Auto, als sei ich auf der Flucht. Aber wovor eigentlich? Schließlich habe ich Mattis klipp und klar gesagt, dass dieser Kuss nichts weiter als ein Ausrutscher war. Und er sagte, er hätte das auch verstanden. Dennoch lässt mich das Gefühl nicht los, als wolle er meine Ansage nicht so hinnehmen. *Hat er sich ernsthaft in mich verliebt? Oder rede ich mir das bloß ein?*

Während der Autofahrt zerbreche ich mir unaufhörlich den Kopf, so wie ich es in den letzten Tagen permanent tue. Vielleicht hilft es ja, diese Gedanken gleich loszuwerden.

Frau Hagebak begrüßt mich herzlich. Als sie mich fragt, wie es mir heute geht, bringe ich zunächst kein Wort heraus.

»Lassen Sie sich Zeit, Livi«, sagt sie mit einer behaglichen Wärme in der Stimme.

»Wissen Sie, Frau Hagebak …«

»Brinja.«

»Natürlich, Brinja. Es ist … kompliziert.« Wieder verfalle ich in Schweigen.

»Was genau empfinden Sie als kompliziert? Das Loslassen? Sich trauen zu trauern?«

»Mein Mitbewohner …«

»Mattis, richtig? Was ist mit ihm?«

»Er hat mich geküsst.«

»Und wie war das für Sie? Wie haben Sie reagiert?«

»Am Anfang war ich total perplex. Dann … habe ich mich dazu hinreißen lassen, seinen Kuss zu erwidern. Bis ich an Kristian denken musste.«

»Und Sie wurden von Ihrem schlechten Gewissen überwältigt, nicht wahr?«

»Ist das so offensichtlich?«

»Es ist ein völlig normaler Prozess. Doch es ist in Ordnung, sich eine neue Liebe zu erlauben. Dadurch sind Sie Ihrem Kristian weder untreu, noch brechen Sie damit Ihr Liebesversprechen ihm gegenüber.«

»Genauso fühlt es sich aber an.«

»Möglicherweise, weil Sie Ihre Trauer noch nicht richtig verarbeitet haben. Lassen Sie sich Zeit, wenn Sie eine neue Beziehung eingehen möchten.«

»Aber das will ich ja gar nicht. Ich will, dass mein Verhältnis zu Mattis wieder so ist wie vorher. Unkompliziert.«

»Verstehe. Sie sollten sich dabei jedoch fragen, ob es auch das ist, was Mattis will. Haben Sie mit ihm darüber geredet?«

»Natürlich. Ich habe ihm erklärt, dass das nie wieder vorkommen darf. Und dann hat er sich entschuldigt, und damit war das Thema gegessen. Dachte ich zumindest. Aber irgendwie habe ich das Gefühl, diese Sache wird nun immer zwischen uns stehen.«

»Was daran liegen könnte, dass er mehr für Sie empfindet, Livi.«

Ich stoße laut Luft aus. »Ich glaube, ich würde gerne das Thema wechseln. Eigentlich bin ich ja aus einem ganz anderen Grund hier.«

»Sie können mit mir über alles reden, was Ihnen auf der Seele liegt.«

»Genau. Und das ist der Tod meines Mannes und nicht Mattis. Auch wenn ich mich frage, wie ich unter diesen Umständen ein Geschäft mit ihm aufbauen soll«, murmle ich.

»Ein Geschäft? Erzählen Sie mir davon.«

Und so berichte ich Brinja von meiner Idee und unserer Planung fürs Atelier. Ich kann es drehen und wenden, wie ich will. Nach einer Weile kommt dieses Gespräch immer wieder auf Mattis zurück. Und auf meine Gewissensbisse Kristian gegenüber.

Warum kann ich all das nicht einfach abschütteln? Weder will ich Kristian hintergehen, noch will ich romantische Gefühle für Mattis entwickeln. Alles in mir sträubt sich dagegen.

»Livi, unsere Zeit ist für heute leider um. Ich finde es beachtlich, was sich in der letzten Woche bei Ihnen bewegt hat, was *Sie* bewegt haben. Und um noch einmal auf Mattis zurückzukommen: Es ist in Ordnung, Gefühle für jemand anderen zuzulassen. Fragen Sie sich, was Kristian davon halten würde. Wäre er damit einverstanden, wenn Sie eine neue Beziehung eingehen würden? Wenn Sie neues Glück in Ihr Leben lassen?«

»Ich … äh …«

»Denken Sie ganz in Ruhe darüber nach, und lassen Sie sich Zeit, das herauszufinden. Wir sehen uns nächste Woche wieder.«

»In Ordnung. Bis dann.«

Mit gemischten Gefühlen trete ich ins Freie und traue meinen Augen kaum. Mattis steht an die Hauswand gelehnt und wartet auf mich. »Was … machst du denn hier?«

»Für Ablenkung sorgen?« Lächelnd zieht er einen Becher hinter seinem Rücken hervor. »Erdbeermilchshake?«

»Oh. Da sage ich nicht Nein!«

»Und schon sind die Sorgenfalten von deiner Stirn verschwunden.«

Ich gehe nicht darauf ein. Dummerweise wird mir klar, dass er recht hat. »Und wo ist dein Shake?«

»Hat den Weg hierher nicht überlebt.«

»Hätte mich auch gewundert.«

»Was soll das denn schon wieder heißen? Wie auch immer. Kommst du mit ins Atelier? Ich habe ein paar Ideen für unsere Events gesammelt.«

Im Atelier komme ich nicht mehr aus dem Staunen heraus. Unter der Dachschräge stehen – ich muss erst einmal zählen – vierzehn Gemälde aufgereiht, eines schöner als das andere. »Wow, Mattis! Das hast du also in den letzten Tagen die ganze Zeit gemacht!«

»Dachtest du etwa, ich wäre ins Atelier abgetaucht, um vor dir zu flüchten?«

»Nein, du Quatschkopf«, lüge ich und gehe näher an die Bilder heran, um sie betrachten zu können.

»Ich habe einfach gemalt, was mir in den Sinn kam. Mit den Jahreszeiten habe ich begonnen. Unsere Winterlandschaft sollten wir auf jeden Fall ins Repertoire aufnehmen. Dieses Bild ist schließlich der Ursprung deiner Idee.«

Nickend betrachte ich das Bild gleich daneben. Es zeigt eine Straße, die von rosa blühenden Kirschbäumen gesäumt ist. Im Anschluss ein Bild mit einer bunt blühenden Sommerwiese, gefolgt von einem leuchtenden Herbstwald.

Dann gibt es eine Unterwasserwelt, die einen beeindruckenden Blauwal und bunte Korallen zeigt, außerdem Gemälde von den Nordlichtern, einer faszinierenden Bergwelt und einem romantischen Sonnenuntergang. Ich sehe den Eiffelturm bei Nacht, eingerahmt von bunten Himmelslaternen. Stonehenge im Abendrot und die Chinesische Mauer. Eine kleine Brücke im Central Park, dahinter ragen Hochhäuser empor. Ich sehe die Nordsee, in deren Dünen dicke Grasbüschel dem Wind trotzen.

Und ich sehe knallrote Mohnblumen, die von den typisch toskanischen Zypressen abgelöst werden. Auf einer Anhöhe im Hintergrund thront ein hübsches Häuschen. An diesem Bild bleibe ich hängen. »Es sieht genauso aus, wie ich es mir vorgestellt habe. Es ist wundervoll.« Strahlend drehe ich mich zu ihm um und finde mich in unmittelbarer Nähe zu ihm wieder. Ich hatte nicht bemerkt, wie nahe er mir gekommen war.

»Ich freue mich, dass es dir gefällt. Bei diesem Bild habe ich mir besonders viel Mühe gegeben.«

Was er sagt, nehme ich nur wie durch eine dichte Wolke wahr. Ich kann an nichts anderes als den Kuss denken und starre wie gebannt auf seine Lippen.

»Hallo! Erde an Livi!«

Mist. War das zu auffällig? »Äh … ja … Die Bilder sind alle toll. Aber ich glaube, nicht jedes Motiv ist für Anfänger geeignet. Oder?«

»Die meisten schon. Ich habe versucht, sie so einfach wie möglich zu halten. Vielleicht können wir ja irgendwann auch

Events für Fortgeschrittene anbieten. Wenn wir Glück haben, kommen die Gäste eventuell wieder.«

»Das hoffe ich doch.«

»Also, du darfst aussuchen: Mit welchem Bild starten wir *Art & Dine*?«

»Mit der Toskana natürlich. Dicht gefolgt von den Kirschblüten. Die sehen traumhaft aus.« Euphorisch ziehe ich mein Handy aus der Tasche. »Ich werde sie alle fotografieren und mir dann in Ruhe Gedanken machen, welches Gericht ich zu den jeweiligen Motiven kochen könnte.«

»Perfekt. Und wenn nächste Woche alles unter Dach und Fach ist, bestellen wir die Möbel und besorgen alles, was wir sonst noch brauchen. Aber warte kurz. Ich habe noch etwas.« Mattis steht auf und holt eine quadratische Leinwand hervor, die bisher verkehrt herum an der Wand gelehnt hat. »Tada! Ich habe uns ein Logo kreiert.«

»Wow, das sieht ja toll aus. Aber irgendwie typisch.« Ich muss lachen, denn der Blickfang in der Mitte des Bildes ist ein Teller mit Ravioli. Dahinter schauen zwei Pinsel hervor, und der Untergrund gleicht einer blauen Wolke. Oben links prangt in großen Lettern der Schriftzug *Art & Dine*. »Ravioli also, hm?«

Grinsend steht er vor mir und zuckt mit den Schultern.

»Es ist perfekt, Mattis. Lass es mich auch ablichten, dann kann ich es mit auf unsere Homepage packen. Ich habe schon damit angefangen, aber ehrlich gesagt komme ich nicht weiter.«

»Warum fragst du nicht einfach mich? Ich kriege das sicher hin.«

»Auf die Idee bin ich noch nicht gekommen. Ich sehe in dir den Künstler, einen Programmierer eher nicht«, entgegne ich verlegen.

»Programmierer wäre auch übertrieben. Aber ganz dumm bin ich auch nicht.«

»Das hätte ich auch nie behauptet.«

»Das würde ich jetzt auch sagen«, flachst er. »Um Werbung müssen wir uns dann auch langsam mal Gedanken machen. Flyer, Plakate, Social Media, was auch immer.«

»Stimmt. Lass uns das nach dem Mittagessen in Ruhe besprechen, okay? Und vielleicht können wir schon Anfang Juni eröffnen. Was meinst du?«

»Das müsste zu schaffen sein.«

»Also dann. Ab nach Hause! Ich muss Pläne schmieden. Rezeptideen sammeln, testkochen.«

»Ich stehe dir gern als Versuchskaninchen zur Verfügung.«

»Natürlich tust du das.«

»Aber erst mal muss ich mich seelisch auf das Zusammentreffen mit Marit und den Kindern morgen vorbereiten.«

»Das schaffst du.«

»Ja, das schaffe ich. Irgendwie.«

KAPITEL 14

MATTIS

Nach einer mehr oder weniger schlaflosen Nacht fühle ich mich hundeelend. Missmutig stehe ich an die Küchenzeile gelehnt und starre in den tiefschwarzen Inhalt meiner Kaffeetasse. Wenn ich daran denke, Marit heute wieder gegenüberzutreten, wird mir speiübel. Aber das darf ich ihr keinesfalls zeigen. Stattdessen muss ich Stärke beweisen. Und mich auf die Kinder fokussieren. Schließlich tue ich es für sie, nicht für meine Ex-Frau.

»Willst du gar nichts essen?« Livi steht vom Frühstückstisch auf und kommt auf mich zu. Sie mustert mich durchdringend, und es kommt mir vor, als wisse sie genau, welch starker Sturm in mir tobt. Es ist, als würde ich nackt vor ihr stehen. Sie nimmt mir die Tasse ab und stellt sie zur Seite. Dann umschließt sie meine Hände mit ihren. »Die Angst ist wieder da, nicht wahr?«

»Sieht so aus.«

»Den schwierigsten Schritt hast du bereits hinter dir. Es gibt nichts, wovor du Angst haben musst, Mattis. Du weißt, dass du Marit trotzen kannst.«

»Das weiß ich ja. Eigentlich.«

»Jetzt musst du dich nur noch selbst davon überzeugen.«

»Wenn diese verfluchten Selbstzweifel mich nur nicht so laut anschreien würden.« Mein Blick ruht auf unseren ineinander verschlungenen Händen. Ich zweifle nicht nur wegen Marit und der Kinder. Auch wegen ihr. Livi will mir einfach nicht aus dem Kopf gehen. Oder vielmehr aus dem Herzen. Dabei weiß ich, dass sie sich genau das wünscht. Aber wie soll das funktionieren, wenn wir uns ständig so nahe sind? Wie soll ich die Gefühle für sie unterdrücken, wenn mich jeder ihrer Blicke, jede noch so flüchtige Berührung völlig aus der Fassung bringt?

»Sieh mich an, Mattis.« Ihre Hände legen sich um mein Gesicht, sodass ich gezwungen bin, ihr in die Augen zu schauen.

Darin liegen so viel Wärme, Vertrauen und Zuneigung. Und auch … Liebe. *Oder täusche ich mich?* Mein Herz droht zu explodieren, und der Wunsch, sie erneut zu küssen, wird übermächtig in mir.

»Jag deine Zweifel zum Teufel. Ich weiß, dass du das kannst.«

Und ich weiß, dass ich mich nicht länger beherrschen kann, wenn du mich weiterhin so ansiehst. Hastig schlinge ich meine Arme um sie und vergrabe mein Gesicht in ihrem offenen Haar. Alles ist besser, als noch länger in ihre Augen schauen zu müssen.

Ich spüre ihre Überraschung, wie sie zögert, doch dann legen sich ihre Arme in meinen Nacken, und sie scheint sich zu entspannen. »Mach dir keine Sorgen«, raunt sie in mein Ohr.

Oh Gott, das macht es überhaupt nicht besser. Meine Nackenhärchen stellen sich auf, und ich kann nicht mehr klar denken. »Du … du hast recht. Ich kriege das hin. Ich muss mich dann jetzt auch mal fertig machen.« Schleunigst löse ich mich von ihr und flüchte ins Bad. Jetzt kann mir nur noch eine kalte Dusche helfen. Wie soll unser Verhältnis zueinander jemals wieder normal werden, wenn sie mich immer so verrückt macht?

Und warum macht es mir eigentlich solche Angst, mehr als nur Freundschaft für sie zu empfinden? Weil sie noch trauert? Weil sie mich zurückgewiesen hat? Mir ist schon klar, dass ich sie mit dem Kuss völlig überrumpelt habe. Ich habe ja sogar mich selbst damit überrumpelt.

All diese Gedanken lassen mir seit Tagen keine Ruhe. Und dann muss ich mich auch noch mit Marit herumschlagen. Noch mehr Probleme. Allerdings in absolutem Kontrast zu denen mit Livi. Jetzt muss ich mich erst einmal auf meine Familie konzentrieren. Ich werde Marit schon zeigen, wie der Hase läuft. Wenn ich es mir nur lang genug einrede, glaube ich es irgendwann selbst.

Zwanzig Minuten später bin ich startklar. Zumindest rein äußerlich. »Ich mach mich dann mal auf den Weg«, rufe ich, ohne zu wissen, wo Livi steckt.

»Warte kurz«, höre ich sie aus der Küche antworten. Lächelnd tritt sie in den Flur. »Nimm den Wagen.« Sie kramt in ihrer Tasche herum und reicht mir den Autoschlüssel.

Als unsere Hände sich berühren, durchfährt es mich wie ein Stromschlag. Ich will sie nicht loslassen. »Danke, Livi.«

»Zeig Marit, wo der Hammer hängt!«

»Das mache ich«, murmle ich.

»So richtig überzeugt klingt das nicht.«

»Das mache ich!«, entgegne ich nun laut und mit fester Stimme.

»So gefällst du mir schon besser.« Kurz drückt sie meine Hand. Dann wende ich mich zum Gehen ab. In meiner Brust tobt ein Sturm. Wegen Marit. Wegen der Kinder. Wegen Livi. Wann wird das Leben endlich mal wieder einfacher?

Die Fahrt runter in die Stadt hat sich ein bisschen angefühlt wie der Gang zum Schafott. Nun stehe ich vor Marits Haustür, die früher auch meine Tür war. Ich bringe es schnell hinter mich und drücke die Klingel.

Binnen Sekunden öffnet sich die Tür, und Linnea springt mir freudestrahlend entgegen. »Papaaaa! Da bist du ja endlich!«

»Hallo, meine Süße!« Erleichtert nehme ich sie auf den Arm. Sofort ist ein Teil meiner Last von mir abgefallen. Immerhin weiß ich Linnea auf meiner Seite.

Doch als Marit hinter ihr auftaucht, erschaudere ich. Ihr Blick, ihre Mimik, ihre Haltung – alles an ihr zeigt mir, dass sie gegen mich ist. »Du bist erstaunlich pünktlich«, sagt sie kühl.

»Ich halte meine Versprechen.«

Sie lacht freudlos. »Seit wann?«

In diesem Moment wird mir umso mehr bewusst, dass dieses Gespräch kein Zuckerschlecken wird. »Ab jetzt.« *Lächeln, Mattis, lächeln.* »Darf ich reinkommen?«

»Dafür bist du doch hier.« Blitze schießen aus ihren Augen.

»Komm, Papa!« Linnea zieht mich hinter sich her ins Haus hinein. »Isak! Papa ist da.«

Vorsichtig lauert Isak hinter dem Türrahmen zur Küche hervor. Mit großen Augen mustert er mich, schweigt jedoch.

»Hey, mein Großer! Wie geht's dir?« Mir bleibt keine Zeit, seine Antwort abzuwarten, denn Linnea schleift mich weiter hinter sich her. Aber vermutlich würde ich ohnehin keine Antwort erhalten. Isak wirkt total verschüchtert. Es zerreißt mich innerlich. Das habe ich allein mir selbst zuzuschreiben.

Im Wohnzimmer bleibe ich ratlos stehen. Ich sehe mich um und stelle fest, dass fast alles noch wie früher ist. Und dennoch fühle ich mich wie ein Fremder. Ein Fremder in meinem eigenen Zuhause.

Mit einer Geste bedeutet Marit mir, am Esstisch Platz zu nehmen. Offenbar soll ich es mir nicht allzu bequem machen, wenn sie mich noch nicht einmal aufs Sofa bittet. Aber ich lasse mir nichts anmerken und setze mich hin.

»Kinder, ihr geht bitte in eure Zimmer.«

»Aber Papa ist doch gerade erst da«, beschwert sich Linnea.

»Ich möchte erst einmal allein mit Papa reden. Also bitte, geht jetzt rauf«, erwidert Marit nachdrücklich.

Linnea ist den Tränen nahe. Aber sie nimmt Isak an die Hand, und die beiden verschwinden nach oben. Ich höre ihre kleinen Füße die Stufen hinauftrampeln.

Als Ruhe einkehrt, fixiert Marit mich mit bohrendem Blick. »Also. Warum tauchst du plötzlich wieder auf? Die Kinder haben sich nach langer Zeit endlich wieder gefangen. Es ist alles in bester Ordnung. Musst du das unbedingt wieder kaputt machen?«

»Nichts ist in Ordnung. Ich vermisse meine Kinder, und …«

Harsch schneidet sie mir das Wort ab. »Das war ja klar. Egoistisch wie eh und je.«

»Ich kann verstehen, dass du wütend bist. Aber ich war niemals egoistisch. Ja, ich habe zu viel gearbeitet. Und ja, ich hatte zu wenig Zeit für euch! Aber das alles nur, damit ich euch ein schönes Leben ermöglichen konnte. Damit es euch an nichts mangelt.«

»Den Kindern hat es an ihrem Vater gemangelt. Und mir an meinem Mann. Aber das wolltest du ja nicht kapieren. Du hast es dir selbst zuzuschreiben, dass es so gekommen ist. Wann begreifst du das endlich?«

»Glaub mir, inzwischen habe ich es verstanden. Und genau deshalb bin ich hier. Um es wiedergutzumachen.«

»Die verlorene Zeit kannst du nicht nachholen.«

»Dessen bin ich mir bewusst. Aber ich kann es in Zukunft besser machen.«

»Wie soll ich dir das glauben, nachdem du dich in den letzten zwei Jahren so rargemacht hast?«

Wut kocht in mir hoch. »*Du* wolltest nicht, dass ich die Kinder sehe, schon vergessen?«

»Und seit wann interessiert es dich, was ich will? Es hat dich auch nicht interessiert, als ich dir klarmachen wollte, dass du unsere Ehe gegen die Wand fährst.«

»Ich … ich war blind. Und dumm. Und es tut mir leid, Marit. Aber letzten Endes warst du diejenige, die sich mit einem anderen vergnügt hat.«

»Das kannst du mir nicht vorwerfen. Schließlich hast du mich in seine Arme getrieben. Weil du nie da warst.«

Das hat gesessen. Dieser Vorwurf trifft mich nach wie vor hart. »Hör zu, es hat keinen Zweck, weiter darüber zu diskutieren. Es geht schon lange nicht mehr um dich und mich. Ich möchte einfach nur meine Kinder sehen können. Und zwar regelmäßig.«

»Du bist Gift für sie«, wirft sie mir entgegen. »Seit deinem Totalabsturz habe ich jegliches Vertrauen in dich verloren.«

»Marit, ich war krank. Hast du auch nur den Hauch einer Ahnung, wie es ist, in einem Burn-out zu stecken? Wie es ist, wenn du plötzlich nicht mehr du selbst bist? Wenn du alles verlierst, was dir einmal etwas bedeutet hat?«

»Meinst du damit deinen geliebten Job?«

»Ich meine vor allen Dingen euch.«

Sie schnaubt verächtlich.

»Ich hatte lange Zeit hart daran zu knabbern. Und das hat an meinem Selbstwertgefühl genagt. Ich habe geglaubt, ein Verlierer zu sein …«

»Womit du ausnahmsweise mal richtigliegst. Du bekommst ja offensichtlich gar nichts mehr auf die Reihe.«

»Wie kommst du darauf?«, presse ich hervor.

»Am Jahresende habe ich Hedda getroffen. Sie hat mir erzählt, dass du jetzt in einem Atelier haust, das du niemals eröffnet hast. Und dass du von der Sozialhilfe lebst. Hast du jetzt sogar das Malen verlernt?«

»Das ist alles Geschichte.«

»Ach ja? Ich glaube dir kein einziges Wort.«

»Mama, jetzt hör endlich auf, so blöd zu Papa zu sein!«, schreit Linnea plötzlich hinter mir.

»Habe ich dir nicht gesagt, du sollst in dein Zimmer gehen?«, fährt Marit sie an. Ich frage mich, was aus der warmherzigen Frau geworden ist, die sie einmal war. Habe ich das zu verschulden? Ist sie meinetwegen so geworden? Einmal mehr wird mir bewusst, was ich alles verbockt habe.

»Mir egal«, murrt Linnea. »Ich will bei Papa sein.«

Mein Herz geht auf, weil sie sich so für mich einsetzt. Andererseits zerreißt es mich, dass sie in diesem Konflikt zwischen uns steht. »Mach dir keine Gedanken. Mama hat wohl nicht ganz unrecht mit dem, was sie sagt. Also hör auf Mama, Mäuschen. Geh wieder nach oben.«

»Nur wenn sie verspricht, nicht so gemein zu dir zu sein.« Sie macht einen Schmollmund und schaut Marit durchdringend an.

»Schon gut. Aber du gehst jetzt wieder rauf, verstanden? Und es wird nicht gelauscht.« Marit hat einen milderen Ton angeschlagen. Linnea zeigt sich versöhnlich und geht wieder in ihr Zimmer.

Bevor das Streitgespräch erneut aufflammt, rede ich einfach drauflos. »Inzwischen habe ich ein festes Dach überm Kopf. Ich wohne seit ein paar Wochen in einer Wohngemeinschaft.«

»In einer WG? Du?«

»Was ist daran so abwegig?«

»Es passt nicht zu dir.«

»Du kennst mich nicht, Marit. Nicht mehr. In der letzten Zeit hat sich viel bewegt.«

»Wenn du das sagst.« Es ist ihr mühelos anzusehen, dass sie mir kein Wort glaubt.

»Was das Atelier angeht – das wird in ein paar Wochen eröffnet. Und ich werde dort nicht nur meine Bilder verkaufen, sondern auch Malkurse anbieten.«

Ein hysterisches Lachen entweicht ihr. »Du und Malkurse? Vom Manager zum Malkursleiter. Was für ein Abstieg.«

»Ich sehe das nicht als Abstieg. Nur als Neuerfindung. Du hast meine Bilder früher immer geliebt. Wäre es nicht so, würde mit Sicherheit keines mehr davon hier an den Wänden hängen.« Ich deute auf ein Bild an der Wand hinter ihr. »Das Malen erfüllt mich. Also weshalb findest du es so absurd?«

»Damit kann man doch kein Geld verdienen.«

»Sagt die, die immer behauptet hat, dass es mir nur ums Geld gehen würde.«

»Eins zu null für dich«, murmelt sie.

»Und außerdem ist das noch nicht alles. Es ist nicht die Rede von einem simplen Malkurs, sondern vielmehr von einem Event. Social Painting in Kombination mit einem auf das Gemälde abgestimmten Dinner. Ich ziehe das gemeinsam mit einer Köchin auf, und wir arbeiten gerade am Feinschliff unseres Konzepts.

Montag hole ich mir die Genehmigung, und dann steht der baldigen Eröffnung nichts mehr im Wege. Wenn nichts dazwischenkommt, gehen wir Anfang Juni an den Start. Nebenbei verkaufe ich meine Gemälde über einen Online-Shop, was erstaunlich gut angenommen wird.«

Ungläubig starrt Marit mich an. »Wow. Zum ersten Mal seit Langem machst du mich sprachlos.«

»Ich hoffe, in positivem Sinne.«

»Ja, auch wenn ich es nicht gern zugebe. Ich sehe, wie sehr du dafür brennst.«

»So ist es. Wie auch immer, wir kommen völlig vom Thema ab. Mir ist bewusst, dass ich in den letzten Jahren viele Fehler gemacht habe. Aber ich habe mich geändert. Ich weiß jetzt, was wichtig ist. Und das sind vor allem die Kinder. Ich möchte wieder Teil ihres Lebens sein, verstehst du? Deshalb möchte ich dich um eine Einigung bitten, mit der alle zufrieden sind.«

Marit verschränkt die Arme vor der Brust. Ich sehe, wie es in ihr arbeitet, wie sehr sie mit sich kämpft. »Und wer verspricht mir, dass das nicht wieder in die Hose geht?«

»Du hast mein Wort, Marit. Auch wenn es in der Vergangenheit nicht allzu viel wert war. Dessen bin ich mir durchaus bewusst.«

»Okay. Wir versuchen es.«

Mein Herz macht einen Satz, doch ich sehe Marit an der Nasenspitze an, dass noch ein großes Aber folgt. »Aber die ersten Treffen finden hier statt, wenn ich in der Nähe bin. Ich muss in Ruhe herausfinden, inwieweit ich dir vertrauen kann. Wir vereinbaren einen festen Wochentag. Und wenn du die Kinder wieder enttäuschst, dann werde ich dich lynchen, hast du verstanden?«

»Dann sollte ich mich wohl hüten.«

»Ja, das solltest du.« Und zum ersten Mal erscheint der Anflug eines Lächelns auf ihren Lippen.

Eine unfassbar schwere Last fällt von mir ab. Endlich sehe ich ein Licht am Ende des Tunnels. Und es wird in dem Moment noch heller, als Linnea ihre Arme um meinen Hals schlingt. »Hey, du hast ja doch gelauscht«, sage ich.

Sie kichert leise und schmiegt ihren Kopf an meine Schulter. »Heute ist mein größter Wunsch in Erfüllung gegangen«, flüstert sie in mein Ohr.

Meiner auch, Liebes. Meiner auch.

KAPITEL 15

LIVI

Die letzten Wochen vergingen wie im Flug. Gemeinsam mit Mattis habe ich die Homepage für *Art & Dine* gestaltet. Dort haben wir für jeden der einzelnen Themenabende Termine angelegt und die dazugehörige Menükarte hochgeladen. Wir haben uns lange mit der Preisfindung auseinandergesetzt und alle Kosten berechnet. Letztendlich haben wir einen Preis von 650,00 norwegischen Kronen pro Event und Teilnehmer angesetzt. Darin enthalten sind der Malkurs mit den entsprechenden Materialien und ein leichtes Menü, bestehend aus einer kleinen Vorspeise, dem Hauptgang und einem Dessert. Überdies haben wir auch den Online-Shop auf der Homepage eingebettet. Inzwischen hat Mattis bereits über zwanzig Gemälde verkauft. Mit jedem Verkauf wächst sein Selbstvertrauen ein kleines Stückchen.

Außerdem haben wir ein paar Plakate und jede Menge Flyer drucken lassen. Die Flyer haben wir in der Stadt verteilt und in Geschäften und Restaurants ausgelegt. Vor dem Atelier steht ein Aufsteller mit den Plakaten, im Schaufenster sticht das Gemälde mit unserem Logo ins Auge. Auch eine Instagram- und eine Facebook-Seite habe ich angelegt und dort ordentlich die Werbetrommel gerührt.

Tatsächlich sind bereits vier der bevorstehenden Events ausgebucht, und es gibt schon für weitere Termine einige Anmeldungen. Nie im Leben hätte ich mit einem solchen Start gerechnet. Die Leute nehmen das Konzept an. Das ist absolut großartig.

Nachdem der Papierkram unter Dach und Fach war, haben wir die Möbel für unser kleines Restaurant bestellt. Diese Woche werden sie endlich geliefert. Das wird auch höchste Zeit, denn in eineinhalb Wochen – nämlich am 05. Juni – soll schon die Eröffnung stattfinden. Je näher dieser Tag rückt, desto nervöser werde ich.

Aber nicht nur die Eröffnung macht mich nervös. Mattis tut dies ebenfalls, obwohl er, zumindest körperlich, deutlich zu mir auf Abstand gegangen ist. Das ist zwar genau das, was ich von ihm erwartet habe – ich habe es ihm schließlich mehr als deutlich gesagt –, aber nun vermisse ich die Nähe zwischen uns. Manchmal wünschte ich mir sogar, er würde mich noch einmal küssen.

Doch jedes Mal, wenn mich eine Woge der Sehnsucht überrollt, rede ich mir ein, dass es nicht Mattis ist, den ich vermisse, sondern vielmehr das Gefühl, geliebt zu werden. Geliebt von dem Menschen, der mich nicht mehr lieben kann – von Kristian.

Mattis ist wie ausgewechselt. Die Tatsache, seine Kinder wieder in seinem Leben zu haben, lässt ihn aufblühen. Ich lerne ihn von einer ganz neuen Seite kennen. Er sprüht nur so vor Tatendrang und hängt sich in alles, was er tut, mit vollem Einsatz hinein. Seine Energie färbt zunehmend auf mich ab.

Inzwischen hat auch Isak wieder ein wenig Vertrauen zu ihm gefasst. Und Marit hat angekündigt, dass Mattis die Kinder demnächst wieder ohne ihre Aufsicht sehen und mit ihnen etwas unternehmen darf.

Gerade bin ich dabei, Einkaufslisten für die jeweiligen Themenabende anzulegen, damit ich mir nicht jedes Mal aufs Neue alles aufschreiben muss. Mattis' Freund Erik hat angeboten, mir die benötigten Dinge vom Großmarkt mitzubringen, wofür ich sehr dankbar bin. Er muss ohnehin mehrmals pro Woche dorthin. Einmal habe ich ihn und Hedda zum Großmarkt begleitet, um mich dort umzusehen, und war hoffnungslos überfordert.

Als Mattis in die Küche kommt, versuche ich, ihm lediglich einen flüchtigen Blick zuzuwerfen, und gebe mich beschäftigt. Ich weiß überhaupt nicht mehr, wie ich mit ihm umgehen soll.

Dummerweise setzt er sich mir gegenüber und will mir ein Gespräch aufzwingen. »Sag mal, Livi, findest du nicht, wir haben uns eine kleine Auszeit verdient? In den letzten Wochen waren wir nahezu rund um die Uhr beschäftigt. Übermorgen kommen die Möbel, dann geht es ans Eingemachte. Wir sollten morgen mal Pause machen.«

Angespannt lehne ich mich zurück und schaue ihm kurz in die Augen. Sofort senke ich den Blick wieder. »Du hast recht. Dann mach doch morgen einfach einen faulen Tag. Und ich sollte das wohl auch tun.«

»Ich dachte da eher an einen Ausflug.«

»Du mit den Kindern? Gute Idee.«

»Eigentlich meinte ich dich und mich.«

»Oh … okay.« Damit habe ich nun gar nicht gerechnet. »Und was schwebt dir da vor?«

»Lass dich einfach überraschen. Aber es wird ein langer Tag. Und wir müssen pünktlich um halb acht unten in der Stadt sein.«

»Jetzt bin ich aber gespannt.«

Er lächelt mich zufrieden an, während ich beinahe platze vor Neugier. Ein Tag mit Mattis. Eigentlich inzwischen nichts Ungewöhnliches mehr. *Warum macht mich der Gedanke daran bloß so nervös?*

Schon um sechs Uhr in der Frühe liege ich in der Badewanne und versuche, mich zu entspannen. Der Gedanke an den bevorstehenden Ausflug mit Mattis hat mir den Schlaf geraubt. In der letzten Zeit habe ich mit aller Macht versucht, unseren Austausch auf das Nötigste zu beschränken. Nun einen ganzen Tag mit ihm außerhalb irgendwelcher Planungen zu verbringen, macht mich extrem unruhig.

Nachdem ich mir die Haare geföhnt habe, lege ich einen dezenten Lidschatten auf und tusche mir die Wimpern. *Was mache ich hier eigentlich?* Ich kann mich nicht erinnern, wann ich mich überhaupt das letzte Mal geschminkt habe. Hastig wische ich die

Schminke wieder weg, nur um mir gleich danach noch einmal Wimperntusche aufzutragen. Wenigstens etwas.

Dann stehe ich ratlos vor meinem Kleiderschrank. Was soll ich nun anziehen, wenn ich nicht einmal weiß, was wir vorhaben? Ich gehe raus auf den Flur und lausche an Mattis' Tür. Ob er noch schläft? Nichts zu hören.

»Mattis?«, frage ich leise. Stille. »Mattis?«, rufe ich nun etwas lauter und klopfe an die Tür.

»Hier unten! Was ist denn los, Livi?«

Ich höre ihn an der Treppe, und mein Herz bleibt fast stehen. »Komm bloß nicht rauf. Ich bin nur in Unterwäsche.«

Erneute Stille. Dann vernehme ich so etwas wie ein Seufzen.

»Ich habe leider überhaupt keine Ahnung, was ich anziehen soll. Weiß ja nicht, was du geplant hast.«

»Bleib doch einfach, wie du bist.« Ich höre das Grinsen in seiner Stimme.

»Mattis!«

»War nur ein Scherz. Wir werden vermutlich den ganzen Tag draußen sein. Nimm eine Jeans, T-Shirt, leichte Jacke. Und zur Sicherheit noch einen Pullover dazu. Dann passt das schon.«

»In Ordnung. Bin gleich da.«

Als ich wenige Minuten später Mattis gegenübertrete, merke ich, wie die Hitze in mir emporsteigt. Sein amüsierter Blick macht es nicht besser. »Guten Morgen. Gut geschlafen?«

»Geht so«, murmle ich. »Ist das für mich?« Auf meinem Platz liegen zwei Scheiben Brot, eine mit Erdbeermarmelade, die andere mit Preiselbeerkonfitüre bestrichen.

»Ja. Ich dachte, wir sollten keine Zeit verlieren. Deswegen war ich so frei und habe dir schon etwas vorbereitet. Rucksack ist auch schon gepackt. Ich denke, ich habe alles dabei, was wir brauchen.«

Dankbar setze ich mich hin und greife zu. »Wann verrätst du mir eigentlich, was wir machen?«

»Erst unten in der Stadt. Du wirst dann schon von selbst draufkommen.«

»Du machst es wirklich spannend.«

Als wir pünktlich um halb acht am Bergener Strandkai-Terminal ankommen, ist mir alles klar. »Oh, Mattis, eine Fjordtour?«
»Du hattest mal erwähnt, wie sehr du dir das wünschst.«
»Ich weiß gar nicht, was ich sagen soll. Danke, Mattis!« Ich bin völlig aus dem Häuschen und kann es kaum erwarten, dass es endlich losgeht.
»Normalerweise beginnt die Saison erst Ende Juni. Aber ein Bekannter ist hier Kapitän, und ich hatte ihn gefragt, ob auch zwischendurch mal Fahrten stattfinden. Er hat mich letzte Woche angerufen und mir Bescheid gegeben, dass wir heute mitkommen können. Irgendeine Firmenveranstaltung.«
»Fällt es denn nicht auf, wenn wir uns einfach unter die Leute mischen?«
»Quatsch. – Ach, da ist er ja. Mikkel!«
Ein hagerer blonder Mann dreht sich zu uns um und steuert freudig auf uns zu. »Mattis, schön, dich zu sehen. Und wer ist die Dame?«
»Ich bin Livi.« Lächelnd strecke ich ihm die Hand entgegen.
»Freut mich, Livi. Geht schon mal rauf aufs Boot und sucht euch den besten Platz. Ihr könnt euch allerdings nur draußen aufhalten, drinnen findet die Firmenveranstaltung statt. Aber zum Glück spielt das Wetter heute mit. Auf dem oberen Außendeck sind Sitzbänke. Von dort habt ihr die beste Aussicht. Falls es euch zu kalt wird, könnt ihr aber gern zwischendurch zum Aufwärmen in die Steuerkabine kommen. Viel Spaß!«
»Danke dir, Mikkel.« Mattis haut seinem Kumpel auf die Schulter, greift dann nach meinem Arm und zieht mich sanft hinter sich her. Oben auf dem Deck angekommen, bedeutet Mattis

mir, mich zu setzen. Von unserem Platz aus können wir beobachten, wie die anderen Fahrgäste zusteigen. »Dann kann es ja gleich losgehen. Bist du bereit?«

»Und ob ich das bin. Ich freue mich gerade wie ein kleines Kind! Die Überraschung ist dir wirklich gelungen.«

Wenige Minuten später legen wir ab und lassen den Hafen von Bergen hinter uns, um auf einem Ausläufer der Nordsee weiterzufahren. Die morgendliche Kühle gepaart mit dem Fahrtwind lässt mich frösteln. Doch es ist mir egal. Ich genieße die Weite, die vor uns liegt, und atme innerlich auf. Es ist, als würde ich einfach vor meinen Sorgen und meiner Trauer davonfahren.

»Ist dir kalt?«

»Kannst du Gedanken lesen?«

»Es ist unschwer zu erkennen, dass du frierst. Du zitterst ja am ganzen Leib.«

»Ist mir gar nicht aufgefallen.«

»Warte kurz.« Mattis kramt eine leichte Decke aus dem Rucksack hervor und legt sie um meine Schultern. »Besser?«

»Besser. Danke.« Seine Fürsorge rührt mich. Vielleicht genieße ich das sogar ein bisschen.

Eine ganze Weile verbringen wir schweigend beieinander. Es ist eine angenehme Stille. Es tut gut, einfach hier mit ihm zu sitzen, mir den Fahrtwind durch die Haare wehen zu lassen und den Zauber des Augenblicks zu inhalieren.

Das Schiff legt zwischendurch immer wieder an malerischen Orten an. Am liebsten würde ich überall aussteigen und auf Erkundungstour gehen. Doch unser Ziel ist der Sognefjord, auch bekannt als König der Fjorde.

Als wir endlich das Tor des Fjords erreichen, setzt Mattis zu einem kleinen Vortrag an. »Wusstest du, dass der Sognefjord mit seinen rund zweihundert Kilometern der längste Fjord Norwegens ist? Nebenbei ist er auch noch der tiefste, mit einer Tiefe von über tausenddreihundert Metern. Der Nærøyfjord, einer der Seitenarme, ist der schmalste Fjord Europas. Den werden wir heute allerdings nicht befahren. Dafür aber den Aurlandsfjord. Er führt bis nach Flåm, dort werden wir haltmachen. Der Aurlandsfjord ist übrigens von Bergen umgeben, die bis zu eintausendvierhundert Meter hoch sind.«

Mattis redet und redet. Während ich seinen Worten lausche, schweift mein Blick am hoch aufragenden Gebirge entlang. Ich bin völlig überwältigt von der erhabenen Schönheit, die mich umgibt. Mir stockt der Atem von dieser Herrlichkeit, und ich fühle mich leicht und frei und voller Leben. Losgelöst von allem, was hinter mir liegt. Ergriffen schaue ich an den bewaldeten Hängen empor, die immer wieder von steilen dunklen Felswänden abgelöst werden.

Inzwischen schweigt auch Mattis wieder und sieht nicht weniger beeindruckt aus, als ich es bin. Unwirklich zieht die Zeit an uns vorbei, während das Schiff über das türkisfarbene Wasser gleitet.

»Wir sind gleich da, Livi.«

»Ich könnte ewig hier entlangfahren«, erwidere ich verträumt.

»Da bin ich ganz bei dir. Nur mein Magen nicht. Der könnte etwas zu essen vertragen.«

Ich verfalle in lautes Gelächter. »Das ist so typisch für dich.«

»Die Natur macht mich leider nicht satt.«

»Dann werden wir uns gleich erst einmal etwas Essbares suchen, hm?«

»Und danach bleibt mit Sicherheit noch Zeit für einen Spaziergang durchs Dorf.«

Gleich an der Anlegestelle von Flåm befinden sich mehrere Restaurants und Cafés in den so typischen bunten Holzhäusern. Wir nehmen nicht gleich das Erstbeste, das bereits hoffnungslos überfüllt ist. Stattdessen gehen wir ins Toget Café, das in zweiter Reihe liegt und dessen Terrasse uns mit der schönen Aussicht überzeugt. Ein Teil des Restaurants besteht aus alten, charmanten Zugabteilen. Aber ich will lieber die Sonne genießen.

Ich bestelle eine vegetarische Pizza, Mattis entscheidet sich für Seelachs. Die Pizza ist hervorragend, jedoch viel zu groß – was Mattis ungemein freut. Er vertilgt zu gern die Reste.

Anschließend schlendern wir durch Flåm. Leider bleibt uns nicht mehr allzu viel Zeit. Schon in einer halben Stunde legt das Boot wieder ab.

»Tut mir leid, dass es so hektisch wird«, sagt Mattis. »Wir hätten auch hier übernachten können, aber dann wären wir nicht mehr rechtzeitig zu Hause, bis unsere Restaurantmöbel geliefert werden.«

»Ist schon in Ordnung. Schließlich ging es um die Fjordfahrt. Und die ist das Tollste, was ich seit Langem erleben durfte.«

Mattis entgegnet nichts, sein Lächeln jedoch spricht Bände.

Auf der Rückfahrt nach Bergen zieht mich der Fjord erneut in seinen Bann. Als würde diesem Ort ein besonderer Zauber entspringen. Wir sitzen wieder auf dem gleichen Platz wie zuvor. Unser Logenplatz inmitten dieses Naturschauspiels.

»Ist alles okay, Livi? Du bist heute sehr schweigsam.«

»Alles in bester Ordnung. Ich habe das Gefühl, dass Worte an diesem spektakulären Ort nicht vonnöten sind. Ich fühle mich … von Frieden erfüllt.«

Mattis nickt gewichtig. »Ich verstehe genau, was du meinst.«

»Und was soll dann dieses Grinsen?«

»Ich würde sagen: Ziel erreicht?«

»Wie meinst du das?«

»Du hast mir in der letzten Zeit so viel geschenkt, mich immer wieder bestärkt. Ich wollte dir einfach etwas zurückgeben.«

Mein Herz geht auf. »Du musst mir gar nichts zurückgeben. Aber dennoch bin ich dir mehr als dankbar. Du hast mir heute einen unbeschwerten Tag geschenkt. Ich wusste gar nicht mehr, wie sich das anfühlt.« Selig lege ich meinen Kopf an seine Schulter. Er wiederum lehnt seinen Kopf an meinen. So verbringen wir den Rest der Fahrt. Schweigend, einträchtig. Ich möchte mir keine Gedanken darüber machen, wie das bei ihm ankommt. Nicht heute. Dieser Tag ist nahezu perfekt.

Als wir uns am nächsten Morgen auf die Fahrt in die Stadt begeben, spüre ich immer noch etwas von dieser Leichtigkeit in mir. *Könnte dieses Gefühl doch bloß ewig andauern!* Aus dem Augenwinkel erkenne ich, dass Mattis mich beobachtet.

»Was lächelst du denn so?«, fragt er.

»Ich bin immer noch von Euphorie erfüllt. Von gestern. Das war so …«

»… atemberaubend?«, vollendet er meinen Satz.

»Genau. Außerdem freue ich mich wahnsinnig darauf, gleich das Restaurant einrichten zu können.«

»Geht mir ähnlich. Es wird sich erst so richtig real anfühlen, wenn alles steht. Denkst du nicht auch? Bisher ist alles nur auf dem Papier passiert.«

Ich nicke. »Aber es muss ja auch langsam fertig werden. In eineinhalb Wochen eröffnen wir. Ich kann das noch gar nicht glauben.«

»Ein bisschen Magengrummeln bereitet mir das ja schon.«

»Glaubst du etwa, bei mir ist das anders? Aber wir haben schon schwierigere Situationen durchgestanden, nicht wahr?«

»Wie immer hast du recht.«

Der Möbellieferant kommt nur eine halbe Stunde zu spät. Da habe ich schon anderes erlebt. Umso mehr Zeit haben wir, alles aufzubauen und einzurichten. Immerhin sind die Stühle schon komplett fertig, und es müssen nur die Tische zusammengeschraubt werden. Am frühen Nachmittag haben wir das erledigt.

Erik und Hedda sind uns zwischendurch in ihrer Mittagspause zur Hand gegangen, weshalb wir umso zügiger vorangekommen sind. Nun müssen wir die Tische nur noch in die richtige Position bringen. Zum Schluss stellen wir die Stühle dazu.

Mattis reibt nach getaner Arbeit die Hände aneinander. »Das hätten wir geschafft. Wie gefällt es dir?«

»Es ist genau, wie ich es mir vorgestellt habe.« Ich strahle bis über beide Ohren und falle Mattis überschwänglich um den Hals. »Das wird großartig, Mattis!«

»Ganz bestimmt.« Als seine Arme sich um mich schlingen, beschleunigt sich mein Pulsschlag, und ich wünsche mir, er würde mich nicht mehr loslassen. Dieser Gedanke verwirrt mich jedoch so sehr, dass ich diejenige bin, die von ihm ablässt.

»Und bald werden hier die ersten Gäste sitzen«, fasele ich, um von meiner Verwirrung abzulenken.

»Jetzt ist es wirklich real.« Seine Stimme klingt seltsam belegt. Vielleicht geht es ihm gerade genau wie mir. Irgendwann muss ich mir darüber klar werden, was ich für ihn fühle.

Heute ist er da – unser großer Tag. Der Tag der Eröffnung. Um vierzehn Uhr öffnen wir die Pforten zum Atelier und feiern diesen Tag mit allen, die daran teilhaben wollen. Und um siebzehn Uhr findet unser erstes *Art & Dine*-Event statt.

Für die Feier habe ich ein reichhaltiges Fingerfood-Büfett vorbereitet. Gerade bin ich dabei, die Platten und Teller zu drapieren, während Mattis draußen bunte Ballons aufhängt. Ein Schild vor der Tür weist auf die Eröffnungsfeier hin. Der Sekt steht selbstverständlich auch schon kalt. Mit jeder Minute steigt meine Aufregung.

Und Mattis geht es offensichtlich ganz genauso. Er ist sichtlich angespannt und obendrein ziemlich schweigsam. Für ihn steht viel auf dem Spiel. Marit und die Kinder werden zur Eröffnung kommen, und ich spüre, wie sehr ihn das unter Druck setzt. Ich weiß, dass er sich ihnen beweisen will. Auch seine Eltern haben sich angekündigt, ebenso wie Hedda und Erik, die ihr Restaurant heute extra wegen uns später als gewöhnlich öffnen. Sogar jemand von der Presse wird da sein und über unser Atelier berichten.

Nur für mich wird niemand da sein. Ich hätte meine Freundin Jonna einladen können. Aber ich habe ihr nicht einmal gesagt, dass ich aus Oslo weggezogen bin. Schon Monate zuvor habe ich jeden ihrer Versuche, mir zur Seite zu stehen, abgeblockt. Wie hätte ich ihr das also erklären sollen? Auch wenn ich mir jetzt wünschen würde, sie wäre hier. Denn ich habe nur Mattis. Vielleicht ist es an der Zeit, neue Freundschaften zu knüpfen.

Mattis' Stimme reißt mich aus meinen Gedanken. »So, ich denke, es ist alles startklar. Das Atelier wartet auf die zukünftigen Künstler, die Ballons hängen. Und wie sieht es bei dir aus?«

»Das Büfett ist auch so weit.«

»Mhm, das sieht köstlich aus.« Mattis schnappt sich einen kleinen Fleischspieß, und ich haue ihm spielerisch auf die Finger.

»Das ist für die Gäste!«

»Ich muss es doch vorher mal testen.«

»Völlig uneigennützig natürlich.«

»Was denkst du denn?«

Ein leises Kichern entweicht mir. »Ich werde mich dann mal umziehen.« Ich verschwinde in der Damentoilette, wo mein rosa geblümtes Lieblingskleid auf mich wartet. Schnell streife ich es über, nur um festzustellen, dass es viel zu locker sitzt, obwohl ich in den letzten Wochen wieder ein wenig an Gewicht zulegen konnte. Vielleicht hätte ich mir etwas Neues besorgen sollen, aber dafür ist es jetzt zu spät. Es muss also so gehen. Meine Haare stecke ich zusammen und lege anschließend Make-up auf. Ich denke, so kann ich mich sehen lassen. Zum Schluss tausche ich noch meine Sneakers gegen ein Paar Ballerinas.

Als ich fertig bin, packe ich meinen Kram in einen Beutel und gehe nach oben, um ihn dort zu verstauen.

»Wow, Livi! Lass dich ansehen.« Mattis kommt auf mich zu, greift nach meiner Hand und dreht mich einmal um meine eigene Achse. Mit leuchtenden Augen strahlt er mich an. »Du siehst umwerfend aus.«

Unter seinem Blick wird mir heiß und kalt. »Danke. Du kannst dich aber auch sehen lassen.«

Mattis trägt eine Jeans, ein graues Shirt und ein dunkelblaues sportliches Jackett. Er war Anfang der Woche beim Friseur, und sein Haar ist nun deutlich kürzer. Sein Bart ist nur noch ein Dreitagebart.

»Ich dachte, wenigstens für die Feier kann ich mir mal Mühe geben. Danach wird das Jackett gegen den Malkittel eingetauscht.«

»Schade eigentlich«, murmle ich kaum hörbar. Doch Mattis' Mundwinkel zucken verräterisch nach oben. Und ich fände es eigentlich auch gar nicht so schlimm, wenn er mich verstanden hätte. »Ich packe meine Sachen mal schnell weg. In einer halben Stunde geht es los.«

Als wir nach unten kommen, tummeln sich bereits ein paar Leute vor dem Schaufenster. Mattis zupft nervös an seinem Jackett herum. »Ich glaub, mir wird schlecht.«

»Ein Glas Sekt vielleicht zur Beruhigung?«

»Kann nicht schaden.«

Ich schenke Mattis ein Glas ein und reiche es ihm. In nur einem Zug leert er es aus. Ich für meinen Teil versuche es mit Ablenkung und beginne damit, die Gläser zu befüllen, die auf dem Tresen bereitstehen.

Als es nichts mehr zu tun gibt, frage ich: »Sollen wir sie hereinlassen?«

»Bringen wir es hinter uns«, presst Mattis hervor. Mit zittrigen Fingern schließt er die Tür auf. »Hereinspaziert!«, ruft er laut und macht eine einladende Geste.

Unter lautem Stimmengewirr betreten rund zwanzig Leute den Restaurantbereich. Hier und da höre ich ein »Oh« und »Ah« und fühle mich total überfahren von den Eindrücken, die gerade auf mich einströmen. *Es ist echt! Unser Laden ist nun eröffnet.* Mattis' Künstleratelier, mein kleiner Traum vom eigenen Restaurant – unser *Art & Dine.*

Hedda kommt auf mich zu und reißt mich mit ihrer Umarmung aus meiner Trance. »Hey, Livi! Du siehst bezaubernd aus. Und, bist du aufgeregt?«

»Und wie!«

»Soll ich dir helfen, den Sekt zu verteilen?«

Dankbar nehme ich ihre Hilfe an und mische mich unter die Menschen.

Als jeder ein Glas hat, zieht Mattis mich wieder zum Tresen. »Wir sollten ein paar Worte sagen. Soll ich?« Stumm nicke ich ihm zu. Er schenkt mir ein aufmunterndes Lächeln und wirkt plötzlich vollkommen ruhig. »Wenn ich einmal um Ruhe bitten dürfte!« Seine Stimme setzt sich problemlos über den Lärm hinweg, und alle wenden sich uns aufmerksam zu. »Wir sind sehr erfreut, dass ihr zu unserer Eröffnung hergefunden habt. Ich sehe viele bekannte Gesichter, doch auch einige unbekannte, weshalb wir uns kurz vorstellen möchten. Mein Name ist Mattis Baardsson, und die reizende Dame neben mir ist meine Geschäftspartnerin Livi Steensen.«

»Hallo zusammen«, sage ich schüchtern und übergebe das Wort wieder an Mattis.

»Als Livi mir vor ein paar Wochen die Idee unterbreitet hat, mein Atelier mit einem Restaurant zu verknüpfen, hielt ich das im ersten Moment für völlig abwegig. Doch je länger ich darüber nachdachte, desto mehr überzeugte mich das Konzept der Eventgastronomie. Und so entstand *Art & Dine* in den letzten Wochen Stück für Stück. Die Idee wuchs in unseren Köpfen genauso wie in der Realität. Ich danke dir, Livi, für den Arschtritt, den du mir verpasst hast, und ich bin stolz, das hier mit dir gemeinsam groß werden zu lassen. Schon heute Abend findet das erste Event statt, und jeder ist dazu eingeladen, uns dabei über die Schulter zu gucken. Nun aber wird erst einmal gefeiert. Bedient euch an Livis köstlichem Büfett, stoßt mit uns an, und verliert euch in der Kunst, die euch umgibt. Danke, dass ihr da seid!«

Applaus erschallt, und das Stimmengewirr setzt wieder ein. Einige Menschen kommen auf uns zu, um uns zu gratulieren. Auch Marit und die Kinder. Linnea fällt Mattis stürmisch um den Hals, und auch Isak kuschelt sich zaghaft an ihn. Von dort aus beobachtet er mich mit großen Augen.

Lächelnd beuge ich mich zu ihm hinunter. »Hi, ich bin Livi. Und du musst Isak sein, richtig? Dein Papa hat mir schon viel von dir erzählt. Ich freue mich, dich kennenzulernen.«

Ein scheues Lächeln erscheint auf seinem Gesicht. »Hi«, sagt er leise.

»Und ich bin Linnea«, erklärt seine Schwester. »Mach dir nichts draus. Isak ist ein bisschen schüchtern.«

»Was man von dir nicht behaupten kann«, meint Marit. Sie mustert mich mit einem Blick, den ich nicht deuten kann. Ich strecke ihr die Hand entgegen. Sie erwidert meine Geste nach einem kurzen Zögern. »Ich bin Marit. Freut mich.« Die Kühle, die in ihren Worten mitschwingt, straft sie Lügen.

Doch davon lasse ich mich nicht irritieren. »Freut mich ebenfalls. Ich bin Livi Steensen.«

»Wie haben Sie es geschafft, Mattis hiervon zu überzeugen?«

»Ach, das war eigentlich gar nicht so schwer. Am Anfang fand er die Idee zwar hirnrissig, aber er musste schließlich einsehen, dass sie doch gar nicht so dumm war.«

»Ja, ja, Livi! Ich hab's ja kapiert«, wirft Mattis ein.

»Auf jeden Fall eine beachtliche Leistung, wenn ich so daran denke, wie er sich in den letzten Jahren hat hängen lassen.« Marits Blick gleitet zwischen uns beiden hin und her.

»Das gehört jetzt nicht hierher, Marit«, erwidert Mattis scharf.

»Das sehe ich auch so«, flöte ich betont fröhlich. »Schließlich geht es ums Hier und Jetzt, nicht wahr?«

Marit nickt grimmig. »Wie auch immer. Viel Erfolg für euer Geschäft.« Damit wendet sie sich ab und zieht die Kinder hinter sich her zum Büfett.

Bevor ich etwas zu Mattis sagen kann, stehen schon die nächsten Gäste vor uns. Auch der Reporter wartet bereits auf das Interview. So vergeht der Nachmittag wie im Flug.

Schon bald begibt Mattis sich mit den ersten Kursteilnehmern nach oben ins Atelier. Anders als ursprünglich geplant, stehen heute die *Kirschblüten* auf dem Programm. Die Toskana heben wir uns für das erste richtige Event auf. Der Raum leert sich, und ich begebe mich in die Küche, um das Büfett noch einmal mit frischen Speisen zu bestücken. Sicher werden die Künstler in spe während des Malens noch einmal hungrig. Als ich mit dem Essen beschäftigt bin, legt sich die erste Aufregung ein wenig.

Danach gehe ich rauf, um zu sehen, was sich oben schon alles getan hat. Alle Staffeleien sind besetzt. Rundherum stehen einige Zuschauer und verfolgen den Malkurs interessiert.

Die ersten Ergebnisse können sich wirklich sehen lassen. Ich erkenne zumindest keine künstlerischen Vollkatastrophen. Auch Linnea sitzt vor einer Leinwand und folgt konzentriert den Anweisungen ihres Vaters. Sie hat eindeutig sein Talent geerbt.

Ich gehe zu ihr hinüber und beuge mich über ihre Schulter. »Das machst du ganz wundervoll, Linnea. Dein Papa wird stolz auf dich sein.«

Mit funkelnden Augen strahlt sie mich an. »Meinst du wirklich?«

»Auf jeden Fall! Du machst ihm ja jetzt schon Konkurrenz.«

Sie kichert vergnügt. Der Gedanke scheint ihr zu gefallen. Ihre Mutter sieht das offenbar anders. Ihr Blick jedenfalls spricht Bände. Sie steht mit Isak etwas abseits und beäugt uns kritisch. Oder eher abschätzig. Warum ist sie überhaupt hier, wenn sie von alldem nichts hält? Ihr Kommen hat mich von Anfang an überrascht. Klar, Mattis hat mir erzählt, dass sich das Verhältnis zwischen ihnen deutlich entspannt hat. Aber dass sie gleich hier aufkreuzt, wundert mich dennoch. Vielleicht will sie damit ja auch nur überprüfen, ob Mattis es tatsächlich schafft, etwas Neues auf die Beine zu stellen.

Mit einem Nicken bedeute ich Mattis, dass unten alles hergerichtet und das Büfett neu aufgefüllt ist. Er strahlt mich an, dann wendet er sich wieder den Gästen zu. Wer hätte gedacht, dass er sich so schnell in seine neue Rolle einfindet? Einen Moment beobachte ich ihn noch verstohlen und gehe dann wieder runter.

Ein paar Minuten Stille und Zeit zum Durchatmen, bevor sich dieser Raum wieder füllt und die Gäste erneut über mein Fingerfood herfallen. Ein letztes Mal gleitet mein Blick prüfend über das Büfett. Von Mini-Quiches über marinierte Hähnchenspieße, Datteln im Speckmantel, gefüllte Champignons, Käsestangen und Wraps mit Lachs und Rucola bis hin zu herzhaften Schinken-Käse-Muffins ist alles da. Zufrieden lehne ich mich zurück, bis ich die ersten Schritte auf der Treppe höre. Schnell eile ich auf meinen Platz hinterm Tresen, um die Getränkebestellungen unserer Gäste anzunehmen.

Immer wieder kommt jemand auf mich zu und lobt mich für meine Kochkünste, während ich hier und da Gesprächsfetzen über den gelungenen Malkurs aufschnappe. Dieser Abend scheint ein voller Erfolg zu sein.

Eine blondierte Dame Anfang sechzig kommt mit weit ausgebreiteten Armen auf mich zu. »Livi, Ihr Essen ist wirklich wunderbar. Aber wissen Sie, was mir noch viel besser gefällt?«

Ahnungslos schüttle ich den Kopf.

»Dass ich meinen Sohn endlich wieder lächeln sehe.«

»Sie sind Mattis' Mutter?«

»Und ob ich das bin. Auch wenn sich das in letzter Zeit nicht mehr so angefühlt hat. Er hat sich nach der Trennung von Marit gänzlich abgekapselt. Deshalb kam seine Einladung zur Eröffnung mehr als überraschend. Ich schätze, das habe ich Ihnen zu verdanken.«

»Ach was. Nur ein bisschen vielleicht.«

»Ich bin übrigens Britt. Und der fesche Herr dort hinten ist mein Mann Arne.« Sie zwinkert mir zu. »Ich freue mich sehr, Sie kennenzulernen.«

»Ich freue mich auch.«

»Entschuldigen Sie die direkte Frage, aber Mattis muss man immer alles aus der Nase ziehen. Sind Sie ein Paar?«

»Mattis und ich? Äh … nein. Er ist nur mein Mitbewohner.«

»Sie wohnen zusammen?«

»Ja.« Es klingt mehr wie eine Frage.

Daraufhin ertönt ein warmes Lachen aus Britts Kehle. »Dann ist der Rest ja nur noch eine Frage der Zeit. Besuchen Sie uns doch mal gemeinsam, ja?«

»Sehr gern.«

»Versprechen Sie es mir?«

»Okay. Versprochen.«

Sichtlich zufrieden geht sie wieder zu ihrem Mann hinüber und lässt mich schmunzelnd zurück.

Zwei Stunden später hat sich auch der letzte Gast verabschiedet. Mattis macht im Atelier klar Schiff, während ich die Spülmaschine einräume und in der Küche alles in Ordnung bringe. Die spärlichen Überreste des Büfetts packe ich in ein paar Dosen.

»Ich wäre so weit«, höre ich Mattis hinter mir. »Wie sieht's bei dir aus?«

»Bin auch jetzt fertig.«

»Dann lass uns nach Hause fahren. Es war ein langer Tag.«

»Allerdings. Du hast das übrigens großartig gemacht, Mattis. Als hättest du nie etwas anderes getan.«

»Ich bin selbst ganz erstaunt, wie viel Spaß mir das gemacht hat. Und dein Essen ist auch bei allen super angekommen.«

»Wir können stolz auf uns sein.«

»Deshalb sollten wir zu Hause noch einmal darauf anstoßen, was meinst du?«

»Bin dabei.«

KAPITEL 16

MATTIS

Euphorisch lasse ich den Sektkorken an die Decke knallen, während sich der Sekt über meine Hand ergießt und auf den Küchenboden tropft. »Ups!«

»Das hast du doch mit voller Absicht gemacht.« Livis Lachen erfüllt den ganzen Raum. Und es erfüllt mich. Sie sieht genauso glücklich aus, wie ich mich gerade fühle. Fröhlich hält sie mir zwei Gläser entgegen, die ich bis zum Überlaufen fülle. »Hey!«, beschwert sie sich.

»Ups«, entgegne ich erneut.

»Wenn ich könnte, würde ich dich jetzt boxen.«

Grinsend nehme ich ihr eines der Gläser ab, und schon versetzt sie mir ihren ersten spielerischen Schlag. Bevor sie mir noch eine verpasst, schlinge ich meine Arme um sie, was zur Folge hat, dass ein Großteil meines Getränks auf ihr Blumenkleid schwappt.

»Igitt!«

»Entschuldige«, murmle ich in ihr Haar.

Dann lässt sie ihren Kopf gegen meine Schulter sinken und verharrt in meiner Umarmung. »Wollten wir nicht eigentlich anstoßen, anstatt uns gegenseitig mit Sekt zu übergießen?« In diesem Moment tränkt sich mein Shirt im Rücken ebenfalls mit Sekt, und Livis Körper zuckt unkontrolliert in meinem Arm, bevor sie laut losprustet.

»Du ...«

»Rache ist süß«, säuselt sie. Dann löst sie sich von mir und hebt ihr Glas in die Höhe. »Ist noch genug zum Anstoßen drin!«

Klirrend stößt mein Glas gegen ihres, und wir trinken den Rest aus, nur um gleich darauf noch einmal nachzufüllen. »Wird das hier ein Besäufnis?«, frage ich.

»Warum eigentlich nicht? Wir haben schließlich morgen frei und obendrein allen Grund zum Feiern.« Sie läuft ins Wohnzimmer, dreht die Musik laut auf und beginnt wild zu »Uptown Funk« zu tanzen. Offenbar steigt ihr der Alkohol schon wieder zu Kopf. Noch nie habe ich sie so ausgelassen erlebt.

Am liebsten würde ich sie wieder an mich ziehen. Sie küssen. Ihr nahe sein. Aber das kann ich kein zweites Mal riskieren. Also geselle ich mich einfach zu ihr und tanze, als gäb's kein Morgen mehr.

»Wo hast du denn bitte schön tanzen gelernt?« Sie kichert unentwegt.

»Was hast du gegen meinen Tanzstil?« Ich gebe mich empört.

»Na ja, er ist … ziemlich speziell.«

»Dann passt er doch zum Rest von mir.«

»Spinner!« Ohne ihr Grinsen abzulegen, tanzt sie einfach weiter. Sie kann das im Gegensatz zu mir ziemlich gut. Und es gefällt mir, ihr dabei zuzusehen. Inzwischen ist es mir völlig egal, dass das Shirt an meinem Rücken klebt. Heute bin ich einfach nur zufrieden mit mir und dem Rest der Welt.

Am Morgen kommt jedoch das böse Erwachen. Es ist gerade mal kurz vor neun, als das Schrillen meines Handys mich aus dem Schlaf reißt. Mein Schädel brummt, meine Schläfen pochen schmerzhaft. Dieses Geräusch macht es nicht besser. Der Name, der mir auf dem Display entgegenleuchtet, hebt meine Stimmung auch nicht gerade.

»Guten Morgen, Marit. Was gibt's denn?«, brumme ich ins Handy.

»Oje, du hörst dich aber verschlafen an. Oder eher verkatert?«

»Wir haben gestern noch ein bisschen gefeiert.«

»Oh. Eigentlich wollte ich dich fragen, ob du nicht Lust auf einen gemeinsamen Ausflug hättest. Die Kinder würden gern ins Aquarium. Ich dachte, es wäre schön, wenn du uns begleitest. Linnea und Isak würden sich wahnsinnig freuen. Und ich auch.« *Und sie auch?* »Äh … an sich gern. Wann wollt ihr denn los? Ich fürchte, ich brauche noch ein bisschen, bis ich auf die Beine komme.«

»Ich habe so an halb elf gedacht.«

»Das müsste ich schaffen. Irgendwie.«

»Also gut. Treffen bei uns?«

»In Ordnung. Bis später.« Stöhnend lege ich auf. Eigentlich würde ich den Tag gern mit Livi verbringen und an unsere Party von gestern anknüpfen. Aber einen Ausflug mit den Kindern kann ich nicht ausschlagen. Auch wenn mir lieber wäre, ich könnte endlich mal etwas allein mit den beiden unternehmen, wie Marit es mir in Aussicht gestellt hat. Aber vielleicht kann ich das ja heute in entspannter Atmosphäre mit ihr aushandeln.

Schwerfällig schleppe ich mich nach unten ins Bad. Jeder Schritt, jede Erschütterung tut weh. Habe ich gestern tatsächlich so viel getrunken, dass dieser elendige Kater gerechtfertigt ist?

Im Flur begegne ich Livi, die im Gegensatz zu mir frisch und strahlend wirkt. »Guten Morgen, Partylöwe! Sieht aus, als hättest du einen ordentlichen Kater.«

»Guten Morgen. Leider wahr. Vielleicht hilft eine kalte Dusche.«

»Ich stelle dir sicherheitshalber schon mal ein Katerfrühstück bereit.«

»Das ist auch nötig. Bin gleich mit Marit und den Kindern zum Aquariumbesuch verabredet.« *Irre ich mich, oder erkenne ich Enttäuschung in Livis Augen?*

»Das freut mich riesig für dich. Wird bestimmt ein toller Tag.«

»Und für dich ist das okay?«

»Was ist das denn für eine Frage? Natürlich. Es macht mich froh, wenn du mit deinen Kindern zusammen bist.«

»Was wirst du dann heute anstellen?«

»Ach, ich mache mir mit Ragnar einen schönen Tag.« Der Kater scharwenzelt mauzend um ihre Beine herum. »Außerdem wollte ich noch ein bisschen an dem Rezept fürs nächste *Art & Dine* am Freitag feilen. Mir wird schon nicht langweilig.«

Insgeheim habe ich gehofft, sie würde etwas anderes sagen. Aber warum sollte sie mich bitten, hierzubleiben? »Da bin ich ja beruhigt«, entgegne ich daher. »Ich geh dann mal ins Bad.«

Nach dem deftigen Frühstück und der Kopfschmerztablette fühle ich mich schon deutlich besser. Livi hat mir ihren Wagen überlassen, und ich fahre mit gemischten Gefühlen runter in die Stadt.

Den Tag mit Marit zu verbringen, steht heute nicht besonders weit oben auf meiner Hitliste. Aber was soll's? Hauptsache, die Kinder sind glücklich.

Als ich vor dem Haus parke, stürmen die beiden jubelnd aus der Tür. Sie haben schon hinterm Fenster auf mich gewartet. Isak reagiert inzwischen beinahe genauso euphorisch wie Linnea, wenn ich auftauche. Sofort geht mein Herz auf, als ich ihre Arme um meinen Hals spüre.

»Guten Morgen, Mattis! Du siehst deutlich besser aus, als du dich heute Morgen am Telefon angehört hast.«

»Livis Katerfrühstück hat wahre Wunder gewirkt.«

»Was ist das denn für ein Auto? Das ist doch nicht etwa deins?«, fragt Marit.

»Nein. Es gehört Livi.«

»Teilt ihr etwa alles miteinander?«

»Und wenn es so wäre?«

Marit schaut mich pikiert an, entgegnet jedoch nichts. Ich habe sie vorerst zum Schweigen gebracht. Eins zu null für mich!

Fröhlich wende ich mich wieder den Kindern zu. »Und? Seid ihr startklar?«

»Jaaaaa!«, rufen die beiden wie aus einem Mund.

»Ich hole nur noch kurz den Rucksack, dann können wir los«, meint Marit. »Wir nehmen aber mein Auto.«

»Das ist mir gleich.«

Wenig später sitze ich neben Marit auf dem Beifahrersitz und drehe mich zu den Kindern um. »Und, worauf freut ihr euch am meisten?«

»Auf die Seelöwen«, sagt Isak.

»Und ich auf die Pinguine. Und du, Papa?«

»Dein Papa freut sich garantiert aufs Essen«, wirft Marit ein.

»Hm. Inzwischen bin ich da ziemlich verwöhnt, muss ich gestehen. Wenn man mit solch einer hervorragenden Köchin zusammenlebt …«

»Ja, ja. Schon gut«, wettert Marit.

»Hast du irgendein Problem mit Livi?«

»Wie kommst du darauf?«

»Ich mein ja nur.«

»Wir sind da«, antwortet sie verkniffen.

Was ist denn auf einmal in sie gefahren? Meine Gedanken gehen im Jubelgeschrei der Kinder unter. Ich lasse mich von ihnen anstecken und schiebe alles andere beiseite.

Wir kaufen eine Familienkarte, doch es hat für mich einen bitteren Beigeschmack, einen auf heile Familie zu machen. Denn das sind wir nun mal nicht mehr.

Linnea studiert aufmerksam das Programm. »Oh Mann, wir müssen uns beeilen. Die Pinguin-Präsentation fängt schon in ein paar Minuten an.«

»Dann nichts wie los«, rufe ich. Im Laufschritt geht es zu den Pinguinen. Gerade noch rechtzeitig kommen wir an. Linnea und Isak strahlen bis über beide Ohren. Sie kuscheln sich eng an mich, jeder an eine Seite, und beobachten andächtig die niedlichen Vögel. Vielleicht sollte ich Linnea ein Pinguinbild für ihr Zimmer malen. Aber wenn ich an ihr Gemälde beim *Art & Dine* denke, könnte sie das mit Sicherheit schon selbst. Dennoch nehme ich es mir vor. Und für Isak werde ich mir auch etwas überlegen.

Nach der Vorführung gehen wir erst einmal in den Innenbereich, der mit unzähligen Aquarien und einem spektakulären Haitunnel lockt. Das größte Aquarium hier fasst hundertfünfzig Tonnen Wasser, lese ich auf einer Informationstafel. Mich begeistern besonders die exotischen Fische, die in allen möglichen Farben schimmern.

Als wir im Haitunnel ankommen, drücken die Kinder sich gleich an die Scheiben, und ich fühle mich schlagartig um ein paar Jahre zurückversetzt. Wie oft waren wir damals hier und saßen staunend in dieser Unterwasserwelt? Und wie lange ist mir das verwehrt geblieben? Aufgewühlt lasse ich mich auf eine Bank sinken und beobachte die beiden.

Marit lässt sich dicht neben mir nieder und schaut nach oben. »Es ist noch genauso faszinierend wie beim allerersten Mal, nicht wahr?«

Nun reiße ich mich von den Kindern los und schaue ebenfalls den Haien dabei zu, wie sie ihre Kreise ziehen, und sehe Rochen schwerelos über unsere Köpfe hinwegschweben. Ich brumme zustimmend und werde von einer inneren Ruhe durchströmt, die ich schon immer an diesem Ort verspürt habe.

»Es ist fast wie früher«, flüstert Marit und legt ihren Kopf an meine Schulter.

Irritiert nehme ich ihre plötzliche Nähe wahr. Warum ist sie auf einmal so sentimental? Das passt überhaupt nicht zu der Frau, die sie seit unserer Trennung zu sein scheint. Vielleicht steckt die alte Marit doch noch irgendwo in ihr drin.

Ich wage es nicht, mich zu rühren, geschweige denn, mich zu wehren. Dieser Tag soll ohne irgendwelche negativen Erschütterungen verlaufen. Die Kinder wirken so zufrieden mit sich und der Welt – das ist jede Anstrengung wert.

Isak springt fröhlich auf meinen Schoß. »Ich will jetzt zu den Seelöwen!«

»Okay, mein Großer! Aber danach gehen wir etwas essen, ab-gemacht?«

Marit verfällt neben mir in schallendes Gelächter. »Ich habe mich schon die ganze Zeit gefragt, wann du nach Futter schreist.«

»Ja, ja. Ich weiß. Lach du nur über mich. Kommt! Abflug!« Voller Elan springe ich auf, erleichtert darüber, der Annäherung meiner Ex-Frau entkommen zu können. Doch auch im weiteren Tagesverlauf sucht sie auffällig oft meine Nähe. Hier eine beiläu-fige Berührung, da ein neckisches Boxen in die Seite. Ich weiß nicht, wie ich das deuten soll.

Der Nachmittag fliegt nur so an uns vorbei, und mein Herz wird schwer, als ich mich von den Kindern verabschiede. Linnea will mich gar nicht gehen lassen und klammert sich an mich.

»Na, komm schon, Mäuschen. Morgen früh ist Schule. Du musst bald ins Bett.« Liebevoll streiche ich durch ihr braunes Haar.

»Ist ja schon gut«, murrt sie. »Aber so was machen wir bald wieder, ja?«

»Versprochen.«

Auch Isak fällt mir um den Hals. »Tschüss, Papa. Bis bald.«

»Jetzt aber rein mit euch.«

Die Kinder verschwinden ins Haus, nur Marit steht noch un-schlüssig vor der Tür.

»Willst du mir noch irgendwas sagen?«

»Ich … wollte mich nur bedanken. Das war ein schöner Tag.« Sie tritt einen Schritt auf mich zu und umarmt mich. Nur kurz, dann zieht sie sich hastig von mir zurück. »Bis demnächst dann.«

»Ja, bis demnächst.« Ich lege eine fluchtartige Kehrtwende ein und gehe schnellen Schrittes zum Auto. *Was war das denn heute?* Mit Marits seltsamem Verhalten kann ich überhaupt nichts an-fangen. Wann und warum hat sie ihre Abwehrhaltung mir ge-genüber abgelegt? Das muss ich erst einmal verdauen.

Livi sieht von ihrem Buch auf, als ich ins Wohnzimmer trete. »Hi! Da bist du ja wieder.« Ihr Lächeln wärmt mein Herz. Sie sitzt auf dem Sofa, die Beine hochgelegt. Ragnar hat es sich auf ihrem Schoss bequem gemacht. »Du siehst ein bisschen fertig aus.«

Erschöpft lasse ich mich neben sie fallen. »Oh Mann, das bin ich auch. War ein langer Tag.«

»Aber ein schöner hoffentlich.«

»Doch. Schön war er. Und irgendwie seltsam.«

»Wie meinst du das?«

»Marit war erstaunlich handzahm.« Und anhänglich. Warum ich Livi das verschweige, weiß ich selbst nicht.

»Vielleicht hat sie eingesehen, dass es keinen Sinn macht, gegen dich zu sein. Das tut schließlich keinem von euch gut.«

»Wohl wahr.«

»Wobei ich ja eh nicht verstehen kann, wie man überhaupt je gegen dich sein könnte.«

»Ist das so?«

»Klar.« Sie lächelt unbefangen. Und mir fällt auf, dass sie in letzter Zeit viel zufriedener wirkt als noch vor ein paar Wochen. Nur noch selten höre ich sie nachts weinen. Und tagsüber erklingt immer häufiger ihr glockenhelles Lachen. Die Therapie scheint ihr zu helfen, ebenso wie ihre neue Aufgabe, die sie förmlich aufblühen lässt. Insgeheim hoffe ich, dass auch ich ein Stück weit dazu beitrage. Jedenfalls ist sie auf dem richtigen Weg.

Beseelt lege ich meinen Kopf an ihre Schulter. Doch Livis Worte lassen mich im nächsten Moment wieder hochschnellen.

»Deine Mutter hat uns übrigens eingeladen. Hatte ich ganz vergessen, dir zu erzählen.«

»Sie hat *was?*«

»Ich musste es ihr sogar versprechen.«

»Oje. Glaubt sie etwa …«

»… wir wären ein Paar? Keine Sorge, das habe ich dementiert. Aber dass du mein Mitbewohner bist, hat sie doch ziemlich überrascht.« Livi kichert vergnügt.

Ich kann mir ein Augenrollen nicht verkneifen. »Was hat sie sonst noch so vom Stapel gelassen? Meine Mutter kann sehr direkt sein.«

»Nicht viel. Sie hat sich nur beschwert, dass du dich so abgekapselt hast. Aber sie freut sich unglaublich, dich endlich wieder lachen zu sehen.«

»Aha«, brumme ich.

»Vielleicht rufst du sie mal an.«

»Mal sehen.«

»Nix, mal sehen! Ich muss dich darauf festnageln. Schließlich habe ich ein Versprechen einzulösen.«

»Du hast einen Pakt mit dem Teufel geschlossen.«

Livi reißt die Augen auf.

»War nur ein Scherz. Meine Mutter ist die Güte in Person. Aber dir ist schon klar, dass sie versuchen wird, uns beide miteinander zu verkuppeln?«

»Ist das dein Ernst? Wie kommst du denn darauf?«

»Nur so ein Gefühl.«

»Das glaube ich nicht.«

»Okay. Schließen wir eine Wette darauf ab.« Auffordernd halte ich ihr meine Hand entgegen.

»Spinner!« Kopfschüttelnd schlägt sie ein.

Ich bin gar nicht erst dazu gekommen, meine Mutter anzurufen. Sie ist mir zuvorgekommen und hat uns für Dienstag – also heute - zum Abendessen eingeladen. »Und deine reizende Mitbewohnerin bringst du auf jeden Fall mit, verstanden? Livi ist wirklich ganz zauberhaft«, hat Mama am Telefon geschwärmt.

Livi sieht deshalb bereits ihre Felle davonschwimmen. *So ein Mist!* Wir haben gar keinen Wetteinsatz ausgemacht. So was wie »Wenn ich recht habe, musst du wirklich mit mir zusammenkommen« wäre ein genialer Schachzug gewesen. Dann muss ich mich wohl doch auf legalem Wege in ihr Herz schleichen.

»Also, von mir aus können wir«, höre ich Livi rufen. Ich finde sie im Flur vor dem Spiegel, wie sie sich von links nach rechts dreht. »Wenn du mich denn so mitnimmst.«

»Du hast dich doch nicht etwa für meine Eltern so aufgebrezelt?«

Livi trägt einen dunkelblauen Maxirock mit Blumenmotiv und ein dazu passendes rotes Shirt mit wellenförmigem Ausschnitt. Ihre Haare hat sie zu einem lockeren Seitenzopf gebunden. »Für wen denn sonst?« Das verräterische Funkeln in ihren Augen straft sie Lügen. Oder zumindest hoffe ich, dass es so ist.

»Du könntest auch einen Müllsack tragen, ich würde dich trotzdem überallhin mitnehmen.« *Oh nee, habe ich das jetzt wirklich gesagt?*

Eine leichte Röte färbt ihre Wangen. »Das heißt dann wohl, wir können los.«

Eine Dreiviertelstunde später fällt meine Mutter uns an der Tür stürmisch um den Hals. »Wie schön, dass ihr da seid, Kinder! Ach Livi, wie hübsch du aussiehst. Das hast du doch sicher nicht für uns getan, oder?« Sie zwinkert ihr verschwörerisch zu.

Es geht also schon los. Wie ich es vermutet habe. Livi wirft mir einen schrägen Blick von der Seite zu, den ich mit einem Schulterzucken abstemple. Diese Wette werde ich gewinnen.

Im Wohnzimmer treffen wir auf meinen Vater. Hier sieht es genauso aus wie immer. Das klobige braune Federkernsofa, der schwere Eichenschrank, der darauf abgestimmte Couchtisch und der Essbereich. Die gleichen cremefarbenen Tapeten, die gleichen Gemälde, dieselben Fotos. Nichts hat sich hier in den letzten zwanzig Jahren verändert. Nur das Hochzeitsfoto von Marit und mir wurde entfernt.

Schwerfällig erhebt Papa sich von der Couch und kommt auf uns zu. Er reicht Livi die Hand, ein schelmisches Grinsen auf dem Gesicht. »Arne. Freut mich.« Knapp angebunden wie immer.

»Die Freude ist ganz auf meiner Seite. Ich bin Livi.«

Papa nickt und dreht sich dann zu mir. Derbe klopft er mir auf die Schulter. »Junge!« Er ist alt geworden, stelle ich mit Entsetzen fest. Im Trubel der Eröffnungsfeier ist mir das gar nicht aufgefallen. Sein Haar ist vollständig ergraut – gut, mir fehlt dafür auch nicht mehr viel –, und er läuft langsam und leicht nach vorn gekrümmt. Doch in seinen Augen lodert dieselbe Energie wie damals.

»Ach, Schatz, setz dich doch hin«, meint Mama. »Er hat einen Hexenschuss, müsst ihr wissen.« Innerlich atme ich erleichtert auf. Wenn es nur das ist!

»Beim Joggen geholt«, entgegnet Papa trocken. »Beim Joggen! Stell dir das mal vor.«

»Das wird schon wieder, mein Lieber! – Ihr könnt euch auch schon setzen, Kinder. Ich hole nur schnell das Essen. Es gibt Plukkfisk. Ich hoffe, du magst Kabeljau und Stampfkartoffeln, Livi?«

»Natürlich«, bestätigt Livi. »Kann ich Ihnen helfen?«

»Nein, nein. Nicht nötig. Und bitte, nenn mich einfach Britt. Du gehörst doch jetzt schließlich zur Familie.«

Livis Blick scheint zu fragen: *Tue ich das?* Doch sie antwortet lediglich: »Sehr gern, Britt.«

Wenig später kommt Mama mit großen Schüsseln zurück und füllt unsere Teller. Schließlich setzt sie sich und schaut uns erwartungsvoll an. »Und? Erzählt doch mal, wie kommt es eigentlich, dass ihr beide zusammenwohnt? So etwas ergibt sich ja nicht einfach durch Zufall. Ich will alles wissen. Jedes kleinste Detail.«

Ich stoße laut Luft aus. Abwechselnd erzählen Livi und ich schließlich, wie wir uns kennengelernt haben. In Mamas Augen spiegelt sich ein Wechselbad der Gefühle wider. Während Livi ihren Teil der Geschichte erzählt, wird Mama erstaunlich still und wischt sich hin und wieder verstohlen ein paar Tränchen aus den Augen. Sogar Papa ist sichtlich berührt.

Beide scheinen erleichtert, als wir wieder auf erfreulichere Themen zu sprechen kommen, wie die Eröffnung des Ateliers zum Beispiel.

»Aber eines musst du mir noch erklären, Mattis. Wie kam es, dass Marit bei der Eröffnung aufgetaucht ist? Ich dachte, sie will nichts mehr mit dir zu tun haben? Und du mit ihr ebenso wenig.« Mama mustert mich interessiert.

»So war es auch. Bis Livi mir einen Tritt in den Hintern verpasst hat und meinte, ich solle mir das nicht mehr bieten lassen. Also habe ich Marit die Pistole auf die Brust gesetzt und ihr gesagt, ich werde keine Ruhe geben, bis ich meine Kinder wieder regelmäßig sehen darf.«

»Oh, Livi, das hast du wunderbar gemacht. Ich habe ihm das auch immer gesagt, aber von mir wollte er das nicht hören. Und dann hat er sich irgendwann nicht einmal mehr bei uns gemeldet.« Mama wirkt traurig, und Papa nickt zustimmend.

»Tut mir leid«, murmle ich. »Ich habe allen Menschen vor den Kopf gestoßen, die mir etwas bedeuten.«

»Tut nichts mehr zur Sache, Junge. Jetzt bist du ja hier«, meint Papa. Damit ist das Thema für ihn beendet.

Dankbar lege ich kurz meine Hand auf seine. »Jedenfalls haben Marit und ich uns geeinigt. Inzwischen kommen wir wieder recht gut miteinander aus.«

»Denkst du etwa darüber nach, wieder zu ihr zurückzugehen?« Ich erkenne einen Anflug von Panik in den Augen meiner Mutter.

Beschwichtigend hebe ich die Hände. »Mama, jetzt halt mal den Ball flach.«

»Ich mein ja nur. Bei Livi bist du viel besser aufgehoben. Ihr zwei würdet ein wundervolles Paar abgeben.«

»Mama«, entgegne ich drohend.

»Na, ist doch wahr. Ihr habt beide viel durchgemacht. Und nun baut ihr euch gegenseitig wieder auf. Dass ihr beide euch gefunden habt, ist sicher kein Zufall.«

Livi sieht mich an und lächelt. Sofort beginnt mein Herz zu rasen.

»Da, sieh nur, Arne, wie die beiden sich anhimmeln.«

»Lass gut sein, Britt«, brummt Papa.

»Mattis, du solltest das Mädchen auf Händen tragen!«, flötet Mama.

»Es ist Zeit für den Nachtisch«, bestimmt Papa und löst damit die unangenehme Situation auf.

Der Rest des Abends verläuft entspannt. Na ja, abgesehen von den Peinlichkeiten, die Mama über mich heraushaut. Aber Livi scheint sich köstlich zu amüsieren, und sie wirkt gelöst. Da nehme ich es gern hin, wenn es auf meine Kosten geht.

»Ach, es war so schön, dass ihr da wart«, verabschiedet meine Mutter uns. »Das müssen wir ganz bald wiederholen.« Sie drückt erst Livi und dann mich fest an ihre Brust.

Papa steht grinsend daneben. »Wir sehen uns, ihr beiden.«

Es dämmert bereits, als wir zum Auto gehen. Schweigend hakt Livi sich bei mir unter. Sie wirkt entspannt und zufrieden. Ein warmer Nieselregen hüllt uns ein, doch es stört weder mich, noch scheint es sie zu stören. Am Auto angekommen, macht Livi keine Anstalten einzusteigen.

»Was ist los?«, will ich wissen.

»Weiß auch nicht. Habe irgendwie Lust, noch draußen zu bleiben.«

»Spaziergang? Oder im Regen tanzen?« Ich ergreife ihre Linke und lege einen Arm an ihre Hüften.

»Weil du ja so gut tanzen kannst, was?«, erwidert sie spöttisch.

»Hey, im Paartanz bin ich gar nicht mal so schlecht.«

»Das musst du mir erst einmal beweisen.«

Das lasse ich mir nicht zweimal sagen. Schon wirble ich sie im Kreis herum und führe einen langsamen Walzer an, zu dem ich lauthals »When I need you« schmettere.

Livi lacht aus voller Kehle, hält jedoch mit mir Schritt. »Also, das mit dem Tanzen klappt erstaunlich gut. Aber das Singen solltest du besser lassen.«

»Dann musst du eben singen.«

Ein schrilles Lachen entweicht ihr. »Äh … nein. Auf gar keinen Fall.«

»Na, siehst du. Dann beschwer dich nicht. Wir brauchen schließlich Musik zum Tanzen.« Unbeirrt gröle ich weiter.

Livi krümmt sich in meinem Arm und prustet laut. »Falls es dir noch nicht aufgefallen ist: Deine Mutter steht am Fenster und beobachtet uns. Und ein paar der Nachbarn ebenfalls.«

»Mir doch egal.«

»Lass uns besser fahren.«

»Aber nur, wenn wir zu Hause weitertanzen.«

»Das überlege ich mir noch.«

Ich werde darauf zurückkommen, denke ich mir im Stillen.

Während der Fahrt jedoch wird Livi immer schweigsamer. In der zunehmenden Dunkelheit fällt es mir schwer, ihren Gesichtsausdruck zu erkennen, geschweige denn zu deuten. Erst zu Hause angekommen, bemerke ich, dass Tränen in ihren Augen schimmern.

»Hey, was ist denn los, Livi?« Sie macht eine wegwerfende Handbewegung und will sich von mir abwenden, doch ich umfasse sanft ihre Oberarme, um sie davon abzuhalten. »Rede mit mir.«

Sie seufzt schwer und versucht, die Tränen wegzuklimpern. Aber es nützt nichts, sie rinnen dennoch unaufhaltsam über ihre Wangen. »Es ist nur … das war heute so ein schöner Abend. Deine Eltern, sie sind so herzlich und liebevoll … Ich vermisse das einfach. Ich vermisse Mama und Papa. Genauso wie Kristian. Solche Abende im Kreis meiner Lieben … sie bleiben mir einfach verwehrt. Das ist so unfair.« Livi schluchzt laut auf und lässt sich gegen meine Brust sinken.

Ich halte sie einfach, bis ihre Trauer ein wenig abebbt. »Ich weiß, es ist nicht dasselbe, aber jetzt hast du ja uns.«

»Danke«, murmelt sie kaum verständlich. Dann löst sie sich von mir, und der Ausdruck in ihren Augen zerreißt mir das Herz. »Jetzt guck nicht so«, sagt sie mit einem gequälten Lächeln. »Es geht schon wieder. Ich muss mal kurz ins Bad. Entschuldigst du mich?«

»Klar.« Auch wenn ich sie nur ungern gehen lasse. Könnte ich ihr doch nur ihren Schmerz nehmen. So wie sie mir meinen genommen hat.

Eine halbe Stunde später kommt sie im Pyjama ins Wohnzimmer zurück. Sie lässt sich neben mich aufs Sofa plumpsen, und sofort erfüllt mich ihre Nähe mit Wärme. So oft zweifle ich, was ich überhaupt für sie empfinde. Doch sobald sie auftaucht, habe ich meine Antwort. Meine Gefühle für sie gehen längst über Freundschaft und Zuneigung hinaus. Sonst würde nicht jedes Mal mein Herz zu rasen beginnen, wenn sie bei mir ist. »Wie geht es dir?«

»Es ist alles gut. Manchmal überrollen mich meine Gefühle einfach so. Darüber habe ich keine Kontrolle.«

»Und das ist auch völlig okay. Du darfst traurig sein, du darfst wütend sein, du darfst fluchen und weinen, wann immer dir danach ist. Genauso wie du glücklich und ausgelassen sein darfst. Genauso, wie du mich mit Sekt überschütten oder im Regen tanzen darfst, wenn es dir Spaß macht.«

Sie nickt, und ein zaghaftes Lächeln breitet sich auf ihrem Gesicht aus. »Solange du dabei nicht singst, tanze ich gern noch mal mit dir im Regen.«

»Sollen wir jetzt sofort?«

Mit großem Bedauern sehe ich, wie sie den Kopf schüttelt. »Heute nicht mehr. Aber wenn es das nächste Mal regnet, dann gern.«

»Ich nehme dich beim Wort. Aus der Nummer kommst du jetzt nicht mehr raus.«

»Gibt Schlimmeres.«

»Ach, eine Sache wäre da noch. Du hast die Wette verloren.«

»Ha! Ja, das habe ich wohl. Deine Mutter hat es echt darauf angelegt.«

»Ich hab's dir doch gesagt. Und du hast jetzt eine Wettschuld einzulösen.«

»Wir haben aber doch gar keinen Einsatz ausgemacht.«

»Das spielt keine Rolle. Ich habe gewonnen, also musst du dir jetzt etwas überlegen.«

»Hm.« Stille tritt ein, ihr Blick fixiert mich, während es hinter ihrer Stirn arbeitet. Plötzlich verdunkelt sich das Tiefbau ihrer Augen, und die Luft beginnt magisch zu knistern. Langsam beugt sie sich zu mir herüber. Ihre Hand gleitet in meinen Nacken, und sie zieht mich sacht zu sich. Meine Brust droht zu zerspringen, als wir uns immer näher kommen. Was passiert jetzt? *Bitte küss mich, Livi! Sonst drehe ich durch.*

Unsere Lippen berühren sich schon fast. Ich spüre die Wärme, die von ihr ausgeht, und ein Hauch ihres blumigen Parfums kitzelt meine Sinne. Doch sie hält inne, unternimmt quälend lange Sekunden rein gar nichts, bis sie den Kopf leicht zur Seite neigt und ihre Lippen zaghaft meine Wange streifen. *Ich will mehr davon!*

»Gute Nacht, Mattis!«, raunt sie in mein Ohr. Dann zieht sie sich von mir zurück und steht auf. Und weg ist sie. *Das kann sie doch nicht machen! Sie kann doch jetzt nicht einfach gehen!*

»Kann sie wohl«, knurre ich. Ich packe mir ein Sofakissen und brülle hinein, um mich abzureagieren. Auf der Treppe vernehme ich ein leises Kichern. *Du machst mich fertig, Livi.*

In den vergangenen Tagen sind wir umeinander herumscharwenzelt, ohne über diesen Vorfall zu sprechen. Aber dieses magische Knistern liegt nach wie vor in der Luft. Mit aller Macht versuche ich, mich zu zügeln. Möglicherweise braucht Livi noch Zeit, muss sich klar werden, ob und was sie für mich empfindet. Für sie ist das mit Sicherheit kein leichter Schritt, denn ich weiß, dass sie von Gewissensbissen geplagt ist. Aber ich spüre, dass sie etwas für mich übrighat. Ich muss mich nur in Geduld üben.

Heute steht das erste offizielle *Art & Dine* bevor – der toskanische Abend. Um halb sechs wird Livi die Gäste im Restaurant mit zweierlei Gemüse-Crostini zur Vorspeise begrüßen. Wenn alle Platz genommen haben, werde ich den Ablauf des Abends erklären. Unruhig sitze ich an einem der Tische und versuche, mich innerlich darauf vorzubereiten. Obwohl bei der Eröffnung alles glattging, bin ich auch heute wieder unfassbar nervös.

Dieses Gefühl verstärkt sich, als Marit am Atelier auftaucht. Sie steht vor der Tür und winkt mir zu. *Was will sie denn hier?* Das fehlt mir jetzt noch, so kurz bevor es losgeht.

Hastig eile ich zu Tür und trete ins Freie. »Hallo, Marit! Ist irgendwas mit den Kindern?«

»Hi! Nein, nein. Keine Sorge. Ich wollte dich nur noch mal sehen, bevor wir übers Wochenende zu meinen Eltern fahren.«

»Okay.« Es klingt mehr wie eine Frage.

Unsicher huscht Marits Blick zur Tür. »Wo ist Livi?«

»In der Küche. Kümmert sich um die Vorspeise.« *Worauf will sie hinaus?* »Gibt es irgendetwas zu besprechen?«

»Ja. Nein. Also …« Sie verstummt, und ich schaue sie fragend an.

»Nun lass dir doch nicht alles aus der Nase ziehen. Das Event geht in einer halben Stunde los.«

»Klar. Entschuldige.« Sie senkt den Blick, schüttelt den Kopf und schaut mich dann wieder direkt an. »Es ist so … Unser Tag im Aquarium letzten Sonntag … es fühlte sich wie früher an. Bevor das alles zwischen uns passiert ist. Ich habe bemerkt, dass du wieder ganz der Alte bist. Der Mann, in den ich mich damals verliebt habe. Und da wurde mir schmerzhaft bewusst, wie sehr ich das alles vermisse. Wie sehr ich *uns* vermisse.«

Hat sie das jetzt wirklich gesagt?

»Und ich habe die Kinder schon lange nicht mehr so glücklich gesehen. Seitdem frage ich mich andauernd, ob es nicht wieder so wie früher sein könnte. Wir, als Familie.« Sie legt ihre Hand auf meine Brust. Hoffnung liegt in ihren Augen. »Deshalb wollte ich dich fragen, ob du wieder zu uns zurückkommen möchtest. Lass uns noch einmal von vorne anfangen.«

»Marit …«

Sie legt einen Finger an meinen Mund. »Halt! Sag jetzt nichts. Denk bitte in Ruhe darüber nach. Ich muss jetzt los. Und du auch.« Sie stellt sich auf die Zehenspitzen, und nur einen Wimpernschlag später spüre ich ihre Lippen auf meinen. Ich bin zu perplex, um zu reagieren, lasse es geschehen. Fordernd stößt ihre Zunge hervor, um meine zu umspielen. Es ist nur ein kurzer Moment, dann zieht sie sich wieder von mir zurück. »Bis bald«, säuselt sie und macht auf dem Absatz kehrt.

Wie vom Donner gerührt lässt sie mich vor dem Atelier zurück.

KAPITEL 17

LIVI

Ich falle ins Bodenlose, als mein Blick durch das Schaufenster des Ateliers fällt. Da draußen stehen Mattis und Marit. Und er küsst sie. Oder sie küsst ihn. Wo ist da überhaupt der Unterschied? Das kann nicht sein. *Es darf einfach nicht!* Plötzlich überkommt mich das Gefühl, mich übergeben zu müssen. Taumelnd suche ich Halt am Schanktisch. »Ruhig atmen, Livi! Ruhig atmen«, sage ich laut zu mir. Ich möchte weggucken, aber ich kann nicht. Ich befinde mich in Schockstarre.

Als die beiden sich voneinander lösen, verziehe ich mich hastig in die Küche. Meine Augen brennen. Diese verfluchten Tränen lassen sich nicht zurückhalten. Warum sticht mein Herz so? Musste wirklich erst so etwas passieren, damit mir klar wird, dass Mattis mehr als nur ein Freund ist? Dass er sich längst in meinem Herzen eingenistet hat? Immer auf die harte Tour. Verdammtes Schicksal! Ich liebe ihn – und bemerke es erst, wenn es zu spät ist. Diese Erkenntnis trifft mich wie ein Schlag.

Als ich höre, wie die Ladentür geöffnet wird, wische ich mir schnell mit einem Geschirrtuch übers Gesicht und ringe um Fassung. Konzentriert rühre ich im Soßentopf herum und bete, dass Mattis nicht in der Küche auftaucht. Ich könnte ihm gerade nicht in die Augen schauen. Außerdem muss ich mich jetzt um die Vorspeise kümmern, damit sie rechtzeitig fertig ist. Es darf nicht gleich am Anfang alles schiefgehen, sonst kommen die Gäste nie wieder. Also beiße ich die Zähne zusammen. Mir bleibt nichts anderes übrig.

Wenig später betreten die ersten Leute das Restaurant. Mattis begrüßt sie fröhlich. Doch am Klang seiner Stimme höre ich, dass seine Heiterkeit nur gespielt ist. Möglicherweise hat Marit ihn mit dem Kuss überrumpelt, und er ist gerade selbst völlig durch den Wind. Vielleicht ist es aber auch nur das, was ich denken will.

Rund zehn Minuten später kommt Mattis in die Küche. »Es sind alle da, Livi. Bist du schon so weit?«

»Gerade fertig geworden. Sitzen schon alle?«

Aus dem Augenwinkel sehe ich ein Nicken. »Getränkebestellungen habe ich auch schon aufgenommen.«

»Dann kann es ja losgehen«, murmle ich.

»Alles okay bei dir? Du siehst so blass aus.«

»Nur ein bisschen aufgeregt.« Mit einem aufgesetzten Lächeln und mehreren Tellern auf dem Arm rausche ich an ihm vorbei, erleichtert über die Ablenkung.

Während ich serviere, stellt Mattis sich vor dem Schanktisch auf, um den Ablauf des Events zu erläutern. Zufrieden beobachte ich, wie sich die kleinen Teller mit den Crostini in Windeseile leeren. Als alle fertig sind, begibt sich die Gruppe nach oben ins Atelier.

Unterdessen schiebe ich das Hauptgericht in den Ofen, räume die Tische ab und decke neu ein. Nun bleibt mir rund eine Stunde Luft, bevor ich mich um die Beilage kümmern muss. Das ist zu viel Zeit zum Nachdenken.

Ich vergewissere mich, dass in der Küche alles sicher ist, und gehe nach nebenan ins Restaurant.

Zielstrebig steuere ich auf die Bar zu. Als Hedda mich entdeckt, winkt sie mir überschwänglich zu. Ich ringe mir ein schwaches Lächeln ab und lasse mich auf einem der Barhocker nieder. »Hey, Hedda. Gib mir irgendetwas Starkes.«

»Okay … habt ihr nicht heute ein Event?«

»Scheißegal gerade.«

»Wodka oder Aquavit?«

»Aquavit.«

Hedda stellt mir ein Glas mit dem bernsteinfarbenen Getränk vor die Nase. Sofort steigt mir ein leichter Duft von Anis, Kümmel und roten Früchten entgegen.

Ich greife nach dem Glas und kippe den Inhalt hinunter. Was bleibt, sind ein samtiges Gefühl im Mund und der Nachgeschmack von Zimt und Orange. Gar nicht mal so schlecht. »Noch einen, bitte.«

»Das halte ich für keine gute Idee. Erzähl mir lieber, was passiert ist.« Hedda mustert mich kritisch.

»Mattis ist passiert«, knurre ich.

»Habt ihr euch gestritten?«

»Viel schlimmer. Ich liebe ihn.« Ich spreche so leise, dass ich mir nicht sicher bin, ob sie mich verstanden hat.

»Aber das ist doch großartig. Oder nicht?«

»Klar. Es ist großartig, dass er mit Marit rumknutscht.«

»Er hat was?« Sie kommt um die Bar herum und setzt sich neben mich auf einen Hocker. »Das meinst du nicht ernst, oder? Hat er dir das erzählt?«

»Ich habe es mit eigenen Augen gesehen. Vorhin, vor dem Atelier.«

»Das kann ich nicht glauben.«

»Wenn ich es dir doch sage.«

»Vielleicht hast du dich verguckt.«

»Hedda! Ich bin weder blind noch blöd.«

»So meine ich das auch nicht. Entschuldige. Ich kann es nur nicht fassen. Nach allem, was Marit so abgezogen hat in den letzten Jahren.«

»Tja.« Mehr fällt mir dazu auch nicht ein.

»Und was ist mit dir? Weiß er von deinen Gefühlen?«, fragt Hedda.

Ich schüttle nur den Kopf.

»Dann rede mit ihm. Denn ich weiß, wie er dich ansieht. Er empfindet für dich auch etwas. Da bin ich mir hundertprozentig sicher.«

»Aber würde er sie dann küssen?«

»Bestimmt ist das alles nur ein großes Missverständnis.«

»Oder es ist Schicksal. Ich meine ... die beiden haben zwei Kinder miteinander. Vielleicht ist es für alle das Beste, wenn Marit und Mattis sich wieder versöhnen.« Dieser Gedanke versetzt mir einen heftigen Stich. Das macht ihn aber nicht weniger vernünftig.

»Das würde doch niemals gut gehen. Allein schon, weil es dich jetzt in Mattis' Leben gibt. Du musst mit ihm darüber sprechen. Hörst du?«

»Ja. Vielleicht.«

»Versprich es mir. Denn ich bin überzeugt davon, dass ihr beide zusammengehört.«

»Und wie kommst du darauf?«

»Ich wusste es schon, als ich euch das erste Mal zusammen gesehen habe. Und wenn ich bedenke, was sich bei euch beiden in den letzten Monaten bewegt hat ... Livi, ehrlich! Du und Mattis, ihr habt eine ganz besondere Verbindung zueinander. Ihr habt euch gegenseitig gerettet. Ist es nicht so?«

»Das stimmt zwar. Aber ...«

»Kein Aber! Jetzt richte dein Krönchen und geh wieder rüber. Und dann zeigst du ihm, wer die richtige Frau für ihn ist.«

»Wenn das nur so einfach wäre, wie es sich anhört.«

»Ist es, Livi! Einfach machen.« Dann rutscht Hedda vom Hocker und zieht mich in ihre Arme. »Du packst das schon! Viel Glück.«

Als ich wieder in meine Küche zurückkehre, fühle ich mich schon etwas besser. Ob das nun am Schnaps oder an Heddas Worten liegt, kann ich nicht so genau ausmachen. Vielleicht eine Mischung aus beidem.

Inzwischen erfüllt der Duft von toskanischem Filettopf die Küche, und ich beginne, die Gnocchi und den Beilagensalat zuzubereiten. Sobald ich fertig bin, laufe ich die Treppe zum Atelier hinauf. Mattis zu sehen, bereitet mir ein flaues Gefühl in der Magengegend. *Schluck es runter, Livi!* Als er auch mich entdeckt, halte ich meine linke Hand mit gespreizten Fingern in die Luft und forme lautlos »Fünf Minuten« mit dem Mund. Lächelnd reckt Mattis den Daumen in die Höhe.

Ich gestatte mir keinen Blick auf die Gemälde der Gäste. Wie sehr ich mich doch auf den toskanischen Abend gefreut hatte! Dieser beschissene Kuss hat alles zunichtegemacht.

Zum Glück merkt man das meinem Essen offensichtlich nicht an. Denn während die Gäste vor ihren Tellern sitzen, blicke ich in lauter zufriedene Gesichter. Beim Abräumen ernte ich schließlich so viel Lob, dass mir beinahe schwindelig wird. Meine cremige Pannacotta auf einem fruchtigen Himbeerspiegel kommt ebenfalls gut an.

Auch der Malkurs wird in höchsten Tönen gelobt, und die neu geborenen Künstler tragen ihre Kunstwerke am Ende des Abends gut gelaunt und voller Stolz nach Hause.

Dieser Tag hätte perfekt sein können – wäre es nicht zu diesem Kuss zwischen Mattis und Marit gekommen. Ob er mir davon erzählen wird? Oder wird er sich in Stillschweigen hüllen?

Zwei Tage sind seit dem Kuss vergangen. Gestern hat Mattis sich den ganzen Tag über seltsam verhalten. Er ist mir aus dem Weg gegangen, wo er nur konnte. Erst beim Unterwasserwelt-Event am Abend, zu dem ich eine sämige Fischsuppe und Lachsfilet auf einem bunten Gemüsebett gezaubert hatte, verhielt er sich wieder normal. Doch sobald wir wieder allein waren, hat er sich von mir distanziert.

Ich weiß nicht, wie ich damit umgehen soll. Heute ist Sonntag, und weil Marit mit den Kindern weggefahren ist, könnten wir rein theoretisch den Tag miteinander verbringen. Stattdessen hocke ich auf dem Sofa und tue so, als wäre ich in mein Buch vertieft. Tatsächlich aber verschwimmen die Buchstaben vor meinen Augen. Einzig Ragnar mit seinem weichen Fell und dem zufriedenen Schnurren gibt mir ein besseres Gefühl. Er weicht mir nicht von der Seite, als würde er spüren, dass mich etwas bedrückt.

Von meinem Platz auf der Couch gleitet mein Blick immer wieder zur geöffneten Terrassentür. Dort liegt Mattis auf einer Decke und lässt sich die Sonne auf die Haut brennen. Aus seinem Handy dröhnt laute Musik. Zu gern würde ich mich einfach neben ihn legen, mich an ihn schmiegen und ihm sagen, was er mir bedeutet. Heddas Worte kommen mir wieder in den Sinn. *Einfach machen.* Vielleicht wird er mir sagen, dass der Kuss mit Marit nichts bedeutet hat. Dass es ein Missverständnis war. Und dass ich es bin, die er will.

Entschlossen lege ich das Buch zur Seite. *Jetzt oder nie!* Ragnar maunzt vorwurfsvoll, als ich mich erhebe. »Keine Sorge, ich kraule dich später weiter. Aber vorher muss ich etwas Wichtiges erledigen«, murmle ich dem Kater zu. Mein Herz donnert so heftig gegen meine Brust, dass die Erschütterungen noch unten in der Stadt zu spüren sein müssen. Still verharre ich in der Terrassentür, den Blick auf Mattis gerichtet. Eine Welle von Sehnsucht überschwemmt mich, und ich hoffe, die richtigen Worte zu finden, die meine Empfindungen für ihn wenigstens annähernd beschreiben können. Einen Moment halte ich die Luft an und versuche mich zu sammeln.

Dann aber dringen die ersten Töne von »Before You Go« an mein Ohr, und eine Sturzflut voller Schwermut zieht mich hinab auf den Grund des tiefschwarzen Meeres. Vor meinem geistigen Auge sehe ich Kristian und mich, wie wir uns bei einem Konzert eng aneinandergeschmiegt haben. Dieses Lied weckt romantische und schmerzhafte Erinnerungen zugleich an das, was ich verloren habe. All die ungesagten Dinge, die ich hätte sagen sollen, bevor Kristian ging, drohen mich unter ihrer tonnenschweren Last zu erdrücken. Ich kann nicht mehr atmen, habe das Gefühl, zu ersticken. »Mach das sofort aus!«, schleudere ich Mattis voller Qual entgegen und renne zurück ins Haus. Aufgelöst kauere ich mich auf dem Sofa zusammen.

Die Musik verstummt augenblicklich, und nur Sekunden später spüre ich zwei starke Arme, die sich fest um meinen Körper schlingen. Ein Schrei der Verzweiflung entweicht meiner Kehle, und die Trauer schüttelt meinen Körper, lässt jeden Atemzug zu einer Qual werden.

Mattis sagt nichts. Doch in seinen Berührungen liegen so viel Trost und Ruhe, so viel Hoffnung und Liebe, dass es mir gelingt, meine Fassung wiederzufinden. Wenigstens ein Stück weit. Schutz suchend vergrabe ich meinen Kopf an seiner Schulter und lege meine Arme um seinen Nacken. Ich nehme den Duft seiner Haut wahr, die Wärme, die von ihm ausgeht. Er ist alles, was ich brauche. Nur er kann mich retten, wenn ich im Gefühlssturm unterzugehen drohe. In diesem Moment spüre ich es stärker als je zuvor.

Wie von selbst fahren meine Lippen zärtlich an seinem Hals entlang, benetzen seine Haut mit unzähligen sachten Küssen. Seine Hand, die sich in mein Haar krallt, und sein seliges Seufzen feuern mich an. Ohne darüber nachzudenken, gleite ich auf seinen Schoß, und mein Mund sucht fordernd seine Lippen. Endlich verschmelzen wir in einem Kuss, der gefüllt ist von Sehnsucht und Verlangen. Gierig umkreisen sich unsere Zungen, und in mir strömen Schmetterlinge zu ihrem Tanz aus. Sein Kuss schmeckt süß und würzig zugleich. Überall, wo er mich berührt, spüre ich kleine Explosionen in meinem Körper. Seine Hand gleitet von meinem Hals an meinem Oberkörper hinab. Ich will mehr davon, werde fordernder.

Doch plötzlich zieht er sich von mir zurück, legt abwehrend seine Hände an meine Schultern und drückt mich von sich fort. »Livi …«, keucht er atemlos, »… ich kann das nicht. Es fühlt sich falsch an.«

Seine Worte treffen mich wie ein Schlag ins Gesicht. *Hat er das gerade wirklich gesagt?* Denn für mich fühlt es sich ganz und gar nicht wie ein Fehler an. Verständnislos starre ich ihn an. Immer noch spüre ich den Druck seiner Hände, die mich von ihm fernhalten.

Vor meinem geistigen Auge erscheinen Marit und Mattis, wie sie sich küssen. Auf einmal ist mir alles klar. Er will sie und nicht mich. Tränen bahnen sich ihren Weg ins Freie. »Verstehe«, entgegne ich gepresst. Dann mache ich mich von ihm los und bringe Abstand zwischen uns. So, wie er es will. Kopflos stürze ich aus dem Haus. Er hält mich nicht zurück.

Ich komme erst zum Stehen, als ich an die Station der Fløibahn gelange. Ohne zu wissen, welches Ziel ich überhaupt habe, haben mich meine Beine hierhergetragen. In diesem Moment wird mir klar, dass ich mit jemandem reden muss. Die Zeiten, in den ich mich allein irgendwo verkrochen habe, sind eindeutig vorbei. Entschlossen wische ich mir die Tränen aus dem Gesicht und nehme die nächste Bahn runter in die Stadt.

Wenig später finde ich mich vor dem *Kruttønne* wieder. Ich hoffe, Hedda stört es nicht, dass ich ihr schon wieder die Ohren volljammere. Schließlich muss sie arbeiten. Aber ich wüsste nicht, zu wem ich sonst gehen sollte. Sie ist mir in der letzten Zeit sehr ans Herz gewachsen.

Plötzlich öffnet sich die Tür. »Was stehst du denn hier draußen herum, Süße?« Hedda sieht mich sanft an. »Irgendwas passiert?«

»Und ob.«

»Na, komm schon rein. Im Moment ist nicht so viel los. Die Mädels kommen sicher eine Weile ohne mich klar.«

Dankbar folge ich ihr ins Restaurant. Tatsächlich sind viele Tische frei, und zwei der Kellnerinnen stehen gelangweilt am Tresen. Wir gehen an ihnen vorbei ins Büro, und Hedda schiebt mir einen Stuhl hin. »Also, erzähl schon.«

»Ich … habe Mattis geküsst. Und es schien so, als hätte es ihm auch gefallen.«

»Aber?«

»Dann hat er mich plötzlich von sich weggeschoben und mir gesagt, es würde sich falsch anfühlen.«

»Das hat er gesagt?« Hedda geht vor mir in die Hocke und legt ihre Hände tröstend um meine. »Wie ist es denn überhaupt zu dem Kuss gekommen?«

»Welche Rolle spielt das jetzt noch? Es ist doch völlig klar, wie er das meint. Es ist wegen Marit, das liegt doch auf der Hand.«

»Das kann und will ich immer noch nicht glauben. Hast du denn mit ihm darüber geredet?«

Stumm schüttle ich den Kopf und versuche, gegen den Kloß in meinem Hals anzukämpfen. Doch es bringt nichts. Wie auf Knopfdruck rinnen die Tränen sturzbacharttig an meinem Gesicht hinab und fallen in schweren Tropfen auf unsere Hände.

»Ach Mensch, Livi ... das tut mir so leid. Warte kurz.« Hedda steht auf und reicht mir ein Taschentuch. »Und was willst du jetzt tun?«

Überfragt zucke ich mit den Schultern.

»Du könntest heute Nacht bei uns schlafen. Aber es dauert noch ein paar Stunden, bis wir schließen.«

»Kann ich euch vielleicht in der Küche zur Hand gehen? Dann komme ich wenigstens auf andere Gedanken.«

»Moment. Ich spreche kurz mit Erik.« Hedda verschwindet in Richtung Küche, und ich starre ins Nichts, versuche innerlich zur Ruhe zu kommen.

Im nächsten Moment kommt Hedda zur Tür rein. »Erik freut sich über deine Gesellschaft in der Küche.« Sie zwinkert mir zu, und ich atme innerlich auf. Ich bin froh, nicht nach Hause zu müssen, solange ich nicht weiß, wie ich mit Mattis umgehen soll.

Die Arbeit in der Küche gemeinsam mit Erik und seinen Kollegen drängt das Geschehene ein wenig in den Hintergrund, auch wenn ich nur mit dem Zubereiten der Salate betraut wurde. Aber damit bin ich rundum zufrieden. Ich hatte nicht vor, in den geregelten Abläufen in Eriks Reich herumzupfuschen. Als die

Küche um zweiundzwanzig Uhr schließt, wird mir jedoch einmal mehr bewusst, dass das nicht der richtige Job für mich wäre. Kochen ja – aber nicht wie am Fließband. Da ist mir unsere kleine Event-Location im Atelier tausendmal lieber.

Auch wenn ich mich gerade frage, wie es mit unserem *Art & Dine* weitergehen soll. Habe ich durch meinen Annäherungsversuch alles kaputt gemacht? Oder schaffen wir es noch einmal, diese Sache zu vergessen und weiterzumachen wie bisher? Schließlich sind wir uns nicht zum ersten Mal nähergekommen. Nur dass der Kuss damals nicht von mir ausging. Das ist doch alles verrückt!

Erst eine weitere Stunde später ist das Restaurant endgültig geschlossen, und ich fahre gemeinsam mit Hedda und Erik zu ihnen nach Hause.

»Ich mache dir rasch das Gästezimmer fertig«, meint Hedda, während Erik mich ins Wohnzimmer schiebt. Ich schaue mich in dem gemütlichen Raum um, bis mein Blick auf die Wand fällt. Dort hängt ein Gemälde, das unverkennbar von Mattis stammt. Es zeigt ein Paar, das eng umschlungen der untergehenden Sonne entgegenblickt. Sofort wird mein Herz wieder schwer.

Erik scheint meine Gedanken zu lesen. »Livi, ich bin der gleichen Meinung wie Hedda. Mattis würde um keinen Preis der Welt zu Marit zurückgehen.«

»Was macht dich da so sicher? Für die Kinder wäre das doch das Beste.« Ich löse meinen Blick vom Gemälde und wende mich Erik zu.

»Mag schon sein. Aber das würde nur etwas bringen, wenn Marit und er sich wirklich lieben würden. Und das tun sie nicht.«

»Das sah aber neulich ganz anders aus.«

»Vielleicht von ihrer Seite. Das kann ich nicht beurteilen. Was Mattis angeht …« Erik verstummt, und sein Mund klappt zu.

»Was?«

»Sprich einfach mit ihm, okay?«

»Ich denke, es ist alles gesagt.«

Energisch schüttelt er den Kopf. »Mit Sicherheit nicht. Oder soll ich mit ihm reden?«

»Bloß nicht. Bitte! Sag ihm nicht, dass ich mir seinetwegen die Augen aus dem Kopf heule.«

»Livi, das bringt doch nichts.«

»Versprich es mir.«

Erik stößt laut Luft aus. »Nur wenn du mir versprichst, Klartext mit ihm zu sprechen.«

Gerade als ich protestieren will, retten Heddas Worte mich aus der Situation. »Dein Zimmer ist fertig, Liebes.«

»Ich geh dann mal schlafen. Gute Nacht … und danke.«

Hedda nimmt mich in den Arm. »Lass den Kopf nicht hängen. Schlaf gut.«

Ohne mich groß im Zimmer umzusehen, lasse ich mich auf das weiche Bett fallen und ziehe die Decke fest um meinen Körper. Nicht einmal meiner Kleidung entledige ich mich, bevor ich das Licht ausschalte. Es ist mir egal.

Ich starre in die Dunkelheit der Nacht. Der Gedanke, dass Mattis monatelang in diesem Bett geschlafen hat, hüllt mich ein. Plötzlich fühle ich mich ihm ganz nah – obwohl ich ihm ferner nicht sein könnte.

Je länger ich über die Geschehnisse der letzten Tage und Wochen nachdenke, desto klarer wird mir, dass Mattis im Prinzip nichts Besseres passieren könnte, als wieder zu seiner Familie zurückzukehren. Jedes Mal, wenn er bei ihnen war, kommt er mit einem zufriedenen Strahlen wieder nach Hause. Sie machen ihn glücklich! Wie könnte ich ihm da im Weg stehen wollen? Zumal ich diejenige bin, die ihn mehr oder weniger zu seiner Familie zurückgebracht hat.

So schwer es mir auch fällt, muss ich mich von nun an nur noch auf unsere Freundschaft und unsere Zusammenarbeit fokussieren. Es gibt nur diesen einen Weg.

KAPITEL 18

MATTIS

Die ganze Nacht über ist sie nicht nach Hause gekommen. Kopflos stehe ich in ihrem Schlafzimmer und starre auf das leere, unberührte Bett. Ich drehe fast durch vor Sorge! *Was, wenn ihr etwas passiert ist? Ich bin so ein verdammter Idiot! Warum habe ich sie nicht aufgehalten? Warum musste ich mich wie ein riesiger Trampel benehmen?*

Warum sie nicht an ihr Handy geht, erklärt sich mir immerhin, als ich es auf ihrem Nachttisch entdecke. Gleichzeitig verstärkt das meine Sorge nur umso mehr. Wie soll ich sie finden?

»Aaaaaahhhh, verflucht!«, brülle ich und trete wutentbrannt gegen eine der Kommoden. Die unterste Schublade springt auf und gibt die Sicht auf ein paar umgedrehte Bilderrahmen frei. Bestürzt knie ich mich davor und nehme sie heraus. Es sind die Bilder, die zuvor auf dem Wohnzimmerschrank standen. Sie hat sie einfach hier verstaut. Ob sie so versucht, ihre Erinnerungen aus Herz und Sinn zu löschen? Sie muss die Trauer zulassen. Sie ist Teil ihres Lebens.

Entschlossen nehme ich die gerahmten Fotos an mich, stoße die Schublade zu. Im Wohnzimmer stelle ich die Bilder wieder auf den Schrank. Es fühlt sich richtig an, auch wenn Livi mich vielleicht dafür hassen wird.

Gerade als ich Hedda anrufen will, um zu fragen, ob sie weiß, wo Livi sein könnte, lässt mich ein Geräusch an der Tür aufhorchen. Schnell eile ich in den Flur und stehe Livi gegenüber.

Erleichterung macht sich in mir breit und lässt eine tonnenschwere Last von meinen Schultern abfallen. »Gott sei Dank! Da bist du ja. Wo hast du nur gesteckt, Livi?« Mein erster Impuls ist, sie in meine Arme zu ziehen.

Doch sie geht automatisch in Abwehrhaltung. »Das spielt keine Rolle.«

»Doch, Livi, tut es. Ich bin fast umgekommen vor Sorge. Keine Ahnung, wie oft ich versucht habe, dich zu erreichen. Ich dachte schon, dir sei etwas zugestoßen.«

»Ist es aber nicht.«

»Ein Glück.« Ich zwinge mich zur Ruhe, atme zweimal tief durch. »Können wir reden? Über gestern?«

»Es gibt nichts zu reden, Mattis.« Ohne mich anzusehen, rauscht sie an mir vorbei ins Wohnzimmer. Sekunden später erschüttert mich ein Aufschrei in Mark und Bein. »Warum hast du das getan?«, brüllt sie. Sofort eile ich zu ihr und sehe sie vor dem Schrank verharren. Ihr Atem geht flach und schnell, und ihr Gesicht ist schmerzverzerrt.

»Ich … ich denke, du darfst nicht so tun, als hätte es sie nie gegeben.«

»Und das gibt dir das Recht, in meinen Sachen zu wühlen?« Ihre Stimme klingt schrill.

»Das … hat sich eher zufällig ergeben.«

»Sehr witzig, Mattis. Die Bilder sind dir einfach so entgegengesprungen, was?«

»Ehrlich gesagt, so war es tatsächlich.«

»Rede nicht so einen Blödsinn«, faucht sie. Ein Feuer lodert in ihren Augen.

»Das ist kein Blödsinn. Ich kann dir das erklären.«

»Ich will deine Erklärungen nicht hören. Ich will …« Sie verstummt, ihren Blick nun wieder an die Fotos geheftet. Dann schluchzt sie laut auf. Instinktiv ziehe ich sie in meine Arme.

»Lass mich sofort los«, befiehlt sie. Mit aller Macht versucht sie, mich von sich zu schieben.

Frustriert lasse ich meine Arme sinken. Mit einer solchen Reaktion hätte ich rechnen müssen, dennoch treffen mich ihre Worte wie ein Stich ins Herz.

»Und jetzt geh. Ich will allein sein.«

»Tut mir leid«, murmle ich. *Ich hab's vergeigt. Und zwar so richtig.* Es steht mir nicht zu, mich in ihren Trauerprozess einzumischen. Und trotzdem fühle ich mich ständig, als müsse ich ihr dabei helfen. Jedoch bin ich allem Anschein nach wohl nicht der Richtige dafür. Ich bin immer nur der, der alles noch schlimmer macht.

Weil ich nicht weiß, wohin ich sonst gehen soll, laufe ich zur Bahnstation und fahre runter in die Stadt zum Atelier. Vielleicht bekomme ich beim Malen den Kopf frei.

Doch meine Gedanken kreisen unentwegt um Livi. Wie von Zauberhand erscheint sie auf der Leinwand vor mir. Strahlend und lebendig. Sie muss mir nicht mehr Modell sitzen, damit ich sie künstlerisch einfangen kann. Vor meinem geistigen Auge sehe ich sie klar und deutlich, jedes noch so kleine Detail habe ich verinnerlicht. Die kleinen Grübchen, die sich bilden, wenn sie lacht. Das Sternenfunkeln in ihren Augen. Die kleinen Sommersprossen, die sich in hellen Sprenkeln rund um ihre Nase gebildet haben. Die Frau, zu der sie in den letzten Monaten geworden ist.

So viel hat sich verändert, seit sie zum ersten Mal hier im Atelier vor mir saß und mir gestattete, ihre traurige Schönheit in einem Gemälde festzuhalten. Dennoch ist sie nach wie vor in Trauer, auch wenn diese längst nicht mehr so präsent ist. Ein Grund mehr, mir das regelmäßig vor Augen zu führen. Ich muss sehr behutsam mit ihr sein.

Drei oder vier Stunden vergehen, bis ich den letzten Pinselstrich ziehe und mit meinem Werk zufrieden bin. Ich stelle es auf eine freie Staffelei an der Wand und betrachte es noch eine Weile, bis ich mich wieder einer leeren Leinwand zuwende. Den Impuls, Livi erneut zu malen, unterdrücke ich, auch wenn es mir schwerfällt. Erst recht, weil sie mich nun von ihrem Platz an der Wand beobachtet. In Gedanken gehe ich die letzten Wochen und alles mit ihr Erlebte durch. Schlussendlich bleibe ich an der Erinnerung unserer Fjordfahrt hängen. Schwermütig bringe ich die hoch aufragenden Berge auf die Leinwand, zwischen denen sich das türkisfarbene Wasser des Fjords seinen Weg bahnt.

Ob wir irgendwann wieder solche Tage erleben werden? Seite an Seite unbeschwert und losgelöst von allem? Im Moment fühlt es sich nicht danach an.

Sehnsucht übermannt mich. Doch ich werde bleiben, wo ich bin. Livi will allein sein. Das muss ich respektieren.

Als ich am späten Abend nach Hause komme, ist alles still. Möglicherweise ist Livi bereits schlafen gegangen. Wenn nicht alles so verkorkst wäre, würde ich einfach raufgehen und in ihr Zimmer schauen.

Stattdessen erhitze ich mir eine Dose Ravioli und setze mich aufs Sofa, um mich vom Fernseher berieseln zu lassen. Zu meinem großen Erstaunen stelle ich fest, dass die Bilder immer noch auf dem Schrank stehen. Ich hätte wetten können, sie hätte sie wieder weggepackt.

Ob Livi eingesehen hat, dass ich recht haben könnte? Aber, selbst wenn, würde sie das bestimmt nicht zugeben – so abweisend, wie sie war. Am besten, ich lasse das einfach so stehen.

Mitten in der Nacht wache ich auf dem Sofa auf. Ich kann mich nicht erinnern, hier unten eingeschlafen zu sein. Schlaftrunken schlurfe ich zur Toilette und anschließend die Treppe rauf.

An Livis Tür verharre ich einen Augenblick und lausche in die Stille. Wie gern würde ich jetzt einfach in ihr Zimmer platzen und alles klarstellen zwischen uns. Doch meine innere Stimme mahnt mich zur Geduld. Also lege ich mich stattdessen in mein Bett, starre in die Dunkelheit und bekomme kein Auge mehr zu.

Es treibt mich bereits um fünf Uhr wieder aus den Federn. Die Sonne ist aufgegangen, und entgegen den Vorhersagen scheint es ein schöner Tag zu werden. Daher mache ich mich schon eine Stunde später zu Fuß auf den Weg runter in die Stadt. Die Fløibahn fährt nämlich dummerweise erst ab acht Uhr. Nach einem Fußmarsch von einer knappen Stunde fühle ich mich müde und erfrischt zugleich. Und unterwegs kam mir gleich die

Inspiration zu meinem nächsten Gemälde. Ich werde die Morgensonne malen, wie sie den Puddefjord und die Stadt zum Leuchten bringt.

Gerade als ich im Atelier angekommen bin und mein Vorhaben in die Tat umsetzen will, hält mich der Signalton meines Handys davon ab. Eine Nachricht von Livi.

Warst du die ganze Nacht nicht zu Hause?

Machst du dir etwa Sorgen um mich?

Und wenn es so wäre?

Dann weißt du wenigstens, wie es mir in der Nacht davor ging. Mit dem Unterschied, dass ich nach Hause gekommen bin. Aber du hast wohl schon geschlafen.

Oh. Habe ich nicht mitbekommen. Und wo bist du jetzt?

Im Atelier. Ich konnte nicht mehr schlafen.

Okay. Dann bis später?

Mein Herz macht einen kleinen Sprung. Ich sehe den Hauch einer Chance, heute Abend mit Livi reden zu können. Immerhin scheint sie mich nicht mehr zum Teufel jagen zu wollen. Und sie hat sich um mich gesorgt.

Klar. Bis später!

Meine Mundwinkel bewegen sich wie von selbst nach oben, als ich die Nachricht abschicke. Plötzlich fliegt der Pinsel in meiner Hand mit einer Leichtigkeit über die Leinwand, von der ich gestern noch glaubte, sie verloren zu haben. Ich kann es kaum erwarten, dieses Bild fertigzustellen und nach Hause zu fahren.

Ich will Livi sagen, was mir auf der Seele brennt, und hören, was in ihr vorgeht. Ich *muss* es einfach wissen. Dieser Kuss hat mich so sehr verwirrt, in vielerlei Hinsicht. Bei dem Gedanken daran wird mir heiß und kalt zugleich. Wenn diese Sache jetzt ewig zwischen uns stehen würde ... das darf einfach nicht sein. Manchmal würde ich am liebsten einfach auf *Reset* drücken.

Knapp fünf Stunden später schließe ich die Haustür auf, und Livi kommt mir bereits im Flur entgegen.

Verlegen neigt sie den Kopf zur Seite. »Hi!«

»Hi!« Meine Stimme zittert. *Warum bin ich plötzlich so nervös?* »Können wir vielleicht ...?« Ausgerechnet jetzt, als ich Livi fragen will, ob wir miteinander reden können, klingelt mein Handy. Doch ich ignoriere es.

»Willst du nicht nachsehen? Könnte wichtig sein.«

Verdammt! Mit einem Augenrollen ziehe ich das Handy aus meiner Hosentasche. »Es ist Marit«, entgegne ich gepresst.

»Na, dann geh doch ran.«

»Ich kann sie auch später zurückrufen.«

»Nun mach schon.«

»Pfffff, okay. Entschuldige mich.« Ich trete wieder ins Freie und nehme das Gespräch entgegen. »Hallo?«

»Hey, Mattis!«, säuselt Marit in den Hörer. »Ähm, die Kinder fragen andauernd nach dir. Es hat ihnen nicht gepasst, dass sie dich am Wochenende nicht sehen konnten. Ich musste ihnen versprechen, dich zu fragen, ob du heute kommst.«

»Als ob ich ihnen diesen Wunsch abschlagen könnte«, erwidere ich. Auch wenn das meine Pläne durchkreuzt. Aber es bedeutet mir unglaublich viel, dass meine Kinder mich wieder als feste Konstante in ihrem Leben haben wollen. Und ich habe mir geschworen, alles zu geben.

»Super. Kannst du in einer Stunde hier sein? Dann sind die beiden aus der Schule zurück, und wir könnten zusammen essen.«

»Das müsste ich hinkriegen.«

»Toll! Dann bis nachher. Ich freue mich!«

Den letzten Satz übergehe ich bewusst und antworte nur mit einem knappen »Bis später«. Marits überraschende Bitte, wieder ganz zu ihr und den Kindern zurückzukommen, steht nach wie vor im Raum. Nach dem Streit mit Livi hatte ich kaum Zeit, mir darüber ernsthafte Gedanken zu machen. Was ich Marit sagen soll, weiß ich noch nicht so recht und hoffe, dass ich heute um eine Antwort herumkomme. Im Beisein der Kinder sollten wir das nicht besprechen.

Als ich wieder reinkomme, schaut Livi mich erwartungsvoll an. »Und?«

»Die Kinder wollen mich gerne sehen.«

»Und warum guckst du dann so griesgrämig?«

»Weil ich eigentlich dachte … Ach, ich weiß auch nicht.« Plötzlich verlässt mich der Mut. »Müsste jetzt gleich schon los. Könnte ich vielleicht deinen Wagen haben?« *Toll, Mattis! Ganz toll!*

Livi presst die Lippen zusammen. Dann aber kramt sie in ihrer Handtasche, die an der Garderobe hängt, nach dem Schlüssel und reicht ihn mir mit einem aufgesetzt wirkenden Lächeln. »Du kannst den Wagen jederzeit nehmen, das weißt du doch. Grüß Marit und die Kinder von mir. Wir sehen uns dann heute Abend.«

Der Klang ihrer Stimme versetzt mir einen Stich. Vielleicht sollte ich doch lieber bleiben. Aber ich brumme ein »Danke« und mache mich davon.

Der Nachmittag mit meiner Familie ist an mir vorbeigezogen, ohne dass ich mich richtig auf sie einlassen konnte. Die Müdigkeit steckt mir nach wie vor in den Knochen, und Livi geistert unentwegt durch meinen Kopf. Marits Avancen haben es nicht gerade leichter gemacht. Sie hat ständig meine Nähe gesucht, während ich ihr aus dem Weg ging, wo ich nur konnte. Da kam mir das Fußballspiel mit den Kindern gerade recht. Allerdings habe ich haushoch gegen die beiden verloren. Als ich mich verabschiedet habe, hat Marit auf ein Gespräch gedrängt, wollte mich zum Bleiben überreden, doch ich flüchtete mich in Ausreden. Ich wollte einfach nur nach Hause, um endlich mit Livi sprechen zu können.

Dieser Plan löst sich nun jedoch in Rauch auf, denn als ich ins Wohnzimmer komme, liegt sie zusammengerollt auf der Couch und schläft. Ragnar hat sich neben sie gefläzt und hält ebenfalls ein Nickerchen. Behutsam lege ich eine Decke über Livi.

Leise setze ich mich daneben, sehe sie an, studiere ihr friedliches, entspanntes Gesicht und lausche ihren gleichmäßigen Atemzügen. Vorsichtig streiche ich ihr eine Haarsträhne hinters Ohr und lasse meine Finger sacht über ihre Wange gleiten. »Ach, Livi, ob es uns beiden gar nicht zusteht, glücklich zu sein?«, flüstere ich. Ich weiß, wie verzweifelt sich das anhören mag. Aber ist es nicht so? Immer, wenn ich glaube, alles würde sich zum Guten wenden, werden mir wieder neue Steine in den Weg gelegt. Und für sie sieht es letztendlich nicht anders aus, denn sie wird immer und immer wieder von ihrer Trauer eingeholt. Hat sie nicht etwas Besseres verdient? Hätten wir das nicht beide?

Von diesen Gedanken werden meine Augen ganz schwer. Ohne dass ich mich dagegen wehren kann, gleite ich in eine andere Welt hinüber. Eine Welt, in der es keine verfluchten Steine gibt. Nichts, was mir den Weg versperrt …

Als ich aufwache, graut schon der Morgen. Ich bin in die Decke eingehüllt, mit der ich Livi am Abend zuvor zugedeckt habe. Der Kater liegt leise schnarchend auf meinem Bauch. Es kommt mir vor, als würde er eine Tonne wiegen. Doch ich bin zu müde, um ihn fortzujagen. Stattdessen schließe ich einfach wieder die Augen.

Das nächste Mal werde ich von dem Duft frisch aufgebrühten Kaffees geweckt. Ich schlage die Augen auf und blicke in Livis Gesicht. Mir wird gleich warm ums Herz.

»Guten Morgen, Langschläfer! Ich habe dir schon mal einen extra starken Kaffee gemacht. Frühstück habe ich auf dem Küchentisch stehen lassen. Ich muss jetzt los, habe einen Termin bei Frau Hagebak.«

»Heute? Aber es ist doch Dienstag. Sonst gehst du doch immer freitags.«

»Ich hatte sie um einen anderen Wochentag gebeten, da wir ja nun freitags immer Events haben.«

»Verstehe.« Dabei wollte ich doch endlich mit ihr reden. »Sehen wir uns denn nachher?«

»Mit Sicherheit. Aber jetzt muss ich mich beeilen. Bis dann!« Und schon ist sie verschwunden.

So in der Art geht es die ganze Woche weiter. Am Mittwochabend haben wir unser erstes After-Work-Event, wo Livi passend zum Thema *Sommerliebe* eine leichte geröstete Ofenratatouille mit gegrillter Hähnchenbrust in Zitronenmarinade serviert. Den Donnerstag verbringe ich von morgens bis abends im Atelier. Einer meiner Online-Kunden, der überaus begeistert von seiner Bestellung ist, hat nämlich gleich noch zwei Wunschmotive geordert. Darauf folgen wieder zwei Eventtage, an denen sich uns kaum Zeit zum Verschnaufen bietet.

Immer wenn ich das Gespräch mit Livi suche, ist sie beschäftigt, zu müde oder was auch immer. Je mehr Zeit vergeht, desto mehr beschleicht mich das Gefühl, dass sie mir bewusst aus dem Weg geht. Auch heute wird es wohl nicht zu einer Aussprache kommen.

Marit wird jeden Moment da sein. Sie bringt mir die Kinder, damit ich Zeit mit ihnen allein verbringen kann. Tatsächlich ist dies das erste Mal, seitdem wir uns wieder halbwegs zusammengerauft haben. Mit Nachdruck habe ich darauf bestanden, etwas allein mit den Kindern zu unternehmen, auch wenn mir bewusst ist, dass das Marit absolut nicht in den Kram passt.

Noch bevor ich diesen Gedanken zu Ende gedacht habe, klingelt es auch schon. Ich öffne die Tür, und Jubelgeschrei und Kinderarme fliegen mir entgegen.

»Guten Morgen, ihr beiden! Ihr seid ja kaum zu halten!«, rufe ich lachend.

»Endlich können wir dich mal hier besuchen«, freut sich Linnea. »Und mal ohne Mama sein«, flüstert sie mir kichernd ins Ohr.

Von hinten dringt Livis Stimme in mein Ohr. »Na, hier ist ja was los!«

»Livi!« Isak und Linnea überfallen sie förmlich, was Marit mit einem abschätzigen Blick kommentiert.

Sie steht mit hochgezogenen Schultern in der Tür und mustert mich flehend. »Bevor ich gehe … hast du noch einen Augenblick?«

Innerlich versuche ich, mich zu sammeln. Irgendwann muss ich ihr eine Antwort geben. »Lass uns zum Steg gehen.«

Wir gehen schweigend einige Schritte.

»Warum wolltest du die Kinder unbedingt allein sehen? Wir hätten doch auch zusammen etwas unternehmen können.« Marit legt ihre Hand auf meinen Arm und zieht mich näher an sich heran.

»Ist das so schwer zu verstehen? Seit Wochen treffen wir uns nun regelmäßig. Und jedes Mal bist du als Aufpasser dabei. Vertraust du mir immer noch nicht?« Mein Mund ist dicht an ihrem Ohr und ich spreche bewusst leise, damit Linnea und Isak nichts mitbekommen.

Marits Gesichtszüge entgleisen. »Was soll die Frage, Mattis? Ist das dein Ernst? Du hast wohl vergessen, worum ich dich letzte Woche gebeten habe. Glaubst du, ich würde dich fragen, ob du zu uns zurückkommst, wenn ich dir nicht vertrauen würde? Und überhaupt, wann gedenkst du, mir eine Antwort darauf zu geben?«

Mein Blick huscht zum Haus, wo die Kinder vor der Tür miteinander Fangen spielen. Livi steht mittendrin, doch ihre Augen sind auf mich gerichtet. In ihnen meine ich, eine Mischung aus Schmerz, Einsehen und Zuversicht zu erkennen.

»Livi, kannst du uns das Haus zeigen?«, fleht Isak und greift nach ihrer Hand. Sie verschwindet mit den Kindern ins Innere, und ich starre ihr wortlos hinterher.

»Mattis, jetzt antworte mir gefälligst«, sagt Marit drängend.

Ich nutze die Gelegenheit, um ein wenig Abstand zwischen uns zu bringen. »Marit, hör zu. Ich bin unheimlich erleichtert, dass wir uns wieder zusammengerauft haben – der Kinder wegen. Aber das war's dann auch schon. Wir können nicht mehr dahin zurückkehren, wo wir einmal waren. Dafür ist viel zu viel passiert. Du hast einen anderen Partner, und …«

»Ich habe mich von ihm getrennt, wenn es das ist, was du hören willst. Das habe ich nur deinetwegen getan.«

»Das spielt keine Rolle, Marit. Es ändert nichts.«

Ihre Augen werden immer größer. »Es ist *sie,* richtig? Livi steht uns im Weg.«

Wut kocht in mir hoch. »Nein, Marit. Das siehst du falsch. Du wolltest, dass ich aus eurem Leben verschwinde. Zugegebenermaßen nicht zu Unrecht. Ich war eben nicht mehr ich selbst und habe mir auch nicht allzu viel Mühe gegeben, daran etwas zu ändern. Aber jetzt, wo ich wieder funktioniere, willst du alles rückgängig machen? Das kann ich nicht. Und ich will es auch nicht. Denn ich liebe dich schon lange nicht mehr, Marit. Nicht nach all dem, was passiert ist.«

Sie öffnet ihren Mund und schließt ihn wieder, ohne etwas zu sagen.

»Tut mir leid. Ich wollte nicht so aus der Haut fahren.«

Betreten starrt Marit auf den Boden. »Du hast ja recht«, erwidert sie gepresst. »Ich fahr dann wohl besser.« Ohne ein weiteres Wort wendet sie sich ab.

»Ich bringe die Kinder heute Abend zurück«, rufe ich ihr noch hinterher.

Marit hebt nur kurz zustimmend die Hand, doch sie dreht sich nicht mehr zu mir um.

Als ich ins Haus gehe, poltern die Kinder gerade gemeinsam mit Livi die Treppe herunter.

»Boah, Papa! Es ist voll schön hier!«, trällert Linnea fröhlich. »Hier möchte ich auch wohnen.«

»Lass das bloß nicht deine Mutter hören«, werfe ich ein.

»Wo ist Mama überhaupt?«, möchte Isak wissen.

»Sie ist gerade gefahren. Ihr wart ja beschäftigt.« Nachdenklich streiche ich durch sein blondes Haar. Hoffentlich werden die Kinder nicht wieder die Leidtragenden unseres Streits sein. Schnell schüttle ich diese Gedanken ab. »Und, sollen wir heute wandern gehen? Hier oben gibt es viel zu entdecken.«

»Au ja«, ruft Linnea.

Isak scheint weniger begeistert. »Echt jetzt? Wandern?«

Lächelnd schaltet Livi sich ein. »Na klar, Isak. Du wirst es lieben, da bin ich mir sicher. Das wird bestimmt ein Abenteuer.«

Mit großen Augen schaut er sie an. »Kommst du denn auch mit?«

Livi schüttelt den Kopf. »Nein, ich will euch nicht stören. Heute könnt ihr endlich mal etwas allein mit eurem Papa unternehmen.«

»Aber du störst uns nicht«, behauptet Linnea.

»Genau«, stimmt Isak ihr zu. »Wir wollen alle, dass du mitkommst. Oder, Papa?«

Drei Augenpaare richten sich erwartungsvoll auf mich. »Ich würde mich auch sehr freuen, wenn du mitkommst.«

»Dann bin ich wohl überstimmt«, meint Livi, ohne mich dabei aus den Augen zu lassen. Sie wendet sich erst ab, als die Kinder aufgeregt an ihr zerren. »Na, dann werde ich uns mal ein wenig Verpflegung zusammenpacken, was? Wer hat Lust auf Muffins?«

»Ich, ich!«, schreien die Kinder wie aus einem Munde. Kindliche Freude durchfährt mich bei der Aussicht, den Tag unverhofft mit Livi verbringen zu können. Vielleicht fügt sich ja doch noch alles.

Eine halbe Stunde später sind wir mit Sack und Pack zum Aufbrechen bereit.

»Wohin gehen wir?«, möchte Linnea wissen.

Mir kommt in den Sinn, dass Livi vor ein paar Wochen zu diesem See gewandert ist. »Sollen wir zu dem See, den du neulich entdeckt hast, Livi? Du wolltest doch unbedingt noch einmal dorthin.«

»Gute Idee«, stimmt Livi mir zu. »Und das wird garantiert nicht langweilig, das verspreche ich euch!«

Livi geht in ihren neuen Wanderschuhen voran und leitet uns über Wald- und Wanderwege, während die Kinder ununterbrochen auf uns einreden. Beide wirken total aufgedreht und fröhlich. Ob das daran liegt, dass Marit mir nicht im Nacken sitzt? Spüren sie auch, dass heute nicht der Hauch von Anspannung in der Luft liegt?

Nach etwa dreißig Minuten eröffnet sich der Storediket vor uns. Mein Blick schweift über das glasklare Wasser und die Felswände, die sich dahinter auftürmen.

»Wow«, ruft Isak und zerrt an meiner Hand. »Können wir da rauf, Papa?«

»Das ist der Plan.«

»Juhu!«

»Und? Alles andere als langweilig hier, was? Das wird ein spannender Aufstieg.«

»Ja, ja, Papa. Aber vorher will ich einen Muffin.«

Livis glockenhelles Lachen dringt an mein Ohr. »Den müssen wir uns erst einmal verdienen. Wenn wir oben sind, gibt es Muffins für alle.«

»Oooookaaaay«, stöhnt Isak. Schon im nächsten Moment lässt er sich von Linnea mitreißen, und sie stürmen voller Tatendrang den Weg entlang. Livi und ich schaffen es kaum, hinterherzukommen.

Nachdenklich mustere ich Livi von der Seite. Sie wirkt zufrieden, ist aber ungewohnt still.

»Ist alles …«, setze ich an.

Dann tönt Linneas Rufen dazwischen. »Wo bleibt ihr denn, ihr lahmen Enten?«

Livi lacht laut auf. »Das lasse ich mir nicht zweimal sagen.« Sie setzt zum Sprint an und ist schneller bei den Kindern, als ich gucken kann.

»Du hast verloren, Papa!« Linnea kichert vergnügt.

»Das ist, weil Papa schon so alt ist«, meint Isak trocken.

»Na warte! Ich geb dir gleich alt!« Mit Gebrüll renne ich auf ihn zu und werfe ihn wie einen Sack Kartoffeln über meine Schulter. Nur dass sich dieser Kartoffelsack heftig wehrt und dabei kaputtlacht. »Ist schon gut, Papa! Ich hab's verstanden. Du bist weder alt noch schwach. Aber lahm bist du trotzdem.«

»Da hat wohl jemand Lust auf ein Bad im See.« Mit dem Bündel auf meiner Schulter renne ich ans Ufer. Isak wehrt sich noch heftiger und beginnt zu kreischen.

»Los, wirf ihn rein!«, feuert Linnea mich an.

Die Stimmung könnte ausgelassener nicht sein. Ohne Marits bohrenden Blick in meinem Rücken fühle ich mich endlich frei und kann mit den Kindern herumalbern, wie ich will.

»Spart euch eure Kräfte lieber für den Aufstieg«, meint Livi. »Nicht, dass ich dich nachher noch den Berg raufschleppen muss!« Sie deutet grinsend auf mich.

Nicht der schlechteste Gedanke. Trotzdem lasse ich Isak runter, aber nicht, ohne ihn noch einmal kurz über der Wasseroberfläche baumeln zu lassen.

Nachdem alle etwas getrunken haben, straffe ich die Schultern und klatsche in die Hände. »Dann wollen wir mal!«

Wir gehen nach rechts auf einen schmalen Pfad, der direkt am Ufer des Sees entlangführt, bis wir an eine Kreuzung gelangen.

»Jetzt wird's spannend«, brumme ich. »Wo sollen wir lang? Geradeaus oder rechtsherum?«

»Hm.« Livi wägt ab. »Ich denke, wenn wir rechts entlanggehen, wird es weniger steil. Es sei denn, du willst ganz hoch hinauf. Aber das wird für die Kinder sicher nicht so leicht. Und für dich auch nicht, du Gipfelstürmer.«

»Was soll das denn heißen?«, rufe ich empört. »Aber wir gehen trotzdem besser rechts. Der Kinder wegen.«

»Na klar, der Kinder wegen«, meint Livi amüsiert und läuft energisch drauflos. Schon bald werden wir alle eines Besseren belehrt. Die Steigung ist hier das kleinste Problem. Den Weg kann man eigentlich nicht als solchen bezeichnen. Er ist uneben, und loses Geröll macht ihn nicht gerade ungefährlich.

»Hier müssen wir echt aufpassen«, ruft Livi. »Linnea, komm mal her. Du gehst am besten vor mir. Mattis, du guckst nach Isak, okay?« Ihre Sorge um die Kinder rührt mich zutiefst. Doch ich darf jetzt nicht an Livi denken. Ich muss mich konzentrieren, denn ich habe alle Mühe, Isak und mich heil hinaufzubefördern. Ganz zu schweigen davon, dass ich gehörig nach Luft schnappen muss. *Hatte ich nicht irgendwann einmal so etwas wie Kondition?*

Als wir das Waldstück hinter uns lassen und sich der See wie ein gläserner Teppich unter unseren Füßen ausbreitet, werden wir für die Strapazen reichlich belohnt. Dennoch bin ich heilfroh, als wir endlich das Plateau erreichen und wieder auf einen ausgewiesenen Wanderweg gelangen.

»Ich denke, jetzt haben wir uns wirklich eine Pause verdient«, keucht Livi. Sie setzt ihren Rucksack ab, kramt eine Decke hervor und breitet sie auf der Wiese aus. »Mattis, die Fressalien sind bei dir drin.«

Ich stelle meinen Rucksack neben ihr ab und beobachte sie dabei, wie sie eine Dose mit den Muffins, einige Sandwiches und geschnittene Äpfel hervorkramt. Sofort lassen sich die Kinder auf die Decke kullern und betteln Livi um ihre saftigen Schokomuffins an.

»Hey, ist für mich vielleicht auch noch ein bisschen Platz übrig?«, beschwere ich mich.

»Klar, Papa!« Linnea rutscht zur Seite, nur damit sie mich als eine Art Liegestuhl missbrauchen kann, sobald ich mich gesetzt habe.

Selig betrachte ich dieses Glück, das direkt vor mir liegt. Die Menschen, die ich liebe. Der Zauber der Natur. Der Geschmack dieser göttlichen Muffins. Der Duft der Glückseligkeit. Dieser Moment ist nahezu perfekt. Es gibt nur wenig, das mir fehlt – und gleichzeitig so viel.

»Komm, Papa! Lass uns Fangen spielen«, bettelt Linnea.

»Woher hast du nach diesem Aufstieg noch die Energie dafür?«, murre ich.

»Na los! Du kriegst mich ja doch nicht!« Sie springt auf und flitzt davon. Ächzend raffe ich mich auf und eile ihr hinterher, so schnell es mir eben möglich ist. Allerdings habe ich gegen Linnea nicht die geringste Chance. Jedes Mal, wenn ich denke, sie gleich zu haben, entwischt sie mir wieder und lacht dabei ausgelassen. Gerade als ich aufgeben will, dringt ein gellender Schrei in meine Ohren.

»Mattis!« Livis Stimme klingt schrill und panisch. Ich sehe, wie sie am Rande des steilen Abhangs liegt und die Arme ausstreckt. Isak ist nirgends zu sehen. *Scheiße! Verfluchte Scheiße!* Ich renne los, wie von Sinnen, habe aber das Gefühl, nicht von der Stelle zu kommen. Ein unsichtbares Monster zerrt an mir, sorgt dafür, dass ich mich nur in Zeitlupe fortbewegen kann.

Dann sehe ich, wie Livi all ihre Kraft aufwendet und Isak hochzieht. *Sie hat es geschafft!* Unbändige Erleichterung durchflutet mich. Doch kaum hat Isak festen Boden unter den Füßen, gerät Livi ins Straucheln. Sie stürzt, und ihr Kopf schlägt hart auf dem Felsen auf. Das dumpfe Geräusch des Aufpralls lässt Übelkeit in mir emporsteigen. Ich will schreien, doch das Monster hat mich meiner Stimme beraubt.

Als ich endlich bei den beiden ankomme, packe ich zuerst Isak panisch an den Schultern. »Bist du okay?« Er nickt stumm. Angst verzerrt sein Gesicht. »Linnea, nimm Isak. Geht zur Decke, weg vom Abgrund.«

Angsterfüllt falle ich neben Livi auf die Knie und nehme vorsichtig ihr Gesicht in meine Hände. »Livi, hörst du mich? Sag doch was!« *Verdammt, sie ist bewusstlos!* Als ich ihren Kopf zaghaft zur Seite drehe, sehe ich, dass Blut aus einer üblen Platzwunde über der rechten Schläfe quillt und ihr blondes Haar dunkelrot verfärbt. »Verflucht!« Irgendwie muss ich die Blutung stoppen. Ich hebe Livi hoch und trage sie zur Decke hinüber.

»Linnea, schau bitte im Rucksack nach, ob du Verbandszeug oder so was findest«, sage ich so entspannt wie möglich.

Sie nickt und fängt sofort an, am Rucksack zu nesteln. Sie wirkt ruhig, behält einen klaren Kopf. Isak hingegen ist wie erstarrt, seine Augen auf die leblose Livi gerichtet. Als ich sie sacht auf der Decke ablege, schlingt er sofort seine Arme um ihre Mitte und bettet seinen Kopf auf ihrem Bauch. Ich will ihn abhalten, damit sie besser atmen kann, bringe es aber nicht übers Herz.

»Hier, Papa. Reicht das?« Linnea hält mir ein kleines Erste-Hilfe-Täschchen entgegen. Gott sei Dank hat Livi an alles gedacht. Mit zitternden Fingern fische ich zwei Mullbinden und eine Wundauflage hervor. Früher in der Firma war ich Ersthelfer, in diesem Moment aber sind alle Erinnerungen daran wie weggeblasen. *Okay, zuerst die Wundauflage. Bleib ruhig, Mattis!* Dann wickle ich die Mullbinde zweimal um ihren Kopf.

»Hilf mir, Linnea.« Sofort kommt sie herüber und befolgt konzentriert meine Anweisungen. »Nimm die zweite Mullbinde und halte sie auf die Wunde. Ja, genau so. Sie darf nicht verrutschen, okay? Drück sie fest drauf. Ich wickle jetzt den Rest des Verbands um ihren Kopf.« Ungelenk befestige ich den Verband mit einem Fixierpflaster. Das ist geschafft. Nur, wie bekomme ich Livi wieder wach? Ich bringe sie in die stabile Seitenlage. Zumindest kommt es dem nahe, denn mein Kopf ist nach wie vor völlig leer gefegt. Hilflos rede ich auf Livi ein, in der Hoffnung, sie damit zu wecken. Da kneift Linnea Livi beherzt in die Wange.

»Linnea, was …«

In diesem Moment beginnt Livi zu blinzeln. Sie ist wieder bei uns.

»Livi! Gott sei Dank.« Tränen der Erleichterung quellen sturzbachartig aus mir hervor, und meine Lippen bedecken ihre Wange mit sachten Küssen. »Ich habe schon das Schlimmste befürchtet. Wie fühlst du dich? Kannst du sprechen?«

Sie versucht, sich aufzusetzen, gibt jedoch sogleich wieder auf. Ihre Hand tastet nach dem Verband, und sie verzieht das Gesicht vor Schmerz. »Was ist passiert?«

»Du hast mich gerettet«, platzt es aus Isak hervor.

»Ich … ich kann mich nicht erinnern.«

»Isak, gib mir bitte eine Cola aus dem Rucksack«, sage ich. Er reagiert sofort.

Vorsichtig bette ich Livis Kopf auf meinem Schoß. »Hier, trink etwas.«

Sie nippt teilnahmslos an der Flasche und hält sich wieder den Kopf. »Verflucht, tut das weh.«

»Du musst dringend ins Krankenhaus. Ich habe nur keine Ahnung, wie wir es dorthin schaffen sollen. Wir sind mitten im Nirgendwo.« Ich ärgere mich über die Verzweiflung in meiner Stimme. Ich will ihr doch Mut zusprechen, anstatt das Gegenteil zu bewirken. Ich überlege kurz. »Kinder, schafft ihr es, die Rucksäcke zu tragen? Und ich kümmere mich darum, Livi nach Hause zu schaffen. Von dort aus fahren wir sofort ins Krankenhaus.«

Die Kinder nicken und packen alles zusammen. Dann helfe ich Livi behutsam auf und lege ihren Arm um meine Schultern. »Kannst du laufen? Ich stütze dich.«

Livi schwankt und erbricht sich plötzlich. Sie keucht und ringt nach Luft. Doch dann wischt sie sich über den Mund und setzt sich langsam in Bewegung. Bei jedem Schritt verzieht sich ihr Gesicht vor Schmerz. Sie beißt die Zähne zusammen, dennoch kommen wir nur sehr langsam vorwärts.

Nach einer quälenden halben Stunde verlassen sie ihre Kräfte, und Livi sackt in meinem Arm zusammen, ist nicht mehr ansprechbar. *Mist! Mist! Mist!* Ich hebe sie hoch und trage sie weiter. Woher ich die Kraft dafür nehme, weiß ich nicht. Und noch weniger weiß ich, warum ich mir ausgerechnet jetzt vorstellen muss, wie ich sie in einem Brautkleid über die Schwelle unseres Hauses trage. *Vielleicht weil dieser Gedanke deine treibende Kraft ist,* raunt eine Stimme in meinem Kopf. Mit aller Macht versuche ich, mich darauf zu konzentrieren und das Brennen meiner Muskeln zu ignorieren.

Die Kinder laufen vorneweg. Isak dreht sich immer wieder mit ängstlichem Blick zu uns um. Linnea redet beruhigend auf ihn ein. Schweiß rinnt mir von der Stirn, und die wenigen Minuten kommen mir wie Stunden vor.

Als endlich eine kleine Snackbar in mein Sichtfeld rückt, atme ich erleichtert auf. *Ob ich einen Krankenwagen rufen soll? Nein, bis der hier oben ankommt ...* Mit dem Auto geht es schneller. »Kinder, hört zu. Ich gehe kurz rein und bitte die Verkäuferin um Hilfe. Livi kann sich hier hinlegen. Dann laufe ich nach Hause und hole den Wagen. Hier kann ich mit dem Auto ranfahren. In ein paar Minuten bin ich wieder hier. Okay?«

»Okay, Papa! Beeil dich«, sagt Linnea, und Isak nickt.

Mir gefällt der Gedanke nicht, Livi und die Kinder hier zurückzulassen. Doch welche Wahl bleibt mir? Wir dürfen keine Zeit verlieren. Ich erkläre der erschrockenen Verkäuferin unsere Situation und renne dann, so schnell meine Beine mich tragen, nach Hause. Verschwitzt und keuchend springe ich direkt ins Auto und rase den Weg zurück. Mein Kopf ist wie leer gefegt. Als ich wieder bei der Bar ankomme, ist Livi glücklicherweise bei Bewusstsein. Die Verkäuferin und zwei weitere Wanderer kümmern sich um sie und die Kinder.

Ich bedanke mich rasch, kippe den Beifahrersitz ein wenig nach hinten und helfe Livi, einzusteigen. Als die Kinder angeschnallt sind, rase ich los Richtung Krankenhaus. Während der Fahrt tritt Livi immer wieder kurz weg, und mit jeder Minute wächst meine Sorge um sie. Meine Hand tätschelt ihr Bein. »Bleib bei mir, Livi«, sage ich. »Du musst wach bleiben, hörst du?«

Es fällt mir zunehmend schwerer, mich auf die Straße zu konzentrieren. Heute kann ich diesen verfluchten Serpentinen und der Aussicht nichts abgewinnen. Im Gegenteil. Wut macht sich in mir breit, weil ich nicht so schnell vorankomme, wie ich gern würde.

Die Kinder auf der Rückbank sind mucksmäuschenstill. Hoffentlich wirkt diese Situation nicht traumatisch auf sie. Dieser schöne Tag hat sich innerhalb weniger Sekunden in den reinsten Albtraum verwandelt. Für uns alle.

Erleichterung macht sich in mir breit, als ich endlich den verdammten Berg hinter mir lasse und auf normalen Straßen weiterfahren kann. Die Sonntagsausflügler, die in aller Seelenruhe durch die Gegend fahren, bringen mich allerdings erneut zur Verzweiflung. Als nach einer gefühlten Ewigkeit endlich das Haraldsplass-Krankenhaus in mein Sichtfeld rückt, bahnen sich Tränen der Erlösung ihren Weg ins Freie. Ohne nachzudenken, fahre ich direkt zum Eingang der Ambulanz und parke auf einem Polizeiparkplatz.

»Linnea, lauf bitte vor und klingle.« Sie springt aus dem Auto und rennt los, während ich Livi vorsichtig aus dem Auto bugsiere. Sie ist nur halb da und nicht in der Lage, selbst auszusteigen. »Warte kurz hier, Isak, okay?« Ohne seine Antwort abzuwarten, laufe ich mit Livi auf meinem Arm los. An der Tür werden wir direkt von zwei Sanitätern mit einer Trage empfangen.

»Können Sie mir sagen, was passiert ist?«, fragt einer der beiden, während ich Livi ablege. Linnea tritt an die Liege und streicht über Livis Hand.

»Geh bitte zurück zu Isak, Linnea. Ich komme, sobald ich kann.« Dann wende ich mich an den Sanitäter. »Sie ist mit dem Kopf auf einem Felsen aufgeschlagen. Danach war sie einige Minuten nicht bei Bewusstsein. Ich habe einen Druckverband angelegt.«

»Wie heißt die Patientin?«

»Livi. Livi Steensen.«

»Livi, können Sie mich hören?« Eine junge Ärztin versucht, sie zu wecken. Plötzlich sind ganz viele Menschen um uns herum. Inzwischen befinden wir uns im Gebäude, wo jemand Livi in die Augen leuchtet und ihren Puls überprüft. Der Mann, mit dem ich spreche, nimmt unterdessen den Verband ab und begutachtet die Verletzung. »Wo ist der Unfall passiert?«

»Beim Wandern oben auf dem Fløyen. Wir mussten noch ein ganzes Stück zu Fuß zurücklegen, bevor wir endlich ins Auto steigen konnten. Sie ist zwischendurch immer wieder weggetreten. Übergeben hat sie sich auch ein Mal.«

»Das muss auf jeden Fall genäht werden«, murmelt der Sanitäter. »Sie sehen auch schlecht aus«, meint er nun zu mir. »Sie sollten sich setzen. Wir bringen Ihre Frau jetzt in Raum 1 und untersuchen sie genau.«

»Ich … die Kinder. Ich muss die Kinder wegbringen. Sie warten noch im Auto.«

»Sie sollten sich momentan besser nicht hinters Steuer setzen. Sie sind kreidebleich.«

»Mir … mir geht es gut. Ich komme zurück, so schnell ich kann.« Dann stürze ich ins Freie und stoße einen undefinierbaren Laut aus. Qual und Angst schwingen in ihm mit. Ich bleibe stehen und vergrabe das Gesicht in meinen Händen. Wie durch eine dichte Nebelwolke nehme ich wahr, dass sich mir schnelle Schritte nähern. Und dann spüre ich Arme und kleine Körper, die sich an mich drücken. Sofort verzieht sich der Nebel.

»Was ist mit Livi?« Isaks Stimme klingt ängstlich.

»Sie ist jetzt in guten Händen. Das wird schon wieder«, ermuntere ich ihn.

»Ich wollte das nicht, Papa! Wirklich nicht!«

Bestürzt beuge ich mich zu ihm hinunter und ziehe ihn zu mir heran. »Du kannst doch nichts dafür.«

»Doch. Es ist alles nur, weil ich so nah an den Rand gegangen bin. Der Stein war locker, und als er rausgebrochen ist, bin ich abgerutscht. Es tut mir so leid, Papa!«

»Sch. Schon gut. Ich bin so froh, dass dir nichts passiert ist.«

»Aber Livi ist deswegen etwas passiert.«

»Und ihr geht es auch ganz bald wieder gut. Du weißt doch, Heldinnen sind nahezu unverwundbar.«

»Versprochen?«

»Versprochen.« Innerlich bete ich, dass ich recht habe. »Kommt, ich bringe euch nach Hause.«

Während der Fahrt weint Isak still in sich hinein. Nur hin und wieder schluchzt er leise. Linnea redet erneut beruhigend auf ihn ein. Stolz macht sich in mir breit.

»Linnea, du hast das heute großartig gemacht. Ich bin so stolz auf dich.« Im Rückspiegel erkenne ich das Lächeln, das sich auf ihrem Gesicht ausbreitet.

»Ich habe in der Schule bei einem Erste-Hilfe-Kurs mitgemacht. Da wurde uns gesagt, dass es das Allerwichtigste ist, Ruhe zu bewahren.«

»Das ist dir eindeutig gelungen«, lobe ich sie. »Besser als mir.«

»Ach, Papa, das ist doch klar. Du liebst Livi ja auch.«

»Wie …«

»Du brauchst gar nicht erst zu versuchen, das Gegenteil zu behaupten. Ich bin doch nicht blind!«

»Aber …« Meine zehnjährige Tochter macht mich sprachlos. Ich kann es nicht fassen. *Ist es wirklich so offensichtlich?*

Wir kommen am Haus an und steigen aus. Marit öffnet uns die Tür und starrt uns fragend an. Uns allen scheinen die Erlebnisse ins Gesicht geschrieben zu stehen. »Was ist passiert?« Sie mustert mich eindringlich.

»Es gab einen Unfall. Wir mussten Livi ins Krankenhaus bringen.«

»Sie war doch nicht etwa mit bei eurem Ausflug?«

»Marit, ich habe jetzt keine Zeit für Diskussionen. Ich muss zurück ins Krankenhaus.«

»Livi hat mir das Leben gerettet«, ruft Isak dazwischen.

»Wie bitte?«

»Ich erzähle es dir in Ruhe, aber jetzt muss ich weg.« Ich drücke Linnea und Isak an mich. »Alles okay, Kinder?« Die beiden nicken.

»Jetzt hau schon ab, Papa!« Linnea schiebt mich Richtung Auto. Und wieder muss ich mich über sie wundern.

Die Sorge, was Marit zu diesem Vorfall sagen wird, schiebe ich entschlossen beiseite. Jetzt muss ich mich erst einmal um Livi kümmern.

Inzwischen ist etwa eine Dreiviertelstunde vergangen. Ob Livi noch in der Notaufnahme ist? Oder bereits auf ein Zimmer gebracht wurde? Ich fahre zurück zum Krankenhaus und frage am Empfang nach, wo man mir zunächst nicht weiterhelfen kann.

Eine brünette Dame mit einer wilden Turmfrisur ruft in der Notaufnahme an, um sich nach Livi zu erkundigen. »Sie wird gleich aufs Zimmer gebracht. Warten Sie doch einen Moment hier, ich gebe Ihnen dann Bescheid.«

Gequält stöhne ich auf. Ich will nicht warten, sondern sofort wissen, wie es ihr geht. Nach unerträglich langen zehn Minuten nennt mir Frau Turmfrisur eine Zimmernummer in der Neurologie. Auf der Station angekommen, eile ich zielstrebig auf das Zimmer zu. Noch bevor ich die Klinke herunterdrücke, öffnet sich die Tür von innen.

»Sie wollen zu Frau Steensen?« Eine Krankenschwester oder auch Ärztin mustert mich.

»Ja. Können Sie mir sagen, wie es ihr geht?«

»Sie sind ihr Mann?«

Ich nicke, wohl wissend, dass ich ohne diese Lüge keine Auskunft bekommen werde. »Also, was hat sie?«

»Ihre Frau hat ein mittelschweres Schädel-Hirn-Trauma. Die Verletzung an der Schläfe sah nicht so gut aus und musste genäht werden. Glücklicherweise ist der Knochen unverletzt geblieben. Sie ist noch mal mit einem blauen Auge davongekommen.«

»Gott sei Dank.«

»Sie wird vorerst zur Überwachung hierbleiben, aber ich denke, in ein paar Tagen können Sie sie wieder mit nach Hause nehmen.«

»Kann ich zu ihr?«

»Bitte sehr.« Sie schiebt die Tür weit auf und lässt mich durch. »Aber sie braucht Ruhe. Lassen Sie sie schlafen und bleiben Sie nicht zu lange. Ach so, und wir brauchen noch die Versichertenkarte Ihrer Frau.«

»Oh. Na klar. Die müsste ich im Auto haben. Ich hole sie später. Aber jetzt würde ich erst mal gern …«

»Kein Problem. Das hat noch ein bisschen Zeit.«

Die Tür schließt sich hinter mir, und ich starre auf Livi, die so zart und zerbrechlich in diesem Krankenhausbett wirkt. In ihre linke Hand wurde ein Zugang gelegt, durch den eine Infusion in ihre Venen fließt. So lautlos wie möglich umrunde ich das Bett und studiere ihr Gesicht. Sie ist kreidebleich und sieht schlecht aus. Ein dicker Verband schützt die Wunde, das vertrocknete Blut verklebt ihr helles Haar.

Suchend schaue ich mich nach einem Stuhl um und werde in der anderen Ecke des Zimmers fündig. So nah wie möglich stelle ich ihn an das Bett heran und lasse mich erschöpft darauf sinken.

Zögernd ergreife ich Livis Hand und bette meinen Kopf daneben. Meine Emotionen überrollen mich wie ein zu schnell herankommender Zug, dem ich nicht auszuweichen vermag. Sie hat meinem Sohn das Leben gerettet und sich selbst damit in Gefahr gebracht. Völlig selbstlos, während ich wie gelähmt zusehen musste. Immer und immer wieder spielt sich diese Szene vor meinem geistigen Auge ab, und ich danke Gott, dass ihr nichts Schlimmeres passiert ist.

Dort, wo mein Kopf liegt, ist die Bettdecke bereits von meinen Tränen durchtränkt, doch es gelingt mir nicht, mich zusammenzureißen. Es gelingt mir nicht, die Anspannung der letzten Stunden von mir abzuschütteln. Innerlich schreie ich danach, mich von ihr zu befreien, dennoch scheint die Last nicht leichter zu werden und erfasst mich jedes Mal aufs Neue mit all ihrer Wucht.

»Bin ich etwa tot, oder was soll dieses Wehklagen?« Livis brüchige Stimme reißt mich aus meiner Lethargie. Als unsere Blicke sich treffen, umspielt ein schwaches Grinsen ihre Lippen.

»Wenn dir nach Scherzen ist, scheint es nicht so schlimm zu sein«, kontere ich.

»Hast du mein Zimmer renoviert, oder ist das hier ein Albtraum?«

»Weder noch. Auch wenn sich die letzten Stunden tatsächlich wie ein Albtraum angefühlt haben.«

»Ich kann mich kaum erinnern. Nur an Isak. Geht es ihm gut?«

»Du hast ihn gerettet, Livi. Er hat keinen Kratzer abbekommen. Du weißt gar nicht, wie dankbar ich dir bin.«

»Er ist abgerutscht. Mir ging der Arsch auf Grundeis vor Angst. Als ich ihn raufgezogen hatte, wurde mir plötzlich schwarz vor Augen. Was danach passiert ist … sehe ich nur schemenhaft. Wie bin ich hierhergekommen?«

»Das erzähle ich dir alles in Ruhe, aber nicht heute. Du musst dich ausruhen.«

»Warum bist du überhaupt hier und nicht bei deiner Familie? Die Kinder werden dich jetzt brauchen … nach dem, was heute passiert ist.«

»Weil du jetzt wichtiger bist, Livi.« *Und nicht nur jetzt. Nicht nur jetzt, Livi.*

KAPITEL 19

LIVI

Mit brummendem Schädel liege ich zu Hause auf der Couch und werde von Britt verhätschelt. Am Vormittag wurde ich aus dem Krankenhaus entlassen. Mattis wollte das heutige *Art & Dine* unbedingt absagen, aber ich habe darauf bestanden, dass er es ohne mich durchzieht. Wir können doch nicht schon jetzt den Laden dichtmachen, nur weil ich ein wenig schwächle!

Erik hat sich großherzig bereit erklärt, für das Event etwas in seiner Küche zu improvisieren, und uns obendrein eine der Kellnerinnen zur Seite gestellt. Aus diesem Grund hat Mattis seine Mutter als Aufpasserin auf mich angesetzt. Na ja, es gibt Schlimmeres. Ich habe Britt von Anfang an ins Herz geschlossen, auch wenn sie ein bisschen überfürsorglich und extrem neugierig ist.

»Kann ich noch irgendetwas für dich tun, Kind? Brauchst du noch ein Kissen? Soll ich dir einen Tee kochen?«

»Nein, nein. Ich hab alles, was ich brauche. Setz dich doch einfach hin.«

Ein wenig pikiert schaut sie mich an, und ich kichere still in mich hinein. Offensichtlich wird sie nicht gern ausgebremst. Nur eine Sekunde später scheint das jedoch vergessen.

»Ihr habt es hier ja so schön! Da kann ich es doppelt verstehen, dass Mattis hier eingezogen ist. Wobei das Haus mit Sicherheit nicht der Hauptgrund war. Wie läuft es denn so?« Sie zögert einen Moment. »Zwischen euch, meine ich.«

»Ach, Britt, wir sind Freunde. Nicht mehr und nicht weniger. Mattis … er …«

»Na, was denn, Kind?«

»Er und Marit haben sich wieder zusammengerauft.«

»Wie bitte?« Alle Farbe weicht ihr aus dem Gesicht. »Das meinst du nicht ernst.«

»Die beiden wirken jedenfalls ziemlich vertraut miteinander. Und irgendwie ist es doch auch gut, oder?« *Zumindest rede ich mir das ein.*

»Was soll denn daran gut sein? Diese Frau habe ich gefressen.«

»Aber jetzt überleg doch mal. Es wäre auch für die Kinder das Beste, wenn sie wieder eine Familie sein würden.«

»Nonsens! Der Schuss geht doch eh wieder nach hinten los. Er kann nicht ernsthaft zu ihr zurückkehren wollen. Ich muss wohl mal ein ernstes Wörtchen mit meinem Sohn reden.«

»Lass ihn doch. Er muss auf sein Herz hören und seine eigenen Entscheidungen treffen.«

»Ja, ja. Ich weiß. Aber vor manchem Unheil will man selbst seine erwachsenen Kinder noch bewahren. Das verstehst du doch sicher. Wenn du recht hast mit dem, was du sagst, dann …« Beschwichtigend lege ich meine Hand auf ihren Arm. Wärme legt sich über ihre Gesichtszüge. »Und was ist mit dir, Kind?«

»Was soll mit mir sein? Alles bestens.«

»Erzähl mir nichts. Ich habe gesehen, wie du ihn ansiehst. Und wie er dich ansieht. Deshalb kann ich gar nicht glauben, was du mir da gerade aufgetischt hast.«

»Aber so ist es nun mal.«

»Also …«

»Britt? Ich bin sehr müde. Würde es dir etwas ausmachen, wenn ich die Augen zumache?«

»Ach was, ruh dich nur aus, Liebes. Ich bleibe hier sitzen und mache ein paar Kreuzworträtsel.«

Erleichtert drehe ich mich auf die Seite und schließe die Augen. Doch der Schlaf will sich einfach nicht einstellen.

Irgendwann muss die Müdigkeit doch stärker gewesen sein als das Chaos in meinem Kopf. Denn als ich mich umdrehe, ist es bereits dunkel, und nicht mehr Britt, sondern Mattis sitzt neben mir. »Hey, Livi, wie fühlst du dich?«

»Mein Schädel brummt. Ich fürchte, davon werde ich wohl noch eine Weile etwas haben. Wie lief das Event?«

»Projekt *Bergwelt* war ein voller Erfolg. Die Gemälde sind toll geworden und sehr individuell.«

»Und das Essen? Haben sich die Gäste beschwert?«

»Ach was! Die waren sehr verständnisvoll. Ich habe ihnen erzählt, dass du dich von einem Unfall erholen musst und dass das Menü deshalb improvisiert wurde. Aber keiner hat sich aufgeregt, weil es nicht das gab, was auf der Menükarte stand.«

»Was gab es denn überhaupt?«

»Lammfilet auf Zwiebelkompott mit Ofenkartoffeln und einer Rahmsauce. Scheint den Leuten geschmeckt zu haben. Für die Events am Freitag und Samstag hilft Erik uns auch wieder aus.«

»Aber bis dahin bin ich doch sicher wieder …«

Mattis fällt mir ins Wort. »Vergiss es! Du ruhst dich weiterhin aus. Du darfst frühestens nächsten Mittwoch wieder ins Atelier, verstanden?«

»Ja, ja, Herr Doktor«, brumme ich und rolle mit den Augen.

»Hey, nicht frech werden!« Mattis pikt mich mit dem Finger in die Seite, und ich zucke kreischend zurück. Sofort kommt die Retourkutsche. Ein heftiger Schmerz jagt mir durch den Kopf, als hätte jemand eine lange Nadel durch meine Gehirnwindungen gebohrt. »Au, verflucht!«

Mattis setzt eine schuldbewusste Miene auf. »Oh nein, das wollte ich nicht, Livi. Habe einfach nicht nachgedacht.«

»Schon gut.«

»Das kam ganz automatisch nach deinem Spruch.« Er sieht mir in die Augen, und sein bubenhaftes Grinsen verwandelt sich in ein sehnsuchtsvolles Lächeln. Sacht streicht er mir eine verirrte Haarsträhne hinters Ohr und lässt seine Finger zärtlich über meine Wange gleiten. *Warum tust du das?*

Mein Herz droht mir aus der Brust zu springen, und das schmerzhafte Pochen in meinem Kopf wird unerträglich heftig. Ich will nicht, dass er aufhört, mich zu berühren. Und gleichzeitig weiß ich, wie falsch das ist. Diese Nähe zwischen uns darf nicht sein. »Ich … ich gehe jetzt mal ins Bett.«

Mattis stößt laut Luft aus. Seine Miene ist sturmumwölkt. »Okay. Brauchst du Hilfe?«

»Denkst du etwa, ich schaffe es nicht mehr allein die Treppe rauf?«

»Dir könnte schwarz vor Augen werden.«

»Ach was! Und falls mir wirklich schwindelig wird, wirst du ein lautes Rumpeln hören. Dann kannst du mir immer noch helfen.« Ich beiße die Zähne zusammen und quäle mich vom Sofa. In der Tür halte ich noch einmal inne. »Gute Nacht, Mattis.«

»Gute Nacht.« Es ist kaum mehr als ein Flüstern. *Warum wirkt er so niedergeschlagen? Hat er nicht alles, was er sich erhofft hat?* Daraus soll mal einer schlau werden.

In den nächsten Tagen schlafe ich viel. Nicht nur, weil ich den Schlaf wirklich brauche, sondern auch, weil er die beste Flucht vor Mattis und meinen Gefühlen für ihn ist.

Mattis kümmert sich aufopferungsvoll um mich und weicht mir kaum von der Seite. Seine Nähe ist ergreifend und unerträglich zugleich. Denn immer, wenn er mit Marit und den Kindern telefoniert – und das tut er inzwischen nahezu täglich –, sehe ich den Glanz in seinen Augen, diese tiefe Zufriedenheit. Er ist glücklich. Mit ihnen. Mit seiner Familie.

Für mich gibt es dort keinen Platz. Diese Erkenntnis zerreißt mich innerlich. Mich überkommt zunehmend das Gefühl, Mattis sei nur noch aus Pflichtbewusstsein bei mir.

Doch dann gibt es immer wieder diese Momente, wenn eine flüchtige Berührung die Luft zwischen uns zum Knistern bringt. Da ist diese Anziehung zwischen uns, die nicht sein dürfte. Und dann wird der Wunsch, ihm nahe zu sein, übermächtig in mir. Ich will ihn, doch sein Herz gehört einer anderen. So kann es nicht weitergehen. Unsere Bindung tut weder ihm noch mir gut.

Nach über einer Woche geht es mir endlich wieder deutlich besser. Zwar bin ich nicht zu einhundert Prozent fit, doch wenn ich noch länger hier zu Hause sitze und nachgrüble, werde ich verrückt. Gerade habe ich mit Erik telefoniert und ihn gebeten, mir alle Zutaten, die ich für das morgige Event brauche, vom Großmarkt mitzubringen.

Als Mattis in die Küche kommt, beäugt er mich kritisch. »Führst du jetzt schon Selbstgespräche?«

»Quatsch. Ich habe mit Erik telefoniert.«

»Warum das?«

»Ich habe ihm die Einkaufsliste für unser After Work Event morgen durchgegeben.«

»Du willst doch nicht schon wieder arbeiten?«

»Und ob ich das will. Sonst drehe ich hier vollends durch.«

»Habe ich mich nicht gut genug um dich gekümmert?«

»Zu gut«, wispere ich vor mich hin.

»Wie bitte?«

»Ich meinte, natürlich hast du das. Aber ich brauche Beschäftigung.«

»Meinst du nicht, das ist noch zu früh?«

»Nein, meine ich nicht. Ich pack das schon. Es geht mir gut.«

»Na ja, wenigstens bin ich ja da und kann auf dich aufpassen.«

»Ich brauche keinen Aufpasser«, fahre ich ihn an.

»Okay, ich glaube, du musst wirklich wieder in deine Küche. Du bist alles andere als ausgeglichen.«

»Entschuldige«, murmle ich. »Auf jeden Fall ist die Schonzeit jetzt vorbei. Und du brauchst auch nicht mehr rund um die Uhr in meiner Nähe zu sein. Mir geht es besser. Wirklich. Dann hast du auch endlich wieder Zeit, dich um deine Familie zu kümmern. Seit meinem Unfall warst du nicht mehr bei ihnen.«

»Wofür sie vollstes Verständnis haben. Die Kinder zumindest.«

Und Marit nicht, richtig? Das liegt ja auf der Hand. Ich schlucke meinen Kummer hinunter und atme tief durch. »Jetzt muss es auf jeden Fall nicht mehr sein. Hiermit befreie ich dich offiziell von der Bürde, den Betreuer für mich zu spielen.« Ich lache, obwohl mir nicht danach zumute ist.

»Du verrücktes Huhn. Das habe ich gern gemacht, das weißt du aber schon, oder?« Er greift nach meiner Hand und führt sie an seine Lippen. *Hör auf damit! Sofort!*

Das Klingeln seines Handys befreit mich aus dieser Situation. Dennoch bedaure ich es, dass unsere Hände auseinanderdriften und die Wärme seiner Berührung im Nichts verpufft. Es fühlt sich an, als würde mir etwas fehlen. Als hätte er mir etwas genommen, das ich nie wieder zurückbekommen werde.

Dieses Gefühl verstärkt sich umso mehr, als er tonlos mit den Lippen das Wort »Marit« formt und sich dann zum Telefonieren ins Wohnzimmer verzieht. Alles, was mit mir in der Küche zurückbleibt, ist diese bleischwere Leere, die ich schon so oft zu spüren bekam. Und in diesem Moment wird mir bewusst, was ich mir all die Zeit über nicht eingestehen wollte: wie sehr ich Mattis liebe.

»Und dir geht es wirklich gut, Livi?« Mattis schaut mir über die Schulter, während ich mit den Vorbereitungen für das heutige Menü beschäftigt bin.

»Zum hundertsten Mal: ja! Aber du darfst mir liebend gern zur Hand gehen.« *Und endlich aufhören, jede meiner Bewegungen zu beobachten und mich damit in den Wahnsinn zu treiben.* »Hier, du kannst die Zwiebeln für die Zwiebelsuppe schälen und in dünne Scheiben schneiden.«

»Du scheinst wohl gerade etwas gegen mich zu haben.«

Wenn du wüsstest … »Wie kommst du denn darauf?«

»Du willst mich doch foltern! Dir macht es anscheinend Spaß, mich weinen zu sehen.«

»Ein bisschen vielleicht.«

»Ich hasse den Pariser Abend jetzt schon«, brummt er.

»Wenn du mein Entrecote erst probiert hast, wirst du mit all dem Leid, das ich dir zufüge, wieder ausgesöhnt.«

Plötzlich spüre ich ihn ganz nah hinter mir. »Na, das will ich doch hoffen.« Seine Worte, direkt an meinem Ohr, bereiten mir Gänsehaut. Und wieder frage ich mich, was er damit bezwecken will.

»Jetzt aber ran an die Arbeit, Gehilfe.«

»Ist ja schon gut, Sklaventreiberin«, murrt er. Auch, wenn ich ihm den Rücken zuwende, sehe ich sein Grinsen genau vor mir. Die Grübchen, die sich dann bilden, genauso wie die Lachfältchen an seinen … *Hör schon auf damit, Livi!*

Die Gemälde des Eiffelturms bei Nacht sehen allesamt traumhaft schön aus. Es erfüllt mich mit tiefer Zufriedenheit, zu sehen, wie die Leute unser Konzept annehmen und sich sichtlich wohl bei uns fühlen. Hier kann ich meinen Traum vom Kochen auf ganz eigene Art leben.

Dennoch bin ich erleichtert, als die Besucher das Atelier endlich verlassen. Ich hatte nicht erwartet, dass der Tag so anstrengend sein würde. Das dumpfe Pochen in meinem Kopf ist wieder da, und ich fühle mich unendlich erschöpft. Aber wenigstens die Zeit in der Küche – zumindest die, die ich allein dort verbringen durfte – hat mir dabei geholfen, meine Gedanken immerhin eine Weile von Mattis zu lösen.

»Würdest du fahren?«, frage ich ihn. »Ich bin total k.o.« Nickend nimmt er den Autoschlüssel entgegen. Unsere Finger berühren sich dabei flüchtig, und mich durchfährt ein kleiner Stromschlag.

»War wohl doch noch ein bisschen viel, hm?«, fragt er.

»Ach, das passt schon.«

»Das sagst du doch nur so. Aber ich mache mir Sorgen, Livi. Und allem Anschein nach sind die nicht unberechtigt.«

»Na ja, ich habe tagelang nur herumgelegen. Von null auf hundert war vielleicht doch nicht so eine gute Idee. Muss einfach wieder mehr in Bewegung kommen.«

»Aber in kleinen Schritten, okay?«

»Mmh«, brumme ich. Dann steige ich ein und schließe die Augen. Die Fahrt durch die Serpentinen schaukelt mich in einen tiefen Schlaf.

Schläfrig öffne ich die Augen und bin überrascht, dass ich mich in meinem Bett wiederfinde. Grelles Tageslicht flutet den Raum. Mir ist wahnsinnig heiß, und ich schlage die Decke weg. Während ich mich frage, wie ich hierhergekommen bin, fällt mir auf, dass ich noch meine Kleidung von gestern trage. Ich kann mich an nichts erinnern, nur dass ich sehr müde war.

Immerhin ist das Pochen in meinem Kopf wieder verschwunden. Das Pochen in meinem Herzen hingegen wird nur umso heftiger bei dem Gedanken, dass Mattis mich ins Bett gebracht hat. Ob er noch eine Weile neben mir gesessen und mir beim Schlafen zugesehen hat? *Ach, komm schon! Warum sollte er das tun?* Innerlich beschimpfe ich mich als Dummkopf ob meiner hirnrissigen Fantasien. Das muss ein Ende haben. Ich muss mit Mattis reden. Am besten heute noch.

»Guten Morgen, Langschläferin! Du bist gestern auf der Rückfahrt eingeschlafen. Keine Chance, dich wach zu bekommen.«

»Ja. Ich hab's gemerkt. Sorry dafür.«

»Ist doch nicht schlimm. Du warst echt fertig gestern. Und so hatte ich ein bisschen Training. Kaffee?«

»Gern.« Dankbar trinke ich das heiße Getränk und fühle mich danach etwas besser. Zumindest körperlich. In meinem Inneren tobt jedoch ein Sturm, den ich nicht zu bändigen weiß. Widerwillig würge ich einen Toast runter, allerdings nur, weil Mattis mich dazu drängt.

»Fährst du heute ins Atelier? Irgendwelche Aufträge?« *Bitte, sag Ja!* Ich muss dringend meine Gedanken sortieren. Mir die richtigen Worte zurechtlegen.

»Habe ich eigentlich nicht vor.« Er sieht aus, als wollte er noch etwas sagen, lässt es dann aber doch.

»Ich … verziehe mich mal auf die Couch. Ein bisschen lesen oder so.« Ohne ihn anzusehen, verlasse ich die Küche.

Vor meinem Hochzeitsfoto, das ich nicht wieder vom Wohnzimmerschrank genommen habe, bleibe ich stehen. Mit gemischten Gefühlen studiere ich jeden Millimeter von Kristians Gesicht. Ich sehe die Liebe, die ich verloren habe. Und in der Küche sitzt die Liebe, die ich nie besitzen werde. Vielleicht ist es mir einfach nicht vergönnt. Vielleicht ist für mich ein anderer Weg bestimmt.

Was würde Kristian wohl von all dem halten? Ratlos starre ich auf das Bild und lasse ihn vor meinem geistigen Auge lebendig werden. Er wollte immer, dass ich glücklich bin. Monatelang habe ich mir jegliches Gefühl von Glück verboten. Doch jetzt, wo ich es endlich wieder will, wo ich endlich bereit dazu bin, wird es mir verwehrt. »Was soll ich bloß tun, Kristian?«, flüstere ich in die Stille hinein. Seine Antwort hallt von innen aus mir heraus: »Hör auf dein Herz, Livi! Es trifft immer die richtigen Entscheidungen.« Das ist so typisch für ihn. Er traf seine Entscheidungen immer aus dem Herzen, niemals aus dem Kopf heraus.

»Wenn das nur so einfach wäre. Wenn mein Verstand nicht so vehement dagegenhalten würde …«

Als Mattis hereinkommt, zucke ich erschrocken zusammen. »Entschuldige. Ich wollte dich nicht erschrecken. Ist alles okay?«

»Mmh. Alles okay.« Dann rausche ich an ihm vorbei und lasse ihn im Wohnzimmer stehen. Kopflos greife ich nach meinen Schuhen. Ich brauche dringend frische Luft. Ich ertrage es einfach nicht länger, in seiner Nähe zu sein, ohne ihm nah sein zu dürfen.

»Wo willst du denn hin?«

»Spazieren.«

»Dann komme ich mit.«

»Nein!«

»Und ob! Du bist noch nicht richtig fit. Ich lasse dich auf gar keinen Fall allein gehen.«

»Aber …«

»Vergiss es!«

»Na schön. Du gibst ja doch keine Ruhe.«

»Braves Mädchen.«

Na, das hat ja prima geklappt. Seine Hartnäckigkeit ärgert mich. Wie soll ich so jemals Abstand zwischen ihn und mich bringen?

Der wolkenverhangene Himmel passt zu meiner trüben Stimmung. Wenigstens einer, der zu mir hält. Entschlossen stapfe ich los, sodass Mattis Mühe hat, mit mir Schritt zu halten.

»Mensch, Livi! Man könnte meinen, du seist auf der Flucht. Du solltest es ruhiger angehen.«

»Will ich aber nicht.« *Mann, das läuft so gar nicht nach Plan.*

»Sieht aus, als würde es bald anfangen zu regnen. Wir sollten nicht so weit gehen.«

»Seit wann bist du aus Zucker?«, necke ich ihn.

»Bin ich nicht.« Inzwischen ist er gleichauf mit mir. »Aber du vielleicht.«

»Ich doch nicht.« Schweigend umrunden wir unseren See zur Hälfte und laufen auf einem Trampelpfad durch den Wald. Links des Pfads fällt der Hang steil ab. Mattis lässt sich zurückfallen, um kurz darauf zu meiner Linken wieder aufzuholen. Sein seltsames Verhalten bringt mich zum Kichern. »Was wird das denn, wenn es fertig ist?«

»Nichts.«

»Das kaufe ich dir nicht ab.«

»Ich … will nur nicht, dass dir was passiert«, gibt er kleinlaut zu.

»Als ob mir etwas passiert!«, protestiere ich. Doch innerlich rührt mich seine Sorge zutiefst. Aber davon kann ich mir auch nichts kaufen.

Als wir schließlich auf einen befestigten Wanderweg abbiegen, wirkt Mattis sogleich sichtlich entspannter, und die Sorgenfalten aus seinem Gesicht verschwinden. Der Weg schlängelt sich durch einen dichten Nadelwald und entlang eines weiteren kleinen Sees. Nach gut einem Kilometer biege ich wahllos nach links ab.

»Wo laufen wir überhaupt hin?« Mattis kratzt sich am Kopf. »Hast du irgendeinen Plan, wo wir hier sind?«

»Nö«, antworte ich knapp. »Wofür sind Pläne überhaupt gut?«, füge ich leise hinzu.

»Wie meinst du das?«

»Weiß nicht.«

»Was ist denn los mit dir, Livi? Hast du irgendwas auf dem Herzen?«

Jede Menge sogar. »Schau nur, da ist noch ein See!«

»Du lenkst ab.«

Ich beschleunige meinen Schritt und laufe am Ufer entlang. Von hier aus hat man freien Blick auf den gesamten See. Wildromantisch bettet er sich zwischen Felswänden und Nadelbäumen in die Natur. Zügig laufe ich auf die gegenüberliegende Seite und lasse mich dort am Seeufer auf einem Felsen nieder.

»Rennst du absichtlich vor mir weg, Livi?« Mattis lässt sich neben mich auf den Felsen sinken, so nah, dass wir uns beinahe berühren. Ich spüre die Wärme, die von seinem Körper ausgeht und kleine Schauer über meine Haut jagt. In diesem Moment würde ich nichts lieber tun, als mich an ihn zu schmiegen und ihm zu sagen, was er mir bedeutet.

Stattdessen poltern die Worte aus mir hinaus, die mir schon beim bloßen Gedanken an die Folgen das Herz aus der Brust reißen. »Hör zu, du musst nicht länger bei mir bleiben. Ich weiß, dass du lieber wieder zu Marit und den Kindern möchtest, und davon will ich dich nicht abhalten. Du kannst ohne schlechtes Gewissen ausziehen und …«

»Halt mal die Luft an, Livi! Wovon sprichst du da?« Verwunderung und Bestürzung toben in seinen Augen.

»Mattis, ich bin doch nicht blind. Es ist doch offensichtlich, dass Marit und du …« Ich bringe es nicht über die Lippen.

»Dass wir was?«

»Ich habe euch zusammen gesehen. Und ich kann verstehen, dass es …«

Abwehrend hebt er die Hände. »Moment! Wo hast du uns gesehen?«

»Vor dem Atelier … als ihr euch geküsst habt.«

»Verdammt«, knurrt er. »Livi, das hat nichts zu bedeuten. Das musst du mir glauben. An diesem Tag, vor dem Atelier, hat Marit mich gebeten, zu ihr zurückzukommen. Dann hat sie mich mit diesem Kuss überrumpelt und ist abgezogen. Mehr war da nicht.«

»Und draußen vor dem Haus auf dem Steg? Ihr habt so vertraut miteinander gewirkt. Mattis, du kannst mir ruhig die Wahrheit sagen. Ich verstehe das. Wirklich.« *Wen belüge ich hier eigentlich?*

»Da habe ich ihr eine Abfuhr erteilt.«

»Das sah aber ganz anders aus«, erwidere ich bitter.

»Ich wollte nur nicht, dass die Kinder etwas von diesem Gespräch mitbekommen. Es hatte sich nie eine passende Gelegenheit ergeben, die Sache zu klären. Deshalb musste es eben so gehen.«

»Du … du willst also nicht zu ihr zurück?«

»Nichts liegt mir ferner. Damit würde ich weder mir noch den Kindern einen Gefallen tun.«

Ich nicke und starre auf meine staubigen Schuhe. Das muss ich erst einmal verdauen. Die ganze Zeit habe ich versucht, mich abzufinden, weil ich Mattis' Glück nicht im Weg stehen wollte. Dabei stand das nie zur Debatte. *Warum habe ich nicht viel eher mit ihm gesprochen?*

»Livi, ich fürchte …« In diesem Moment öffnen sich die Schleusen des Himmels schlagartig. »… es fängt an zu regnen. Lass uns zügig nach Hause gehen.«

Mein Haar tränkt sich mit dem warmen Sommerregen, die Kleidung klebt an meiner Haut. Die schweren Tropfen bilden Kreise auf der Wasseroberfläche des Sees.

Mattis springt auf und läuft los, ohne Zeit zu verlieren, während ich noch meinen Gedanken nachhänge. *Er kann doch jetzt nicht einfach gehen!*

»Komm schon, Livi! Willst du bei dem Sauwetter hier Wurzeln schlagen?«

Genau das will ich. Nichtsdestotrotz eile ich zu ihm hinüber. Er wendet sich bereits zum Gehen ab, doch ich halte ihn am Arm zurück. »Warte!« Fragend schaut er mich an. »Was bedeutet das alles jetzt für uns?«

Hoffnung blitzt in seinen Augen auf. »Sag du es mir, Livi«, raunt er mir heiser zu.

Wortlos starre ich ihn an, versinke in diesem Blick, der für mich Zuflucht, Liebe und Seelenheil bedeutet. Doch gleichzeitig wirkt er wie eine Bedrohung und streut Zweifel in mir. Habe ich wirklich den Mut, mich gänzlich für ihn zu öffnen? Mich verletzlich und verwundbar zu machen? Das Risiko einzugehen, ihn wieder verlieren zu können?

»Vergiss nicht, auf dein Herz zu hören«, tönt Kristians Stimme tief in mir. Und ich weiß, ich habe seinen Zuspruch.

Noch immer umklammert meine Hand Mattis' Arm, noch immer blicken seine Augen erwartungsvoll in meine. Ich trete einen Schritt auf ihn zu und spüre sogleich wieder seine Wärme, sauge seinen Duft tief in meine Lungen. Meine Hände wandern zaghaft in seinen Nacken und ziehen ihn noch näher zu mir heran. »Ich liebe dich, Mattis«, wispere ich. Sacht presse ich meine Lippen auf seine. Seine Arme umschließen mich, und unsere Seelen verbinden sich mit einem unsichtbaren Band, werden eins, untrennbar, unzerstörbar.

»Oh, Livi, wie sehr habe ich diesen Moment herbeigesehnt«, haucht er auf meine Lippen. »Ich wollte das von Anfang an. Dich. Uns.«

Verwundert suche ich seinen Blick. »Wirklich? Obwohl ich so … kaputt bin?«

»Wir sind beide ziemlich kaputt, schon vergessen? Aber seit du da bist, fühle ich mich nicht mehr zerbrochen. Du hast alle meine Risse gekittet.«

»Ich bin mir aber nicht sicher, ob das auch für mich gilt. Manche Risse werden vielleicht für immer bleiben.«

»Das ist mir egal. Sie gehören zu dir – genau wie du zu mir gehörst.«

Tränen mischen sich mit dem Regen auf meiner Haut. Tränen des Glücks, der Hoffnung, der Liebe. Unsere Lippen finden sich wieder und lassen den Zwiespalt in mir immer kleiner werden. Es ist mir egal, dass wir inzwischen nass bis auf die Haut sind. Es ist mir egal, wie holprig der Weg hierher – zu uns – gewesen sein mag. Und es ist mir egal, dass Mattis die dunkelsten Abgründe meiner Seele kennt.

Die Leere in mir hat Platz gemacht, ist von mir abgefallen, um nie wiederzukehren – durch ihn.

Und nun weiß ich: Auch ein gebrochenes Herz kann lieben. Vielleicht liebt es anders als eines, das noch heil ist. Vielleicht wird es immer wieder ins Stolpern geraten, eingeengt von den

Schraubzwingen der Schwermut. Doch mit Sicherheit liebt es auch intensiver, erfüllter, impulsiver.

»Du schuldest mir übrigens noch einen Tanz, Livi!«, flüstert Mattis mir leise ins Ohr. Im nächsten Moment wiegt er mich sanft hin und her. Es fühlt sich an, als würden wir auf Wolken tanzen. Bevor er anfängt zu singen, versiegle ich seine Lippen mit einem Kuss. Endlich fühle ich mich angekommen.

EPILOG

LIVI

SECHS MONATE SPÄTER

Der Duft von geschmorten Rinderrouladen erfüllt meine Küche. Noch gut dreißig Minuten, dann kann ich die Teller für unsere Gäste anrichten, die oben in Mattis' Atelier vor ihren Leinwänden sitzen. Aber es sind nicht irgendwelche Gäste – nein. Das heutige *Art & Dine* ist ein Dank an unsere Freunde und unsere Familie. Sie haben uns in den letzten Wochen und Monaten unterstützt, uns den Rücken gestärkt, wo sie nur konnten.

Alle sind da: Hedda und Erik, Linnea und Isak, Britt und Arne und sogar Mikkel. Der Gedanke an diese Menschen stimmt mich glücklich und traurig zugleich. Das hier ist mein neues Leben, meine neue Familie. Von der Vergangenheit jedoch ist nichts weiter übrig als die Erinnerungen, die ich tief in mir trage.

Ein lautes Klopfen an der Tür zum Atelier reißt mich aus meinen Gedanken. Hastig wische ich mir die Hände an einem Küchentuch ab, eile durch den kleinen Restaurantbereich und traue meinen Augen kaum. Da draußen wartet niemand anders als meine Freundin Jonna. Schwungvoll reiße ich die Tür auf, öffne meinen Mund, bringe aber kein einziges Wort hervor.

»Livi«, kreischt Jonna und fällt mir enthusiastisch um den Hals. »Ich freue mich so!«

»Jonna ... was ... wie ...«, stammle ich und schiebe sie ein Stück von mir weg, um sie anschauen zu können. Ich kann einfach nicht glauben, dass sie hier ist.

»Da staunst du, was? Dein Mattis hat mich eingeladen.«

»Mattis? Woher ...«

»Seit wann weißt du denn nicht mehr, wie man spricht?«

Ich lache und weine zugleich und falle ihr wieder um den Hals. »Es ist so wunderbar, dass du da bist. Es tut mir so unendlich leid, dass ...« Mir fehlen die passenden Worte.

»Dass du dich einfach so sang- und klanglos aus dem Staub gemacht hast, ohne dich je wieder bei mir zu melden?«

»Ja«, erwidere ich kleinlaut.

»Zerbrich dir nicht deinen Kopf, Livi. Ich weiß, was du durchgemacht hast. Und ich hätte einfach noch mehr für dich da sein sollen.« Sie zupft ihren blonden Pixie-Schnitt zurecht, der unter unserer stürmischen Begrüßung ein wenig gelitten hat.

»Rede nicht so einen Quatsch. Du hast doch immer wieder versucht, mich aufzupäppeln.«

»Aber ehrlich gesagt war ich auch ein Stück weit überfordert damit, Liebes. Und als du dann meintest, ich solle dich in Ruhe lassen, habe ich das einfach so hingenommen, anstatt an deiner Seite zu bleiben. Es tut mir leid.«

»Nein, mir tut es leid. Alles. Ich war einfach nicht mehr ich selbst.«

»Weißt du was? Vergessen wir das einfach. Alles auf Anfang.« Sie lächelt gelöst und streckt die Nase in die Luft. »Sag mal, was duftet denn hier so köstlich?«

»Komm rein.« Fröhlich ziehe ich sie hinter mir her. »Das ist …«

»… dein eigenes Restaurant! Livi, das ist ja wundervoll! Insgeheim hast du immer davon geträumt.«

»Ja. Kaum zu glauben, dass es jetzt wahr ist.«

»Und Mattis? Erzähl mir von ihm! Du glaubst gar nicht, wie sehr ich mich für dich freue. Hierherzukommen, war eine goldrichtige Entscheidung, Liebes!«

»Das stimmt. Mattis ist einfach toll. Ohne ihn wäre ich nicht da, wo ich jetzt bin. Er hat mich gerettet, weißt du?« Und dann erzähle ich ihr in Kurzfassung von unserem Kennenlernen. Von dem Tag meiner Ankunft, als mich das Bild im Schaufenster magisch anzog. Von unserem Einzug ins Haus, von den Kindern, der Idee für unser *Art & Dine*, von all den Missverständnissen und Zweifeln. Und von dem Moment, in dem mir endlich klar wurde, wie sehr ich Mattis liebe.

Der Signalton von Jonnas Handy unterbricht mich in meinen Erzählungen. »Stopp!«, ruft sie und reißt die Hand hoch. »Wir quatschen später weiter. Jetzt müssen wir erst einmal rauf ins Atelier.«

»Wir müssen *was?*«

»Na, nach oben gehen.«

»Warum …« Bevor ich weitersprechen kann, schiebt Jonna mich schon in Richtung Treppe. Ich weiß gar nicht, wie mir geschieht. Zu meinem Erstaunen ist die Tür zum Atelier geschlossen.

»Nun mach schon auf. Oder willst du hier Wurzeln schlagen?«, drängt Jonna.

Als ich die Klinke herunterdrücke und die Tür schwungvoll aufstoße, traue ich meinen Augen kaum. Vor mir sind sieben Leinwände auf Staffeleien aufgereiht. Auf der Ersten erstrahlt ein riesiges Herz, in sämtlichen Farben. Die nächsten Leinwände zeigen jeweils nur ein einziges Wort.

Livi,
willst
Du
meine
Frau
werden?

Auf der siebten Leinwand prangt schließlich ein silberner Ring mit einem funkelnden Diamanten. *Ist das wirklich wahr?* Fassungslos halte ich meine Hände an meine Wangen.

Plötzlich tritt Mattis hinter der letzten Staffelei hervor, vor Nervosität am ganzen Körper zitternd. Mein Herz macht einen Satz, als ich ihn so sehe, und jede Faser meines Körpers wird von der Liebe, die ich für ihn empfinde, durchschwemmt.

»Livi, ich … ich finde kaum Worte für das, was ich für dich fühle.« Mattis schaut mich an, kann meinem Blick jedoch nicht lange standhalten. »Als wir uns zum ersten Mal begegnet sind, war ich nichts weiter als eine leere Hülle. Und ich weiß nicht, wie es mit mir weitergegangen wäre, hättest du nicht an diesem regnerischen Märztag vor meinem Schaufenster geklebt. Aber du warst nun mal da und hast mein Leben durcheinandergewirbelt wie ein heftiger Sturm.« Er lacht leise. »Oh Mann, ist das kitschig.«

»Ich liebe Kitsch«, flüstere ich andächtig.

»Du hast alles verändert, und … und … Ach Mann! Livi, du bist das Wunder, auf das ich gewartet habe, und ich liebe dich aus tiefstem Herzen. Willst du mich heiraten?«

Er hat es wirklich gesagt! Tränen des Glücks rinnen über mein Gesicht. »Und wie ich das will, Mattis!«, hauche ich.

Mattis eilt auf mich zu, und dann finden unsere Lippen zueinander. In diesem Moment gibt es nur noch uns beide und das Gefühl, endlich wieder das Glück gefunden zu haben.

Als Mattis sich von mir löst, grinst er und ruft laut: »Sie hat Ja gesagt!«

Das Rufen und Applaudieren der anderen dringt in meine Ohren, doch ich sehe nur ihn. Meine Gegenwart und meine Zukunft.

ENDE

DANKSAGUNG

Liebe Carina, aka C.K. Zille, mein erster Dank gilt immer Dir. Du hast zu jeder Zeit ein offenes Ohr, und wenn es mal hakt, gibst Du mir einen Schubs in die richtige Richtung.

Danke an die Mädels aus meiner Schreibgruppe – Minnie Kromer, Lenia von der Weide, Jenny Völker und Sissi Steuerwald. Ihr motiviert mich mit Eurer Energie.

Von Herzen danke, liebe Christina, meine treue Testleserin.

Danke, liebe Hanna, dass Du meiner Geschichte durch Dein Lektorat den letzten Schliff verpasst hast.

Ein großes Dankeschön geht auch an Angelika Kruschewsky, für ihr wachsames Auge.

Danke an meine wundervolle Familie – meinen Mann und meine beiden Kinder. Ich liebe Euch!

Und nun danke ich *Dir*, lieber Leser, liebe Leserin. Ich hoffe, Livi und Mattis haben Euch genauso berührt wie mich.